WITHDRAWN

Tous Continents

La Femme rousse

CHRONIQUE DE L'AMOUR À L'ÂGE DE FER

Du même auteur chez Québec Amérique

Le Monastère des millionnaires, Le Millionnaire, Tome 3, roman, Montréal, 2005.

Le Millionnaire, Tome 2, roman, Montréal, 2004.

Le Vendeur et le Millionnaire, roman, Montréal, 2003.

Miami, roman, Montréal, 2001.

Conseils à un jeune romancier, roman, Montréal, 2000.

Le Cadeau du millionnaire, roman, Montréal, 1998.

Les Hommes du zoo, roman, Montréal, 1998.

Le Millionnaire, Tome 1, roman, Montréal, 1997.

Le Livre de ma femme, roman, Montréal, 1997.

Le Golfeur et le Millionnaire, roman, Montréal, 1996.

Le Psychiatre, roman, Montréal, 1995.

Marc Fisher

La Femme rousse

chronique de l'amour à l'âge de fer

QUÉBEC AMÉRIQUE

Catalogage avant publication de Bibliothèque et Archives Canada

Fisher, Marc
La Femme rousse
(Tous continents)

ISBN-13 : 978-2-7644-0506-2
ISBN-10 : 2-7644-0506-5

I. Titre. II. Collection.

PS8581.O24F45 2006   C843'.54   C2006-941064-X
PS9581.O24F45 2006

Nous reconnaissons l'aide financière du gouvernement du Canada par l'entremise du Programme d'aide au développement de l'industrie de l'édition (PADIÉ) pour nos activités d'édition.

Gouvernement du Québec – Programme de crédit d'impôt pour l'édition de livres – Gestion SODEC.

Les Éditions Québec Amérique bénéficient du programme de subvention globale du Conseil des Arts du Canada. Elles tiennent également à remercier la SODEC pour son appui financier.

Québec Amérique
329, rue de la Commune Ouest, 3e étage
Montréal (Québec) Canada H2Y 2E1
Téléphone : 514 499-3000, télécopieur : 514 499-3010

Dépôt légal : 3e trimestre 2006
Bibliothèque nationale du Québec
Bibliothèque nationale du Canada

Mise en pages : André Vallée – Atelier typo Jane
Révision linguistique : Diane Martin
Conception graphique : Isabelle Lépine

©2006 Éditions Québec Amérique inc.
www.quebec-amerique.com
Imprimé au Canada

À Deborah

Âge de fer (ou kali yuga) :
selon les sages anciens, période sombre de l'humanité
au cours de laquelle toutes les valeurs morales
connaissent un déclin et où l'amour véritable
est aussi difficile à trouver que le Saint Graal.

1

La mort de Louise Bormes prit tout le monde par surprise.

C'est que, à peine quelques mois avant son décès prématuré, à cinquante-neuf ans, elle affichait une forme resplendissante, était de toutes les fêtes, nageait, skiait, voyageait...

Puis, un matin d'avril, elle se leva avec une curieuse douleur au ventre et s'effondra dans sa salle de bains tandis qu'elle retouchait le fard à paupières de son œil gauche.

D'abord elle pensa, comme l'incurable optimiste qu'elle était, que ce n'était qu'un simple dérangement d'estomac. Elle avait dû abuser du foie gras du Périgord, la veille, et fait un peu trop honneur à cet exquis Lalande de Pomerol apporté par une amie.

Mais, comme ses douleurs persistaient, et que ses étourdissements à répétition rendaient quasi suicidaire la conduite de sa voiture, elle se résolut enfin à se faire examiner.

Le diagnostic tomba comme un véritable couperet : elle souffrait d'un cancer de l'intestin et devait se faire opérer sans délai.

Contre toute attente, elle refusa obstinément de se livrer au bistouri salvateur du médecin.

Ses enfants, ses amis eurent beau la supplier, son mari tenter de la raisonner, lui jurer qu'il ne pourrait vivre sans elle, rien n'y fit.

Deux mois plus tard, maigre comme un squelette, méconnaissable, elle mourait, emportant avec elle le secret de son inexplicable stoïcisme. À l'enterrement, au cimetière Notre-Dame-des-Neiges de Montréal, un samedi du début de juin, on s'interrogeait encore au sujet de sa précoce résignation devant la maladie. Elle avait pourtant toujours été si optimiste, si forte, si gourmande de tous les plaisirs de l'existence...

Que s'était-il donc passé pour qu'elle baissât ainsi les bras, si rapidement ?

Les proches, les amis, mais aussi de simples relations d'affaires, au bas mot une centaine de personnes étaient réunies autour de la famille Bormes, une famille riche et influente de Montréal. David Bormes, époux de Louise, était revenu depuis plusieurs semaines de Paris où il passait habituellement un mois sur deux pour diriger ses florissantes affaires européennes.

C'était un homme pas très grand mais qui en revanche se tenait très droit, une forte personnalité, de toute évidence, dont les yeux bleus aux prunelles redoutables inspiraient un respect mêlé de crainte : il faut dire qu'il était assis sur une fortune de plusieurs centaines de millions, ce qui ne nuisait pas...

Les deux filles de la défunte se tenaient à côté de lui, se serrant l'une contre l'autre. Fanny, la plus jeune, une blondinette d'un peu plus de vingt ans, mince comme une liane, semblait la plus affectée par la mort de sa mère. Elle ne cessait de pleurer, portait la main à sa bouche, secouait la tête de gauche à droite comme pour dire : «Non, ce n'est pas vrai, pas maman, pas si jeune!»

Sa sœur aînée, Sarah, un peu rondelette, avec des cheveux noirs frisés et une bouche bien en chair, semblait mieux accepter ce coup imprévu du destin ou, en tout cas, restait plus stoïque, soutenue qu'elle était par son mari, un gaillard de quarante ans. Il y avait aussi le docteur Molson, le médecin de la famille, un quinquagénaire aux cheveux noirs visiblement teints, qui était très proche de Simon Bormes, le fils unique, malgré leur écart d'âge. Ce dernier était un homme de trente-huit ans, très grand, très costaud, avec les yeux bleus de son père, des tempes prématurément grisonnantes et un teint d'éternel vacancier. Un vrai séducteur, en somme, d'autant qu'il était toujours vêtu élégamment et qu'il aimait la noce même s'il était aussi un travailleur infatigable. Le prêtre qui officiait, un homme plutôt grassouillet avec un double menton qui dissimulait presque complètement son collet romain, reçut alors, comme tous les autres, les premières gouttes de pluie et leva les yeux vers le ciel.

De gros nuages noirs y roulaient : l'orage était imminent.

On entendit d'ailleurs le tonnerre gronder dans le lointain. L'ecclésiastique, qui ne voulait pas devoir remettre la cérémonie, hâta son oraison funèbre.

Personne ne protesta, car qui aime se faire surprendre par un orage?

Enfin, on descendit le cercueil dans la fosse, une pelletée de terre fut jetée par le père, assisté par un fils plus ému qu'il n'avait prévu. Puis les deux sœurs laissèrent tomber ensemble une rose sur la tombe, au moment même où un premier coup de tonnerre retentit.

Il fallut que Sarah, plus rationnelle, forçât pour ainsi dire sa sœur à la suivre, parce que Fanny, dont la poitrine était soulevée de gros sanglots, ne cessait de répéter : « C'est fini, c'est fini ! » Comme si ce n'avait été qu'à cet instant précis qu'elle avait réalisé que sa mère était bel et bien morte, et que jamais plus elle ne la reverrait...

La pluie se mit à tomber pour vrai, ce qui mit fin à la cérémonie et dispersa promptement la foule. Chacun se hâta de regagner sa voiture.

— On se retrouve à la salle de réception, dit Simon à son père qui serra la main du prêtre et tourna les talons, escorté quelques secondes par ses deux filles qui ensuite le laissèrent se diriger seul vers la longue limousine noire dans laquelle il était arrivé. Elles s'engouffrèrent dans la voiture du mari de Sarah.

Incapable de quitter tout de suite le lieu de sépulture, Simon observait la foule s'éloigner. Il pensa que la vie reprenait rapidement son cours, que les grands sentiments étaient vite emportés par les petits inconvénients de l'existence, comme une simple pluie. Il faut dire qu'elle tombait maintenant bien dru et que les fossoyeurs, qui attendaient le départ de Simon pour terminer leur travail, se demandaient pourquoi diable il s'attardait ainsi.

Il avait ouvert son parapluie et restait là, immobile, absorbé dans ses souvenirs, sa douleur. Il revoyait sa mère, toujours souriante, comme une lumière, peut-être la lumière la plus importante de sa vie. Il pensa à ce que le prêtre avait dit à la fin de son oraison funèbre, que ceux qui nous aiment restent toujours avec nous. C'était une formule creuse, un mensonge même. Sa mère était partie, et elle ne reviendrait jamais, puisqu'elle était là, dans ce trou, dans cette boîte de bois, pour l'éternité !

Pourquoi donc s'était-elle obstinée à ne pas se faire soigner ? Il ne le saurait jamais : elle avait emporté son mystérieux secret dans la tombe !

Il détourna les yeux du cercueil, regarda son père. Celui-ci venait de refermer son parapluie, et le chauffeur lui ouvrait avec empressement la portière de la limousine, l'aidait à y monter.

Simon pensa, un peu banalement, qu'il n'avait plus qu'un parent maintenant : oui, il était orphelin de mère, et même s'il n'était plus un gamin, eh bien, ça faisait drôle…

Il allait se détourner lorsque la vitre arrière gauche de la limousine s'abaissa et qu'il entrevit, le temps qu'elle jette son mégot de cigarette, une très belle jeune femme rousse, avec des lunettes noires.

2

Ce fut pour Simon un ébranlement considérable.

Que pouvait faire cette femme, qu'il n'avait jamais vue, dans la voiture de son père?

Pourquoi n'en était-elle pas descendue pour participer à la cérémonie? Avait-elle donc quelque chose à cacher?

Alors, comme pour être certain qu'il n'avait pas halluciné, dès que la limousine se fut mise en route, Simon s'approcha pour récupérer le mégot, telle une pièce à conviction capitale.

Il le repéra sans difficulté dans l'herbe détrempée, se pencha pour le ramasser. Il l'examina : le filtre était maculé de rouge à lèvres et il provenait d'une cigarette de marque Rothmans. Il le mit dans sa poche et regarda, intrigué, la luxueuse automobile quitter le cimetière.

Il ne manquerait pas d'interroger son père à la petite réception prévue, lui montrerait même le mégot, même si ça ne prouvait rien, au fond. Si David Bormes niait tout, Simon irait faire un tour du côté de la limousine, pour y surprendre la jeune femme et la questionner au sujet de sa présence aux côtés de son père.

Mais il n'en eut pas l'occasion, car son père brilla par son absence à la réception. Simon se frappa le front. Il aurait dû y penser ! Le paternel n'était tout de même pas assez bête pour se présenter à cette réception avec à son bras cette jeune étrangère, et il n'était pas assez mufle pour la faire poireauter pendant une heure dans la limousine !

Simon questionna Fanny au sujet de l'absence paternelle, sans pour autant lui parler de la femme de la limousine.

— Ah, Sarah ne t'a pas dit ? expliqua-t-elle. Il a eu un malaise quand on le raccompagnait vers sa voiture. C'est moi qui lui ai ordonné de retourner tout de suite à la maison. Tu devrais d'ailleurs faire une petite annonce pour que les gens ne se posent pas trop de questions.

— Tu as raison, dit Simon.

Et pourtant, il pensa que son père avait menti : celui-ci voulait simplement filer à l'anglaise avec cette jeune femme qui faisait peut-être partie de sa vie depuis longtemps.

Comment savoir avec lui ?

Il était si secret, et ses constantes absences étaient si propices à une double vie !

Le soir, à la maison familiale, il n'osa le questionner, car son père était affligé d'une forte fièvre, il avait même préféré prendre son dîner au lit et n'était certainement pas en état de subir un interrogatoire en règle.

Le lendemain, Simon tenta de lui parler au téléphone, mais la gouvernante, Alisha, lui annonça qu'il dormait. Simon n'insista pas.

Le mardi suivant, à neuf heures quarante-cinq, sur le boulevard Saint-Laurent, qu'il remontait au volant de sa rutilante Jaguar décapotable, Simon Bormes eut la surprise de sa vie : il revit la femme rousse !

Les cheveux retenus en queue de cheval, des lunettes noires sur son joli nez retroussé, vêtue d'un pantalon noir moulant et d'un chemisier blanc, un gros sac de cuir noir en bandoulière, elle marchait d'un pas vif en direction de la rue Prince-Arthur.

Simon freina brusquement, se fit copieusement klaxonner, dut se remettre à rouler ; il se gara dès qu'il put, à un endroit interdit puisque c'était devant une borne-fontaine, mais il ne s'en souciait guère.

Il descendit de sa voiture et courut pour rattraper la jeune femme. Il la vit entrer à La Cafétéria, un resto à la mode du boulevard Saint-Laurent. Il l'y suivit, mais resta prudemment dans le vestibule, car elle n'était pas allée s'asseoir tout de suite. En fait, elle bavardait avec Roxanne, une des plus anciennes serveuses du restaurant, une belle brune de trente-cinq ans au physique athlétique, presque maigre à la vérité, ce qui ne l'empêchait pas d'avoir des seins, un paradoxe qui étonnait et ravissait les hommes.

Les deux femmes étaient de grandes amies, se voyaient pratiquement toutes les semaines, passaient rarement une journée sans se téléphoner.

— Oh ! Loulou ! Comment vas-tu ? Tu n'as pas l'air dans ton assiette, toi !

— Ça fait deux jours que j'essaie de te joindre. Où étais-tu ?

— À Toronto. Je te l'avais dit, non ?

— C'est vrai, j'avais complètement oublié.

— Mais qu'est-ce qui se passe ?

— Je me suis fait plaquer. Je n'ai plus d'appart, plus un sou, rien.

— Oh Loulou... j'ai de la difficulté à le croire. Et dire que vous étiez censés vous marier, qu'il t'appelait même sa petite fiancée.

Elle serra son amie dans ses bras, puis :

— Le salaud, comment a-t-il osé te faire ça, à toi ?

— Je ne sais pas et, pour te dire la vérité, je n'ai pas vraiment envie d'en parler.

— Je comprends. Écoute, je t'hébergerais bien, mais nous avons déjà la sœur de Paul, qui vient de se séparer, pour la cinquième fois en un an... Est-ce que tu as un endroit où crécher au moins ?

— Oui, chez ma mère...

— Bon... Écoute, si tu veux, je peux t'avancer quelques dollars...

— Tu ferais ça ? s'exclama Loulou, surprise et ravie. Je n'osais pas te le demander même si... je suis venue ici précisément pour ça ! Ça m'arrangerait vraiment. Je te remettrai ça dans deux semaines, quand j'aurai ma première paye.

— Tu as déjà trouvé quelque chose d'autre ?

— Oui, ils me reprennent à la librairie Gallimard.

— Cool. Est-ce que tu prends un café ?

— Hum, non, je suis un peu pressée, je commence à dix heures...

Et comme Loulou ne disait rien, Roxanne comprit ce qu'elle attendait :

— Ah oui, l'argent, attends une seconde...

Roxanne s'éclipsa, alla prendre de l'argent dans son sac à main sous le comptoir, revint vers son amie, tendit une liasse.

— Tiens, voilà trois cents dollars...

— Oh, tu me sauves la vie, génial! Veux-tu que je te signe un papier?

— Mais non, voyons, tu déconnes ou quoi? Un papier! Tu es ma meilleure amie, et puis c'est juste les pourboires d'hier soir...

— Tu avais mis ton décolleté 007?

— Oui. Et du *Chanel N° 5.* Ils n'avaient aucune chance, les petits cocos!

Loulou rit. Ça lui faisait du bien, vraiment, ce ton léger, après le drame qu'elle venait de vivre. Et les sous aussi, bien sûr. C'était un petit rayon de soleil. Trois cents petits rayons de soleil, en fait!

— Et toi? Je ne t'ai même pas demandé comment tu allais!

— Oh, moi, ça va super bien. À part au travail et avec Paul, évidemment.

Loulou rit encore, tout en serrant l'argent dans son sac. Roxanne était vraiment rigolote ce matin-là. Elle avait de la chance, au fond, d'avoir une pareille amie.

Maintenant, il y avait des clients qui entraient.

— Écoute, je ne voudrais pas abuser, mais je vais le faire. Est-ce que je pourrais te piquer une cigarette?

— J'ai arrêté de fumer avant-hier.

— Ah...

— Mais, heureusement pour toi, j'ai recommencé ce matin.

— Petit monstre !

Quelques secondes plus tard, Roxanne lui rapportait trois Marlboro.

— Tu es un ange !

— Bon, je ne peux pas te parler plus longtemps, il faut que je vive ma passionnante vie de *waitress*. Mais appelle-moi. Tu me raconteras.

Les deux femmes s'embrassèrent.

Et pendant que Roxanne accueillait des clients, qui étaient passés devant un Simon qui ne semblait pas savoir s'il voulait entrer ou sortir, Loulou mit deux cigarettes dans son sac et y trouva son briquet. Elle alluma sa cigarette, prit une longue bouffée et se dirigea vers la sortie.

Lorsqu'il la vit venir vers lui, Simon eut un moment de panique et resta figé. Il s'attendait si peu à ce qu'elle rebrousse chemin. Mais il fut sauvé par le cellulaire de Loulou, qui retentit alors.

Elle le tira de son sac à main, répondit :

— Oui, c'est moi. (...) À six heures trente ? Oui, oui, c'est tout à fait possible. (...) Oui, je connais. Je vous remercie.

Elle referma son téléphone, éberluée, dans une sorte d'état second. Il y avait des mois qu'elle tentait de faire publier son premier roman, qui avait été refusé partout, comme le sont presque tous les premiers romans.

La semaine précédente, en désespoir de cause, et sans vraiment croire en ses chances, elle avait remis son manuscrit en main propre à l'un des derniers éditeurs de sa liste, pas parce que c'était le dernier des éditeurs mais au contraire parce que c'était un éditeur prestigieux, hors de sa portée de jeune romancière : les Éditions Globe.

Elle avait eu la chance (est-ce ce qui avait fait pencher la balance en sa faveur ?) de tomber, à la réception, sur le directeur de la boîte en personne, et il s'était montré charmant avec elle, un peu comme s'il la considérait déjà comme une auteure de la maison.

Elle n'en revenait pas ! Un éditeur qui l'appelait, ne lui déclarait pas d'entrée de jeu qu'il acceptait son roman, certes, mais lui donnait rendez-vous le soir même pour en discuter ! Et en plus, le coup de fil provenait des Éditions Globe...

Elle raccrocha, remit son téléphone dans son sac et sortit, encore sous le choc de cette nouvelle inattendue.

Simon s'était empressé de quitter La Cafétéria et attendait sur le trottoir, en retrait.

Il vit sortir la jeune femme, qui se dirigea vers le nord. Elle n'avait pas fait trois pas qu'elle s'immobilisa, prit une dernière bouffée de sa cigarette, la jeta et l'écrasa avec le bout de son tennis vert pomme, qui était du plus heureux effet avec son pantalon noir.

C'était comme si elle se disait que, finalement, ce n'était pas une bonne idée de recommencer à fumer, ou qu'elle n'en avait plus besoin avec l'excellente nouvelle qu'elle venait d'apprendre.

Elle se remit en marche, et Simon la suivit, sans oublier de s'arrêter pour recueillir le mégot de cigarette.

Il l'examina. Difficile de dire si le rouge était absolument identique à celui du mégot trouvé dans le cimetière

– il le vérifierait plus tard –, mais au moins c'était du rouge, et non pas du vert, ou du mauve ou du blanc ! comme en sévissait déplorablement la mode auprès de certaines femmes de la nouvelle génération.

Par contre, c'était une Marlboro et non pas une Rothmans. Mais ce n'était pas grave, ça ne voulait rien dire, puisque c'était la serveuse qui la lui avait donnée...

Il mit le mégot dans sa poche et suivit la femme rousse.

En passant devant sa voiture, il constata qu'un « petit homme vert » (c'est ainsi qu'il appelait avec mépris les préposés au stationnement de la ville) lui avait collé une contravention. Il s'arrêta, arracha le papier de son pare-brise, en vérifia le montant : cent vingt dollars ! Il pesta et, dans un mouvement de colère, jeta la contravention par terre. Il se remit en route, pressa le pas pour rejoindre la jeune femme.

Elle s'arrêta devant la vitrine du fleuriste Pourquoi pas et tout à coup, il la vit qui sanglotait, comme ça, sur le boulevard Saint-Laurent, à neuf heures et quelques.

Curieux, non ?

Il s'arrêta devant la vitrine du commerce voisin, le restaurant Il Sole, et feignit de s'intéresser au menu affiché. En jetant occasionnellement de furtifs regards de côté, il put voir la jeune femme soulever ses lunettes sur ses cheveux, tirer de son sac à main un étui de plastique noir et se regarder dans le petit miroir rond qui en tapissait commodément le couvercle.

Ses larmes avaient fait un véritable massacre avec son maquillage.

Elle laissa tomber un « merde » que Simon entendit, se tourna vers lui, un peu honteuse de penser que quelqu'un, fût-il un parfait étranger, avait peut-être vu ses larmes, et surtout le déluge de rimmel sur ses joues trop sentimentales. Simon eut juste le temps de constater qu'elle avait de magnifiques yeux verts que les larmes avaient rendus plus brillants encore, car aussitôt elle se détourna, tout comme lui, qui craignait toujours d'être reconnu.

La jeune femme se livra pendant quelques secondes à un travail de «restauration» qui ne la satisfit qu'à moitié. Elle haussa les épaules. Elle avait fait ce qu'elle avait pu. Elle rangea son poudrier, remit ses lunettes puis regarda l'heure à sa montre, une Swatch verte en plastique. Il était presque dix heures. Elle devait se hâter. Elle ne pouvait quand même pas arriver en retard pour son premier jour de travail, même si elle était une ancienne employée de la librairie Gallimard !

Elle se remit à marcher d'un pas plus vif. Et Simon reprit sa curieuse filature matinale.

Arrivée à la librairie, elle frappa à la porte et attendit ; on vint rapidement lui ouvrir.

Simon hésita une trentaine de secondes, ne sachant quel parti prendre. Il se résolut enfin à entrer lui aussi. Mais il tomba sur une porte close. Il consulta sa montre : il n'était pas encore dix heures. Il comprit alors que la rousse devait travailler à la librairie. Il la voyait d'ailleurs, à l'intérieur, avec le jeune homme un peu efféminé qui lui avait ouvert.

Que faire ?

Attendre quelques minutes l'heure d'ouverture ?

Et s'il se décidait à attendre et à aller trouver la jeune femme, que lui dirait-il ?

Qu'il était le fils du richissime David Bormes, qu'il l'avait aperçue quelques jours plus tôt, au cimetière, et qu'il savait qui elle était : la maîtresse de son père ?

Ne lui rirait-elle pas au nez ?

3

— Gilbert! s'exclama la femme rousse en voyant qui venait lui ouvrir, d'un pas ailé, les pieds confortablement enfilés dans de belles bottes de cow-boy noires.

Grand, mince, les yeux bleus, les cheveux noirs gominés repoussés avec insistance vers l'arrière, Gilbert Bissette était un jeune homme de vingt-quatre ans, beau comme un ange malgré ses moustaches un peu curieuses qui, à la manière de celles de Salvador Dali, pointaient avec ironie vers ses sourcils minutieusement épilés.

Habillé avec autant d'originalité que son travail plutôt traditionnel lui permettait, il était ce jour-là moulé dans un jean noir qui accentuait la parfaite rondeur de ses fesses. Celles-ci lui valaient d'ailleurs bien des succès (ou ennuis, c'est selon) et pas seulement masculins. Quel gaspillage! pestaient les femmes éconduites en découvrant sa véritable nature impossible à «amender» en dépit de tous leurs héroïques efforts. Sous un banal t-shirt noir, qui s'en trouvait du même coup glorifié, il portait une cravate de soie mauve dont on ne voyait que le nœud, fort lâche, une petite invention vestimentaire dont il n'était pas peu fier.

Gilbert, qui ne cachait pas plus son inversion que la couleur remarquable de ses yeux (il mettait d'ailleurs une boucle à l'oreille gauche pour ceux qui auraient encore eu des doutes), était le meilleur ami de mademoiselle Marple, même s'ils passaient parfois des semaines sans se voir.

Dès qu'il eut refermé et verrouillé de nouveau la porte de la librairie, Gilbert s'empressa de serrer mademoiselle Marple dans ses bras. À la vérité, il la souleva et la fit tournoyer, ce que lui permettait sa force, assez remarquable pour un homme aussi mince. Il la posa enfin, mais laissa amicalement ses deux mains sur ses épaules et dit :

— Je ne savais pas que c'était toi qui remplaçais Diane. Quelle bonne nouvelle ! C'est extraordinaire !

— Je n'ai pas voulu te le dire pour te faire une surprise. D'ailleurs, je ne l'ai appris qu'hier.

— Petite cachottière !

Quel accueil chaleureux ! Quel enthousiasme, comme s'il venait de gagner le million à la loterie ! Et la preuve, c'est que ses yeux bleus se brouillaient de larmes... de joie !

Qui, parmi ses parents, parmi ses amis, parmi ses amants, versait des larmes de joie en la retrouvant ?

Personne.

Sauf Gilbert Bissette.

La jeune femme retira ses lunettes fumées, car ce n'était pas le genre de la maison d'en porter bien entendu – on n'en porte du reste jamais dans le commerce. Et bien sûr Gilbert, qui voyait tout, vit l'état de ses yeux.

— Oh, s'empressa-t-il de dire, il y en a une qui file un mauvais coton. Tu t'es disputée avec le prince héritier ?

C'est ainsi que, par dérision et un peu aussi par jalousie, il appelait parfois le petit ami de la rousse.

— On est séparés.

— Oh, c'est lui ou c'est toi qui as...

— Je vais te donner un indice : ce n'est pas moi.

— Oh, raconte !

— Non, je préfère ne pas en parler. Ça donnerait quoi ? J'ai plutôt décidé de tourner la page sur mon passé de merde.

— Rien de plus facile dans une librairie ! plaisanta Gilbert.

Elle rit tout doucement de ce mot pendant que Gilbert abandonnait enfin ses épaules. Elle ajouta :

— La seule chose que je veux te dire, c'est que c'est la dernière fois de ma vie que je sors avec un homme plus riche et plus vieux que moi. Tant qu'à sortir avec un con, aussi bien qu'il ait mon âge. En tout cas, si jamais tu me vois tomber amoureuse d'un mec plus vieux que moi, tu m'arrêtes, promis ?

— Promis sur la tête du frère André !

Le frère André, célèbre pour ses innombrables guérisons accomplies pour la plupart à l'oratoire Saint-Joseph de Montréal, était son saint de prédilection. Gilbert n'hésitait pas à s'adresser à lui chaque fois qu'un problème, sentimental ou autre, le dépassait et à lui réclamer avec une confiance démesurée les faveurs les plus inusitées.

Mademoiselle Marple sourit. Comme Gilbert était original ! Qui, de sa génération, professait semblables croyances, affichait sans vergogne pareille dévotion ?

Un sourire de tendresse, puis elle reprit :

— Et toi ? Tu es amoureux ?

— Oui !

— Où l'as-tu rencontré ?

— Ici, à la librairie.

— Cool !

— Non, parce que lui, il ne sait pas qu'il est homosexuel. Il est marié, il a deux enfants et il joue pour le National de Montréal. C'est le joueur-vedette Claude Bach.

— Ouille ! Ce...

Elle allait dire : ce n'est pas évident, mais ne voulut pas trop décourager son ami. Elle demanda pourtant :

— Mais comment peux-tu savoir qu'il est homosexuel s'il est marié et qu'il a des enfants ?

— J'ai vu comment il regardait sa femme, j'ai vu comment il me regardait et j'ai tout de suite fait l'équation de l'amour fou.

L'équation de l'amour fou...

Où allait-il chercher de telles expressions ?

Mademoiselle Marple esquissa un sourire attendri : Gigi ne changerait donc jamais ! Il était si romantique, si exalté. Dommage qu'il fût gai, parce qu'il aurait été un compagnon idéal.

Un temps, à ses débuts chez Gallimard, elle avait pensé, séduite par sa gentillesse, sa gueule de jeune premier (hormis ses moustaches excentriques, bien entendu), pouvoir le convertir, mais il lui avait avoué que, de toute sa vie, il n'avait couché que deux fois avec des femmes.

Chaque fois, il avait vomi après.

Ce qui prouvait, s'il en était besoin, la sincérité de sa préférence.

— Merde! s'exclama-t-il alors en se frappant le front comme s'il s'agissait d'un crime de lèse-majesté, j'y pense, j'ai oublié de me frictionner ce matin!

Et il fouilla aussitôt dans son pantalon tout en scandant :

— Ré-gu-la-ri-té! C'est le secret!

Il tira de sa poche droite un petit flacon sur lequel était imprimée une image de saint Joseph couronné portant dans ses bras l'enfant Jésus. La poche gauche était prohibée pour ce précieux office, car Gilbert était certain – une autre de ses innombrables lubies – qu'elle lui porterait malchance et il la réservait à son portefeuille, ce qui expliquait peut-être pourquoi il était toujours fauché! Le flacon de plastique contenait soixante millilitres d'une huile jaune mieux connue sous le nom d'huile de saint Joseph, que le frère André recommandait aux pèlerins pour faciliter l'obtention des guérisons.

Le jour même où il avait fait la rencontre de son bel inconnu marié, Gilbert s'était empressé de se faire tatouer sur le dessus de la main gauche un petit cœur rouge : il se dépêcha de le frictionner avec l'huile.

— Il ne faut pas sauter une journée, commenta-t-il. Et puis, l'huile magique, c'est vrai que c'est magique, mais si on n'y croit pas, ça ne *fly* pas, c'est comme un oiseau qui aurait seulement une aile.

Mademoiselle Marple n'émit aucun commentaire ; elle se contenta de souhaiter intérieurement à son ami que le miracle se produise, et il en faudrait un, lui semblait-il, parce qu'un joueur de hockey marié et père de deux enfants, ça ne faisait pas vraiment gai, même si tout s'était déjà vu...

Le bon frère André ferait mieux de se manier, encore que çela ne relevât peut-être pas tout à fait du champ, même vaste, de ses célestes compétences, les amours contrariées d'un homme envers un homme aux femmes.

Loulou consulta sa montre. Il était dix heures maintenant, le temps d'ouvrir les portes, sinon Gilbert et elle risquaient d'encourir les foudres du patron, qui était fort strict, pour ne pas dire maniaque, à ce chapitre. Elle ne l'avait pas encore aperçu mais il était sans doute déjà dans ses bureaux, au sous-sol, car il avait l'habitude d'arriver tôt. En fait, depuis qu'il avait perdu sa femme, Roger Dunhill passait presque tout son temps à la librairie, qu'il considérait comme sienne même s'il n'en était que le gérant. C'était aussi une manière pour lui de ne pas avoir à passer trop de temps seul chez lui, car son appartement était encore hanté par la présence de sa femme...

Mademoiselle Marple tapota le cadran de sa montre :

— C'est le temps d'ouvrir, Gilbert... Je suis à quelle caisse ?

Il l'informa qu'elle était assignée à la numéro 2, c'est-à-dire celle qui se trouvait au milieu de ce temple étroit de la grande littérature qu'était la librairie Gallimard du boulevard Saint-Laurent, dont la vitrine, aussi large que toute la boutique, ne faisait pas vingt-cinq pieds.

Elle s'y rendit et découvrit, au beau milieu du comptoir, un petit cadeau qui lui était destiné, car il était accompagné d'une carte à son nom qui disait : « Bon retour dans la grande famille Gallimard ! »

La carte portait la signature de son patron.

Elle ouvrit le cadeau, découvrit deux objets qui lui étaient familiers : la plaquette avec son nom, Mlle Marple, qu'elle avait laissée à la boutique à la suite de son départ, et une pomme verte bien luisante.

Elle reconnut là la marque de son patron.

Dès qu'il avait découvert, lors de son premier passage à la librairie, qu'elle aimait les pommes vertes, il avait commencé à en mettre une sur son comptoir tous les matins.

Elle agrafa l'insigne au-dessus de son sein gauche, mais ne croqua pas dans la pomme : elle avait perdu l'appétit et, du reste, mangeait rarement avant midi, se contentant habituellement d'un café – ou deux ou trois ! – selon son degré de nervosité.

Gilbert, qui avait ouvert sans enthousiasme la porte, car il avait davantage envie de bavarder avec mademoiselle Marple que de travailler, même s'il adorait son métier, s'empressa de la rejoindre derrière son comptoir.

Le matin, en début de semaine, c'était généralement tranquille à la librairie, alors aussi bien en profiter !

Un lourd exemplaire de *Harry Potter et le Prince de Sang-Mêlé* à la main, un gamin de neuf ans se présenta. Il était mignon, avec ses cheveux noirs bouclés et ses grands yeux bleus.

— Tu n'as pas d'école aujourd'hui ? demanda mademoiselle Marple qui s'étonnait avec raison, car c'était un mardi.

— Non, les professeurs sont en grève.

— Évidemment, où avais-je la tête !

Elle fit le calcul et annonça :

— Ça fait quarante-trois dollars quatre-ving-sept...

Le gamin fouilla dans son portefeuille, mais parut tout de suite contrarié. Avait-il oublié son argent à la maison ?

— Ah, dit-il, je... je vais revenir... je n'ai pas assez d'argent, je croyais que...

Et, le cœur visiblement brisé, il jeta un coup d'œil au joli dessin de la page couverture, tourna les talons et s'éloigna du comptoir. Mademoiselle Marple le rappela :

— Attends ! Tu as combien sur toi ?

Il revint sur ses pas, ressortit son portefeuille, mais, au lieu de compter, mit tout ce qu'il avait sur le comptoir. Cela représentait trente-cinq dollars. Mademoiselle Marple compta la somme, mit le livre dans un sac, commenta :

— Je vais te donner ma remise de libraire.

Ravi, le gamin prit le sac, la remercia et partit d'un pas joyeux.

Gilbert souriait : Loulou était une vraie sentimentale...

Après de longues hésitations, Simon Bormes s'était décidé à entrer dans la librairie, en prenant la précaution de mettre ses lunettes fumées. La femme rousse ne le reconnaîtrait probablement pas, même si elle l'avait vu au cimetière. Le temps était sombre, et puis Simon était loin de la limousine, au milieu de la foule, alors...

De toute manière, c'était plus fort que lui, il fallait qu'il lui parle, qu'il tente de découvrir la vérité... Comment ? Il ne savait pas au juste. Il savait seulement qu'il ne pouvait partir ainsi...

Il se tenait devant une étagère de livres et observait la rousse à distance, plus nerveux qu'il n'aurait pensé. Elle était vraiment belle, il devait l'admettre, même s'il n'avait jamais été particulièrement sensible au charme des rousses. Il faut dire que les rousses sont si peu nombreuses que les hommes peuvent difficilement affirmer, comme avec les blondes ou les brunes : « Mon genre, c'est les rousses ! »

À un moment, un client entra et s'immobilisa devant la caisse de Gigi. Ce dernier n'eut d'autre solution que d'aller le servir.

— Voilà ma chance! pensa Simon Bormes.

Et il avança rapidement vers le comptoir de mademoiselle Marple.

Elle le trouva plutôt bien de sa personne, et certainement élégant, avec son costume de lin et sa cravate de soie. Mais il paraissait un peu prétentieux, sans doute parce qu'il était trop beau, ce qui était toujours un défaut chez un homme, non? Oui, il avait un peu l'air de se prendre pour une vedette, avec ses lunettes fumées, ses cheveux bruns aux tempes légèrement argentées et son teint bien bronzé...

Il lui sembla qu'elle l'avait déjà vu quelque part. Probablement à La Cafétéria, ou dans la rue. Oui, peut-être sur Saint-Laurent, quelques minutes plus tôt, alors qu'elle pleurait bêtement devant la vitrine de Pourquoi pas. Pour qui? Pour un con qui lui avait brisé le cœur et qui n'en valait même pas la peine!

Maintenant, Simon Bormes devait dire quelque chose. Il avisa un poster sur le mur, derrière la caisse, où un éditeur vantait les mérites du dramaturge Michel Tremblay en proclamant : Une œuvre comparable à *La Comédie humaine* de Balzac.

— Je vais prendre *La Comédie humaine* de...

Il hésita un peu avant de compléter :

— ... Balzac.

Il estimait d'ailleurs que c'était bien trouvé, comme titre. N'était-il pas vrai que la vie était une comédie?

Ce n'était pas arrivé souvent à mademoiselle Marple, dans sa brève carrière de libraire, de se faire demander *La Comédie humaine*, comme ça, en entier.

— Vous voulez tous les volumes? s'enquit-elle par acquit de conscience.

— Oui, tant qu'à la lire, expliqua Simon, qui n'avait pas du tout idée à quoi il devait s'attendre.

— Euh… c'est très bien, dans quelle édition? Vous avez une préférence?

— La meilleure, bien entendu.

— Je vois que vous êtes un homme de goût, le flatta-t-elle. Alors on dit sans hésiter : la Pléiade. Si vous voulez bien m'attendre une minute.

Et elle se dirigea vers la petite armoire vitrée où les précieux ouvrages de la Pléiade étaient remisés sous clé pour décourager toute tentative de vol. Elle se trouvait près de la caisse de Gigi, qui en avait déjà fini avec son client.

— Est-ce que tu voudrais m'aider? Il veut les douze volumes de *La Comédie humaine* dans la Pléiade.

Gigi haussa les sourcils, ahuri. Peu banale, cette demande!

Ils prirent chacun six volumes et vinrent les poser sur le comptoir. Gigi ne fut pas insensible au charme de Simon Bormes et esquissa un sourire que Simon ne lui rendit pas. Il était trop occupé à considérer le nombre de volumes de *La Comédie humaine*, se demandant s'il ne devait pas se raviser. Il ne lirait jamais tout ça. D'ailleurs, il ne lisait pour ainsi dire jamais, si ce n'est des magazines et des journaux. Mais il aurait l'air de quoi devant la jolie libraire? D'un inculte qui ne savait pas que *La Comédie humaine* était un véritable roman-fleuve ! Pas question de revenir sur sa décision.

— Autre chose avec ça ? demanda mademoiselle Marple avec humour, et Gilbert faillit faire pipi dans son pantalon.

— Euh… non, ça va être tout pour aujourd'hui.

— D'accord, alors on dit...

Mademoiselle Marple avait un peu perdu l'habitude du maniement d'un tiroir-caisse, et puis les montants des différents tomes variaient selon leur taille, aussi lui fallut-il trois bonnes minutes avant de pouvoir déclarer, avec une imperceptible hésitation dans la voix, comme si elle craignait que le client ne se rebiffât devant l'ampleur de la somme :

— Avec taxes, ça monte à mille cent quatre-vingts dollars et cinquante-trois sous.

Simon ravala sa salive et dit pourtant :

— Pas de problème.

Il jeta une carte de crédit American Express Platine sur le comptoir, mais au moment où mademoiselle Marple s'en emparait, il tenta de la reprendre, et il y eut une brève lutte, bien involontaire de la part de la ravissante libraire, car elle ne réalisait pas que c'était Simon qui voulait la récupérer. Enfin, abandonnant à son titulaire la carte disputée :

— Vous avez changé d'idée ? demanda-t-elle.

— Euh… non, je préfère payer comptant.

Il venait de se rendre compte que mademoiselle Marple lirait sans doute son nom sur sa carte et pourrait faire le lien avec son père, car des Bormes, il n'y en avait pas des masses à Montréal, et surtout capables de s'offrir *La Comédie humaine* dans l'édition de la Pléiade !

— Pas de problème, dit-elle, et elle esquissa un sourire presque aussi étonné que celui de Gilbert.

Qui, en effet, pouvait payer comptant pareil achat?

Simon Bormes.

Qui tira lestement de son portefeuille douze billets de cent dollars – il devait y en avoir au moins une dizaine d'autres, estima une mademoiselle Marple surprise, ce en quoi elle ne se trompait guère, car Simon ne sortait jamais avec moins de deux mille dollars en argent sur lui, pour les imprévus, et ce, même avec sa carte American Express sans limite de crédit...

Elle remit la monnaie à Simon et plaça les livres dans trois grands sacs. Puis elle lui sourit comme pour conclure cette formidable transaction.

Simon ne s'en alla pas tout de suite; il paraissait attendre que Gilbert parte, comme s'il voulait parler seul à seul avec la jolie libraire qui prolongeait avec un début de malaise son sourire. Peut-être précisément parce qu'il avait percé les intentions de Simon, Gigi, pour se venger d'avoir été ignoré par lui, demeurait immobile.

Contrarié par cette obstination, Simon sembla se questionner sur l'action à prendre, mais aperçut alors un homme corpulent qui marchait vers la caisse.

— Bonne journée, mademoiselle Marple, dit-il.

Elle esquissa un sourire timide, comme flattée que ce client peu ordinaire se fût donné la peine de lire son nom. Il n'y était pas obligé, et peu de clients le faisaient.

L'homme qui venait d'avancer d'un pas lourd, c'était Roger Dunhill, le patron de mademoiselle Marple. Fort gras, toujours essoufflé, il possédait, en dépit de ses soixante ans bien sonnés, un visage poupin, beaucoup plus jeune que son âge. Sous ses lunettes cerclées d'or brillait un regard que la tristesse n'avait plus quitté depuis qu'il avait perdu sa femme adorée, cinq ans plus tôt. Il portait une perruque brune et tout le monde le savait, malgré le soin maniaque qu'il prenait à la placer sur son crâne chauve, tous les matins avant de sortir de chez lui.

Il avait assisté à distance à la surprenante transaction et il paraissait ravi.

— Je vois que vous n'avez pas perdu la main, mademoiselle Marple, et je me félicite de vous avoir fait confiance de nouveau !

4

— Tout le monde à la maison d'édition aime votre roman.

Ce compliment inespéré provenait de la bouche de Gaspard Drury, le directeur des Éditions Globe, un quinquagénaire plutôt gras, avec des bajoues, la peau couperosée et des cheveux poivre et sel trop longs pour son âge.

Venaient empirer son aspect négligé et peu ragoûtant ses dents gâtées (il avait la phobie du dentiste) et jaunies par les tanins trop corsés des bordeaux qu'il affectionnait. Quant à ses yeux bleus, ils étaient protégés par des lunettes à lourde monture noire qui lui donnaient un air un peu sévère.

Mademoiselle Marple, qui avait dû attendre une grosse demi-heure dans la salle de réception, avait encore les paumes tout humides, car pendant un moment elle avait pensé que le rendez-vous serait annulé, ou même qu'il ne lui avait jamais été donné : elle avait tout simplement rêvé le matin à La Cafétéria...

Mais enfin, alors que la réceptionniste avait déjà quitté les lieux, comme du reste probablement tout le monde dans la boîte, c'était le directeur lui-même qui était venu la chercher dans la salle de réception et lui avait fait un baisemain qui l'avait un peu embarrassée.

Elle était assise dans son grand bureau, dont les murs étaient tapissés de tablettes qui ployaient sous des piles de manuscrits. Il devait y en avoir une bonne centaine, estimat-elle avec autant de précision que sa nervosité le lui permettait. Ce qui était décourageant : pourquoi choisir le sien en effet parmi cette tonne de manuscrits ?

— Vous avez du talent, mademoiselle, beaucoup de talent. Seulement, on ne peut pas publier votre manuscrit tel quel. Il est trop long. Il faut couper une centaine de pages, dit l'éditeur sans passer par quatre chemins.

— Une centaine de pages ? C'est beaucoup.

— Mais c'est nécessaire, croyez-moi. Il en restera deux cents. Pour un premier roman, c'est amplement suffisant.

Mademoiselle Marple blêmissait.

Couper cent pages, cent pages qu'elle avait sué eau et sang à écrire, c'était facile à dire mais à faire, c'était une autre paire de manches !

— Vous voyez, mademoiselle Maple...

— Marple, corrigea-t-elle poliment.

— Oui, mademoiselle Marple, chaque mois il y a plus de trois mille nouveautés en librairie. Comme disait Cocteau, qui était en avance sur son époque, les livres ont une histoire tout de suite ou ils n'en ont pas du tout. Si votre livre ne retient pas immédiatement l'attention, au bout de deux mois, les libraires le retourneront. Alors, pour éviter cette catastrophe qui se produit avec neuf livres sur dix, et je suis généreux, qu'est-ce qu'il faut? Il faut que le livre ait du punch, et le punch, c'est quoi?

— Euh...

Elle n'osait rien dire, pas certaine de savoir où il voulait en venir.

— Eh bien, le punch, c'est le sexe. Oui, le sexe. Regardez *Truisme, Putain, Les Particules élémentaires*. Et même le vieux Zola, à son époque. Qu'est-ce qui les a fait vendre? Le sexe. Pourquoi? Parce que ceux qui lisent encore des livres ou, en tout cas, qui les achètent, ce sont des gens bien. Et les gens bien, qu'est-ce qu'ils veulent? Ils veulent du sexe. Mais ils ne veulent pas le trouver dans un petit roman pornographique de bas étage, ils veulent que ce soit littéraire, ils veulent que ce soit dégueulasse mais avec de la classe, ils veulent que leur merde leur soit livrée dans de la soie, parce qu'ils soignent leur standing, vous me suivez?

— Oui... admit mademoiselle Marple, un peu choquée par cette leçon accélérée d'édition.

Puis elle se défendit, timidement :

— Il me semblait pourtant que les passages érotiques de mon livre étaient assez réussis.

— On est toujours mauvais juge de son œuvre, mademoiselle. Premièrement, ces passages, ils ne sont pas assez nombreux et, surtout, ils ne sont pas assez crus. On dirait que vous écrivez comme un auteur du dix-neuvième siècle. Il faut que vous soyez moderne, que vous nommiez les choses par leur nom, que vous laissiez tomber les métaphores de couventine.

— Bon, je peux revoir ça, en rajouter, dit-elle avec un enthousiasme feint.

— Bien. Mais ce qui compte encore plus, c'est vous.

— Moi?

— Oui, vous, l'auteure. Parce que je pense que je peux faire de vous la prochaine Nelly Arcan, si vous êtes prête à faire ce qu'il y a à faire. Alors dites-moi, jusqu'où êtes-vous prête à aller pour réussir?

Il la regardait d'un drôle d'air, et elle ne savait pas trop que penser de cette question.

— Eh bien, je... je peux effectuer les changements que vous me demandez...

— Oui, mais vous, personnellement, est-ce que vous êtes prête à payer le prix du succès? Regardez tous les manuscrits autour de moi. Pourquoi choisirais-je le vôtre plutôt qu'un de ceux-là? Donnez-moi une bonne raison! Convainquez-moi!

— Je... vous me prenez un peu au dépourvu.

— Je vais vous aider, je vais vous donner une suggestion. Est-ce que, par exemple, vous seriez prête à faire un peu de *pussy diving*?

Elle n'avait jamais entendu l'expression et son anglais était plus qu'approximatif, malgré son nom de famille *british* sur les bords. Il y avait le mot *pussy*, bien sûr, qui sonnait comme *Pussy Cat*, le tristement célèbre bar de danseuses nues de la rue Sainte-Catherine. Le directeur ne lui suggérait quand même pas de danser pour lui sur son bureau?

— Euh… je... excusez mon ignorance, mais je ne sais même pas ce que c'est.

Elle ne tarda pas à l'apprendre, car le directeur, qui avait défait sa ceinture pendant qu'il palabrait sans fin sur le merveilleux monde de l'édition, se levait, s'écartait de son bureau et, pantalon (de coton bon marché froissé) aux chevilles, caleçon (douteux) aux genoux, exhibait sans complexe son sexe, tout en expliquant :

— Vous me mangez puis je vous mange.

Ah bon, c'était ça, le *pussy diving*, le plongeon alternatif vers les organes de l'autre !

Fascinant !

Et surtout romantique !

Comme les hommes avaient peu idée de ce qui pouvait émoustiller une femme !

Si au moins ça avait été Brad Pitt (et même là !), si au moins l'offrande avait été alléchante.

Mais le directeur était... comment le qualifier ?

En latin, mademoiselle Marple pensa que c'était un *minus habens*...

En anglais (elle connaissait au moins cette expression, à défaut de connaître celle qu'il venait de lui apprendre), un *child equipped*, un qui est membré comme un gamin...

Et en français ?... Eh bien tout simplement un sous-homme, exactement le genre à qui sa compagne d'un soir (le premier et le dernier) dit : « Allez, mon petit chéri, tu peux me pénétrer maintenant ! » et ce dernier lui avoue, à sa courte, très courte honte, que non seulement il a déjà procédé à la prise de Troie, mais que le sac est terminé, la poche vidée !

Alors, mademoiselle Marple eut sans doute la pire réaction de toutes, surtout pour un homme vaniteux comme Gaspard Drury : elle se mit à rire. À la vérité, c'était pire qu'un rire, c'était un véritable fou rire !

— Cessez ce rire stupide ! ordonna-t-il. Je vais vous donner une dernière chance de vous faire publier ici...

Et, ce disant, il s'avança, péniblement vu l'entrave de ses chevilles et sa lourdeur de pachyderme, vers la tremblante auteure en herbe, lui présenta à nouveau l'offrande lilliputienne de son sexe.

Prise de peur, pour freiner son progrès, même lent, mademoiselle Marple se leva d'un bond et elle eut la présence d'esprit de faire tomber devant elle une des étagères remplies de manuscrits dont toutes les pages se confondirent avec fracas sur le plancher.

— Bonne lecture ! lança ironiquement la jeune femme et elle tourna les talons.

— Pauvre conne, fulmina le directeur, vous n'irez nulle part en édition !

— Je vais au moins essayer de sortir d'ici, dit-elle en se retournant.

Et toujours secouée par un fou rire, elle se précipita hors des prestigieux bureaux des Éditions Globe.

Globe de merde ! pensa-t-elle.

Sur le trottoir, pourtant, elle cessa de rire et se mit à trembler.

Elle réalisait qu'elle aurait pu être violée par cet éditeur pervers.

Puis ce fut la déception qui l'envahit.

Parce que son rendez-vous de la dernière chance avait mal tourné, vraiment mal tourné, et que son espoir d'être publiée s'envolait en fumée du fait qu'elle n'avait pas voulu fumer le zob du triste sire...

Elle avait besoin de prendre un verre, de voir quelqu'un. Une amie.

Roxanne.

Qui pourrait la combler doublement, puisqu'elle travaillait dans un bar.

À La Cafétéria, elle ne trouva malheureusement pas Roxanne, dont le quart était terminé depuis longtemps. Parfois elle en faisait deux d'affilée, mais pas ce jour-là.

Elle se commanda malgré tout à boire, pour essayer de se remettre de ses émotions. Elle y parvenait petit à petit, se répétant à quel point cet éditeur était dégueulasse, ce qui l'étonnait du reste, car elle avait toujours cru que le monde de l'édition était propre. Mais elle revenait à la même conclusion que d'habitude : là où il y a des hommes (même de lettres), il y a de l'hommerie...

Soudain, après avoir englouti sa troisième Boréal rousse, elle se frappa le front : elle avait oublié que c'était le cinquantième anniversaire de naissance de sa mère et qu'elle avait promis de le fêter avec elle ce soir-là.

Quand elle avait été appelée par le goujat des Éditions Globe, elle avait tout oublié...

Et elle n'avait même pas pensé à lui acheter un cadeau : quelle égoïste, quelle mauvaise fille elle faisait, d'autant que sa mère avait tout de suite offert de l'héberger à la suite de son revers amoureux !

5

— Oh, maman, je suis désolée, je suis terriblement en retard...

— Mieux vaut tard qu'en corbillard, comme on dit! plaisanta madame Marple, un peu bizarrement. Parce que franchement, je commençais à me dire que je m'étais trompée de journée pour mon anniversaire. Ton fantôme de sœur, ça fait deux ans qu'elle ne m'appelle plus, alors elle n'était surtout pas pour faire exception à ses règles, même si sa maman vient d'avoir cinquante ans. Et ton père, on ne gaspillera pas notre salive à cracher dessus, il oubliait ma fête même quand on était encore mariés.

— Oh! ma petite maman d'amour, dit mademoiselle Marple...

Elle se dépêcha de poser sur le comptoir de mélamine terne de la cuisine les choses dont ses mains étaient pleines, du vin mousseux, un gâteau, des fleurs, puis s'approcha de sa mère.

— Viens ici que je t'embrasse!

Sa mère, qui était assise devant une table circulaire nappée de blanc, et qui avait trompé l'attente en buvant du rouge, se leva pour accepter les embrassades de sa fille.

C'était une femme un peu potelée, avec un visage rond à peine ridé, des yeux bleus un peu tristes, un nez retroussé, et des cheveux roux comme sa fille, mais qu'elle portait fort courts, à la garçonne. Toujours très coquette, et couverte de bijoux bon marché, elle gagnait sa vie comme simple couturière dans une manufacture de vêtements de la rue Chabanel. Elle n'avait pas été très longtemps à l'école, mais en revanche, pour ne pas faire honte à sa fille, apprentie romancière, et aussi par amour véritable des livres, qu'elle avait découverts tardivement, elle lisait tout ce qui lui tombait sous la main, sans tout comprendre bien entendu, mais ça, c'était une autre histoire...

Elle habitait juste derrière La Cafétéria, un petit trois pièces et demie plus que modeste de la rue Saint-Dominique, qui, au moins pour mademoiselle Marple, avait l'avantage de se trouver à deux pas de chez Gallimard. Cette dernière avait été contente d'y trouver refuge après sa rupture. Comme l'appartement ne comptait qu'une chambre, sa mère n'avait eu d'autre choix que de l'installer au salon, protégeant d'un paravent chinois d'un goût douteux un matelas posé à même un plancher de bois franc qui aurait eu besoin d'être reverni depuis des lustres. Mais le proprio était un rat qui, une fois touché son mois, disparaissait comme le fantôme de l'Opéra !

Sa mère servit le poulet qu'elle avait préparé et qui était un peu sec, mais mademoiselle Marple n'allait quand même pas le lui reprocher, ni lui faire remarquer que le riz était trop cuit, la salade un peu molle, d'avoir trop longtemps trempé dans sa vinaigrette Kraft *low calory*. Ce n'était pas grave, l'important, c'était qu'elles soient ensemble.

— D'habitude, à chaque fête, on est censé dire : la famille grossit, fit observer madame Marple, mais la nôtre, elle aurait plutôt tendance à diminuer. C'est juste nous deux, maintenant.

— Oui, mais on ne se séparera jamais, nous deux, c'est ce qui compte...

— À nous deux alors ! dit la mère en soulevant son verre, qui n'était visiblement pas le premier de la soirée.

Mais cela non plus, mademoiselle Marple ne pouvait le lui reprocher. Après tout, c'était son anniversaire, et pas n'importe lequel, le cinquantième...

La mère dit :

— J'ai vraiment cru un moment que tu m'avais oubliée...

— Mais voyons, maman, comment est-ce que je pourrais oublier ton anniversaire ? C'est juste que j'ai eu un imprévu. Il y a un éditeur qui m'a appelée ce matin pour me donner rendez-vous à la dernière minute et c'est pour ça que je suis arrivée en retard...

Ce n'était pas tout à fait exact, mais bon, toute vérité n'est pas bonne à dire...

— Ils vont publier ton livre ? demanda sa mère, le visage illuminé, comme si sa fille venait de lui annoncer qu'elle avait remporté le Goncourt ou gagné le million.

— Peut-être, c'est possible, préféra-t-elle dire en taisant sa mésaventure peu banale. Le contrat n'est pas encore signé, évidemment, mais disons que... il faut que je sois patiente.

— Et si ça marche, est-ce que tu vas gagner beaucoup d'argent?

— Seulement si le livre se vend.

— Ah...

Une pause puis :

— Des fois, tu n'as pas envie de redevenir infirmière? Ton livre, ça fait déjà deux ans que tu te ruines les yeux à l'écrire, et tu ne sais même pas encore s'ils vont l'imprimer et encore moins te donner de l'argent. Tandis qu'infirmière, tu pourrais te placer dans n'importe quel hôpital, avec tous les diplômes que tu as...

— Non, infirmière, c'est fini pour moi, maman, j'ai aimé ça quand je l'ai fait, mais je n'ai pas envie de retourner en arrière... À la librairie, c'est peut-être moins payant, je suis d'accord, mais j'ai plus de temps pour écrire...

La mère se tut quelques instants, puis reprit :

— Je ne sais pas pour une librairie, Loulou, mais un hôpital, c'est quand même un bon endroit pour rencontrer un médecin.

— Mais maman, je ne cherche pas à rencontrer un médecin! Ni un médecin ni personne. J'en ai ma claque des hommes!

— Oui, pour le moment, tu en as ta claque, comme tu dis, c'est normal, mais il faut que tu penses au futur, tu ne peux quand même pas passer le reste de ta vie seule, crois-moi sur parole, ce n'est pas le pot aux roses tous les jours, la solitude.

— Qu'est-ce que ça peut faire d'être célibataire pendant un petit bout de temps? La liberté, ça a aussi ses bons côtés. Pas de hockey à écouter, pas de siège de toilette à rabaisser. Moi, je suis célibataire, et je m'en porte à merveille.

— Oui, à merveille, c'est vrai, même si depuis que tu habites ici, tu as pleuré toutes les nuits...

— Tu m'entends ?

— Avec les murs de la chambre que tu as...

— Oh, je... je suis désolée, maman, je te promets que je vais faire attention pour ne plus te réveiller.

— Tu ne me réveilles pas, voyons, et je ne disais pas ça pour ça...

Elles mangèrent. Comme des oiseaux. Car ni l'une ni l'autre n'avait d'appétit. Mademoiselle Marple, on sait pourquoi. Sa mère, la jeune romancière n'allait pas tarder à le comprendre.

Madame Marple s'était rembrunie tout à coup ; les yeux tout humides, le regard voilé, elle dit :

— Je l'ai vue pour la première fois aujourd'hui.

— Qui ça ?

— Elle.

— Elle ?

— Oui, la femme avec qui ton père est parti... Il a jamais voulu me la montrer en trois ans. Je croyais que c'était pour pas me faire de peine, mais c'est parce qu'il a honte d'elle. En rentrant de la *shop*, cet après-midi, je me suis retrouvée derrière lui, en auto, sur une lumière rouge, il m'avait pas vue, alors je l'ai suivi, dans sa belle voiture de l'année... Il allait la chercher après le travail ; elle est coiffeuse dans un salon miteux de l'est de la ville, sur Sainte-Catherine. J'ai eu un choc quand je l'ai vue. Ton père m'avait dit qu'il détestait les femmes trop maigres parce que ça fait malade. Il m'avait dit qu'il n'aimait pas les gros seins, parce que ça fait vulgaire. Eh bien, elle est maigre comme un manche à balai, et elle a des seins tellement gros qu'elle doit pas se mouiller les orteils quand elle prend sa douche, si jamais elle la prend, la sale ! En plus, elle s'habille comme une guidoune de la Main... Et dire que ton père a toujours refusé que je porte des décolletés ou que je montre mes jambes parce que ça faisait pas distingué... Elle, elle avait une jupe tellement courte que quand elle est montée dans l'auto, elle lui est quasiment remontée jusqu'aux poils de la pantoufle, qu'elle doit se teindre pour faire le *set* avec ses cheveux, pour pas que ton gros nigaud de père se rende compte qu'il sort avec une « teindue », excuse-moi de faire un péché par médisance mais c'est plus fort que moi.

Et, en levant les yeux vers le plafond à la peinture craquelée, elle ajouta :

— Pardonnez-moi, mon Dieu, je promets que je dirai plus de mal de cette putain.

Une pause, puis elle poursuivit :

— Ce que les hommes peuvent être simples d'esprit ! Ça se prend pour des Einstein et ça se fait mener par le bout du nez par une idiote qui doit même pas avoir une cinquième année. Remarque, moi non plus, j'ai pas été longtemps à l'école, mais au moins je me la suis faite, ma propre école de la vie, et je lis des vrais livres, pas juste des magazines de salon de coiffure !

— C'est vrai, c'est vrai...

— Dis-moi, Loulou, pourquoi est-ce que les hommes, ils nous trahissent ?

— Je ne sais pas, maman, peut-être simplement parce que ça leur prend toujours de la nouveauté, et comme ils manquent d'imagination, ils pensent que la nouveauté, c'est une autre femme qui va la leur apporter, alors ils bousillent tout...

— Ah pour ça, ils ont du talent!

— Oui, mais il faut se dire, maman, que les hommes ne sont pas tous comme ça, qu'il y a quelque part un homme qui a le cœur à la bonne place, un vrai compagnon, un homme avec qui tu peux recommencer ta vie...

— À cinquante ans?

— Mais maman, tu n'as pas soixante-dix ans, tu as SEULEMENT cinquante ans. C'est jeune, maman, très jeune...

— Non, jeune, c'est quand tu peux lire les *Pages jaunes* à un homme et qu'il te trouve quand même du génie. Moi, même si je parle à un homme comme Simone du Boudoir... je veux dire de Beauvoir, excuse le laïus, c'est comme si je n'avais pas ouvert la bouche, il fait quand même la lourde oreille...

— Mais maman, tu ne les parais pas, tes cinquante ans. On ne t'en donne même pas quarante-cinq!

— C'est vrai? Tu trouves, vraiment? dit-elle en souriant, ravie, et en touchant avec coquetterie ses cheveux, comme si c'était un homme qui venait de lui adresser le compliment.

— Mais oui, maman, puisque je te le dis...

Mais la joie de madame Marple fut de courte durée. Elle se rembrunit à nouveau et avoua :

— Ce que je voudrais en réalité, c'est pas de rencontrer quelqu'un, c'est que ton père revienne. Parce que je sais que, dans le fond, il m'aime encore, seulement, il a plus un poil sur le coco, et il commence à en avoir dans les oreilles, alors il veut se donner des illusions de grande jeunesse avec une fille qui pourrait être sa fille...

— Maman, ça fait trois ans que papa est parti, tu ne crois pas que, s'il avait voulu revenir, il serait déjà revenu? Je sais que c'est difficile à accepter, mais à un moment donné, il faut tourner la page.

— C'est trente ans de ma vie... C'est l'homme avec qui j'ai eu mes deux enfants, enfin un et demi, on va dire, parce que ton ingrate de sœur, je pourrais être morte depuis un an, elle ne s'en rendrait même pas compte...

— Je sais, maman, mais il faut que tu penses à toi maintenant. Tu es quelqu'un de bien, tu travailles, tu es jolie...

Un silence puis madame Marple, qui ne paraissait pas convaincue, reprit :

— C'est drôle quand même, la vie, je veux dire drôle dans le sens triste du mot, si tu vois où je veux en venir avec ma philosophie. À vingt ans, à trente ans, on pense que c'est un bar ouvert, la jeunesse. À quarante ans, on se dit qu'on n'est pas encore trop mal, on tamise l'éclairage quand on se regarde dans le miroir et on porte des vêtements plus grands pour faire semblant qu'on a encore vingt ans, même si les filles de vingt ans, elles achètent des vêtements trop courts pour elles, question de porter la taille vraiment basse... Puis un matin, boum, on tombe dans la cinquantaine comme on tombe d'un dixième étage.

— Mais maman, tu as vieilli d'une journée seulement...

— C'est quand même la goutte qui a fait déborder le vase de ma jeunesse. Maintenant, je me sens comme une plus que rien.

Diable! elle devient lyrique, pensa mademoiselle Marple, c'est peut-être d'elle au fond que je tiens le gène littéraire qui m'empoisonne l'existence et me pousse, contre toute logique, à vouloir être autre chose qu'une infirmière qui gagne honnêtement sa vie, parce que, du côté paternel, le démon de la littérature, il n'est pas virulent : il n'y a que le démon du midi qui s'agite, et sottement en plus.

— Mais maman, la vie ne s'arrête pas à cinquante ans. Demain matin, alors que tu t'y attends le moins, tu peux rencontrer quelqu'un...

— Non, parce que demain matin, je travaille, et à la manufacture, il y a seulement des femmes, à part le patron bien entendu, mais avec lui mon *timing* est pas bon, j'ai trente ans de retard, il reluque seulement les petites couturières de vingt ans, et en plus il est déjà marié et il est Marocain, ce n'est pas parce que je suis raciste, mais ces races-là, moi, j'suis pas capable.

Sans prendre la peine de rétorquer, mademoiselle Marple se leva d'un bond, comme saisie d'une inspiration soudaine, et alla chercher la boîte du gâteau dans le frigo. Elle l'ouvrit, et alluma la chandelle unique dont elle protégea la flamme de sa main libre jusqu'à la table.

— Voilà, maman, expliqua-t-elle, on arrête de pleurer maintenant. Ce qui compte à présent, c'est ta vie, maman, TA vie. Tu vois, sur ton gâteau, j'ai fait mettre une seule chandelle, pas cinquante chandelles, parce que les années, c'est juste un chiffre. Et cette chandelle, c'est un symbole. Aujourd'hui, c'est l'an un, c'est «le premier jour du reste de ta vie». Bonne fête, maman. Je t'aime.

Lorsqu'elle se coucha, ce soir-là, mademoiselle Marple se jura qu'elle ne pleurerait pas.

Mais le téléphone sonna, un peu passé minuit.

Elle s'empressa de décrocher, pour que la sonnerie ne réveille pas sa mère et peut-être aussi parce qu'elle attendait, parce qu'elle espérait un appel.

Mais personne ne parlait au bout du fil.

Elle eut une intuition, une certitude.

C'était son ancien amant qui l'appelait.

Pourquoi?

Pour la torturer davantage?

Pour lui dire qu'il regrettait son geste?

Qu'il l'aimait encore?

Qu'il voulait qu'elle lui revienne?

— C'est toi, mon loup? osa-t-elle demander.

Mais elle n'eut pas de réponse.

Enfin, elle raccrocha.

Et, comme les autres nuits, elle pleura, mais en prenant la précaution d'étouffer ses larmes dans son oreiller.

6

Le lendemain, Simon Bormes se présenta de nouveau chez Gallimard, vers l'heure du midi, et alla trouver la ravissante libraire qui, pour tout déjeuner, mangeait la pomme verte que son patron avait déposée sur son comptoir comme tous les matins.

Simon l'informa qu'il avait offert en cadeau *La Comédie humaine*, ce qui lui avait valu un franc succès.

— Grand bien vous fasse... dit-elle non sans une pointe d'ironie.

Il eut une hésitation, comme s'il était incertain du parti à prendre.

— Vous... vous travaillez depuis longtemps ici? demanda-t-il.

— Non, c'est ma deuxième journée; pour être plus exacte, disons que je fais un retour forcé, bref... je ne veux pas vous raconter l'histoire de ma vie, je suis sûre que vous avez mieux à faire que d'écouter pareil récit...

— Mais au contraire, ça m'intéresse.

Il consulta sa montre, ajouta :

— D'ailleurs, il est midi, vous n'avez pas envie de me raconter ça pendant le lunch ?

— Je le déguste en ce moment, mon lunch, expliqua la libraire, qui souleva devant son client sa pomme verte déjà à moitié mangée.

— Vous pourriez quand même prendre un petit quelque chose en ma compagnie. Si vous êtes libre bien entendu...

— Non, dit-elle un peu sèchement, je ne suis pas libre. Ni pour le lunch, ni pour le dîner, ni pour le petit déjeuner. Je ne le suis pas non plus pour l'apéro, pour un café, ni même pour un verre d'eau ou un Château Margaux ! Est-ce que je suis assez claire ?

— Mais je... je vous trouve... comment dire... fermée, mademoiselle. Pourquoi être autant sur vos gardes ? Vous ne pensez pas que vous êtes peut-être en train de rater la chance de votre vie ?

— Non. Vraiment pas ! Et si vous voulez savoir pourquoi, ajouta-t-elle, lisez ceci. Vous devriez tout comprendre... enfin, avec un peu de chance !

Et elle prit, sur le comptoir, à même une petite pile qui descendait rapidement et qu'elle refaisait quotidiennement, un roman à la mode : *L'amour dure trois ans*, de Frédéric Beigbeder.

Simon Bormes acheta docilement le livre, qu'il paya naturellement comptant, et quitta la librairie sans demander son reste.

Le lendemain, à la même heure, il se pointait à nouveau et dut attendre quelques minutes que mademoiselle Marple fût seule. Elle était avec Gilbert, et un commentaire s'échappa spontanément de la belle bouche lippue de ce dernier.

— Encore lui! Décidément, il a de la suite dans les idées! Tu préfères que je reste avec toi pour qu'il ne t'emmerde pas?

— Oui.

Mais un autre client arriva, un client de Gigi, et celui-ci n'eut pas le choix de le servir, d'autant que le patron était sorti de son antre, comme tous les jours à midi pile, pour aller manger, car il avait un appétit gargantuesque qu'il satisfaisait sans difficulté dans les innombrables restaurants du quartier. Le client marchait d'un pas lent vers le comptoir numéro 2, inspectant au passage les tables.

Après tout, pensa Gigi, Loulou était une grande fille et pouvait se défendre contre ce raseur.

Dès qu'elle fut seule, Simon Bormes fonça vers le comptoir.

— Je peux vous aider? demanda-t-elle.

Mais elle avait prononcé ces mots avec une sécheresse telle que c'était comme si elle avait dit : vous ne voudriez pas me foutre la paix?

— J'ai lu le livre que vous m'avez vendu hier.

— Déjà! Mon Dieu, vous n'avez fait que ça.

— À peu près, si on excepte le fait que j'ai acheté un immeuble de soixante logements.

— Vraiment fascinant!

À la manière dont elle avait prononcé ces mots, il ne put dire si elle était sérieuse ou se payait sa tête. Une chose était certaine, il ne l'avait guère impressionnée, comme il s'y efforçait maladroitement.

— Franchement, reprit-il, je ne comprends pas pourquoi vous m'avez recommandé ce livre. C'est un peu cynique au début, d'accord, mais à la fin l'auteur reste amoureux, même après trois ans avec la même femme, en tout cas c'est ce que j'ai compris.

— Beigbeder n'est pas con, il travaillait dans une boîte de pub avant de devenir auteur, alors il s'est dit (ou son éditeur lui a dit) : si le héros reste cynique et change de femme aux trois ans, toutes les lectrices vont vomir le livre. Il a donc fait une fin romantique et le livre est un succès, parce que c'est le rêve de toutes les femmes, le don Juan qui se convertit en mari *in extremis*. Mais ces hommes-là, ils existent juste dans les romans, et les romans, c'est pas la vraie vie. C'est pour ça qu'on continue à lire des romans, nous, les femmes, et que vous, les hommes, vous continuez à faire vos conneries.

Diable, pensa Simon Bormes, elle n'y va pas avec le dos de la cuillère ! Et en tout cas, elle avait réfléchi à la question en long et en large.

— Je suis... je suis surpris par votre manière de penser, mademoiselle...

— Vous avez quel âge ?

— Trente-huit ans. Pourquoi me demandez-vous ça ?

— Pour deux raisons ; premièrement, parce qu'à votre âge, vous devriez avoir assez d'expérience pour savoir que j'ai raison. Et deuxièmement, pour pouvoir vous confirmer que vous n'avez aucune chance. Vous voyez, mon dernier ami était plus âgé que moi et je me suis promis que jamais plus je ne referais cette erreur. Il était aussi plus riche que moi ; remarquez, ce n'est pas un grand exploit, parce que je n'ai pas un rond, mais je veux dire, il était d'une autre classe sociale, ce qui est de toute évidence votre cas pour pouvoir payer comptant *La Comédie humaine* dans la

Pléiade et acheter un immeuble de soixante logements entre deux chapitres d'un roman.

— Mais... mais vous, vous avez quel âge, si je puis me permettre ?

— Vingt-cinq ans.

— Vingt-cinq ans, et déjà vous ne croyez plus à l'amour, je suis étonné...

— Je n'y crois plus parce que je sais que vous n'y croyez pas, vous, les hommes, vous faites seulement semblant d'y croire pour nous attirer dans votre lit. Ensuite, c'est le scénario classique.

— Le scénario classique ?

— Oui, vous voulez que je vous le décrive ?

— Oui, franchement...

— Bon, vous l'aurez voulu. Eh bien ! voici. Au début, vous allez m'emmener dans de bons restaurants, vous allez avoir de longues conversations avec moi, vous allez écouter quand je parle, vous allez avoir l'air de trouver tout ce que je dis intéressant même si vous êtes en train de penser à votre fascinante réunion du lendemain ou à la voiture que vous voulez acheter. Pour me faire plaisir, et montrer que vous êtes cool, vous allez accepter de manger des sushis, même si vous trouvez que ça goûte la morue pourrie et que la seule chose que vous aimez, c'est un gros steak bien saignant. Pour me séduire, vous allez accepter de manger des insectes grillés surtout si je porte le bon décolleté ou un chemisier transparent...

Comme il restait silencieux, interloqué par une telle avalanche verbale, elle reprit, avec un petit sourire au coin des lèvres.

— Mais quand ça va faire un an qu'on couche ensemble, vous n'allez plus m'emmener au restaurant qu'une petite fois par mois, et en plus il va falloir apporter notre vin... Vous allez me lire votre journal ou me bâiller dans la face, surtout quand je vais vouloir parler de notre couple, sans compter que vous allez me faire sentir vraiment désirable en reluquant toutes les serveuses qui vont se pencher devant vous pour avoir un plus gros *tip*. Je continue ?

Et comme il ne disait toujours rien, ébranlé par la tirade qui semblait préparée de longue date, elle reprit :

— Au début, je vais me demander, comme une idiote, si vous sortez avec moi seulement pour pouvoir faire l'amour comme un malade ou si c'est parce que c'est l'amour fou. Mais je ne me poserai quand même pas trop la question, parce que c'est plutôt agréable de s'éclater le coquelicot deux fois par jour dans quatorze positions différentes. Mais dans un an, je vais me demander pourquoi on ne fait plus l'amour qu'une fois par semaine, les bonnes semaines, même si je me dandine tous les soirs devant vous avec ce soutien-gorge de dentelle qui supposément vous rendait fou lorsque vous m'avez rencontrée. Et je vais me faire du mauvais sang en me demandant si c'est parce que j'ai pris cinq kilos, à cause des restos grecs qui servent du riz et des patates dans la même assiette, ou parce que vous me trompez avec votre secrétaire qui a des bombes atomiques dans son soutien-gorge et qui me regarde avec des bazookas dans les yeux quand je vais vous rejoindre au bureau. Ça vous dit quelque chose ?

— Euh... je...

— Tut, tut, tut, ne m'interrompez pas, je finis. Au bout de trois ans, parce que l'amour dure trois ans comme j'ai essayé de vous le faire comprendre par de bonnes lectures, si nous nous voyons encore, quand je vais vous parler de vivre ensemble, vous me répondrez, oui, ma chérie, mais plus tard, sois patiente, parce que, pour le moment, il faut que je me concentre sur ma carrière. Et moi, la poire, je vais gober tout ça, je vais être compréhensive. Et trois jours plus tard, en marchant sur le trottoir, je vais vous voir par hasard à travers la vitrine d'un de ces grands restaurants où vous m'emmeniez au début, mais cette fois-ci, vous serez en train de vous concentrer sur votre carrière de merde avec votre prochaine victime, qui vous trouve fascinant parce qu'elle croit que vous êtes libre et que vous êtes différent des autres hommes. Et quand je vous demanderai une explication, vous partirez en courant avec votre précieuse queue entre les jambes et vous me laisserez ramasser sur le trottoir les miettes de mon petit moi qui ne vous dit plus rien depuis qu'il vous donne des problèmes d'érection. Est-ce que je vous en ai assez dit maintenant ou dois-je continuer à faire votre éducation sentimentale?

7

Si elle avait cavalièrement refusé l'invitation à déjeuner de Simon Bormes, mademoiselle Marple ne put décliner celle de son patron, qui voulait lui parler de son avenir à la librairie, et qui avait peut-être une petite idée derrière la tête. (Quel homme n'en a pas?)

Elle en eut la confirmation à peine une minute après s'être attablée avec lui dans un resto du coin.

Roger Dunhill craignait que Gilbert, avec le temps, ne succombât aux charmes innombrables de mademoiselle Marple et se «convertît», ne fût en somme «gai-ri» par elle. Et puis il avait vu ce client qui avait voulu impressionner sa jeune protégée en achetant *La Comédie humaine* et qui, de toute évidence, lui faisait une cour empressée. Aussi devait-il jouer rapidement ses cartes.

— Je vous observe depuis que vous êtes revenue, et l'année passée aussi je vous observais, et chaque jour, du moins quand je n'étais pas enfermé dans mon donjon, j'étais étonné de voir à quel point vous accomplissiez votre travail avec amour, avec patience. Vous ne perdez jamais votre calme ni votre politesse, même quand un client vous demande un livre dont il ne se souvient plus ni du titre ni de l'auteur... «mais ils en ont parlé dans *La Presse* la semaine dernière, c'est une histoire d'amour entre un homme et une femme...»

Mademoiselle Marple sourit, car semblables requêtes lui étaient adressées fréquemment.

— Oui, vous traitez chaque client comme s'il était une personne vraiment importante, presque un ami, et j'ai observé que plusieurs clients sont en fait devenus des amis et viennent à la librairie pas seulement pour acheter un livre, mais pour repartir avec un peu de cette lumière, de cette chaleur humaine, dont vous avez à revendre. Longtemps je me suis demandé comment vous faisiez, parce que vous avez aussi un talent de romancière et vous pourriez être prétentieuse, comme la plupart des auteurs, hélas, qui font les importants, qui ne sont jamais contents, qui sont fâchés quand ils trouvent leurs livres ici, parce que ceux-ci ne sont pas encore vendus, et sont aussi fâchés de ne pas les trouver quand on les a vendus trop vite. À la fin, j'ai compris votre secret, vous n'êtes pas simplement une vendeuse de livres, vous êtes une libraire, dans le vrai sens du mot : vous répandez autour de vous l'amour de la littérature. Mieux encore, vous possédez une qualité qui n'est plus très à la mode aujourd'hui et qui pourtant serait bien utile dans le monde dans lequel nous vivons : la bonté...

— Vous exagérez, vraiment, c'est vrai que j'aime les livres et que j'adore mes clients, enfin presque tous, mais je... je ne sais pas quoi vous dire.

— Ne dites rien. Contentez-vous de m'écouter.

— D'accord.

— Comme vous savez, je vis seul depuis cinq ans...

À la librairie, ce n'avait jamais été clair si sa femme était morte ou l'avait simplement quitté. Une chose était certaine, personne n'avait été invité à ses funérailles, si tant est qu'il y en ait eu. Certains prétendaient que sa femme était tout bonnement repartie vivre en France où elle était née, tout comme lui, et où sa famille se trouvait...

Il poursuivit :

— Aussi bien aller droit au but, parce que nous avons peu de temps pour manger. Je... eh bien voilà : je voudrais vous demander votre main...

— Je… je ne sais pas quoi vous répondre...

— Tut, tut, tut... fit-il en soulevant la main, ne me répondez pas tout de suite, je vous en prie, attendez que j'aie fini.

Il avala une bouchée, sans presque la mastiquer, puis il reprit :

— Imaginez les discussions que nous pourrions avoir, puisque nous sommes tous deux des passionnés de littérature... Oui, je sais, la littérature, me direz-vous, ce n'est pas tout, il y a aussi, comment dire… les réalités de l'amour... Mais pour ça, j'ai réfléchi également, je sais que vous êtes jeune, et je conçois que je puisse ne pas être exactement votre type d'homme...

Il porta instinctivement sa main vers sa tempe droite et effleura du bout des doigts sa perruque, comme s'il voulait lui avouer son secret, sa calvitie qu'elle finirait fatalement par connaître dans l'intimité mais qu'en fait elle connaissait déjà comme tout le monde.

Malgré la pluie de compliments, elle éprouva une certaine tristesse en pensant que la vie était parfois mal faite, que ces phrases, elles étaient bien rondes et bien musicales, gonflées de bons sentiments (qui ne font que de mauvais romans, se rappela-t-elle par déformation professionnelle), mais elles avaient un défaut : elles n'étaient pas murmurées par les bonnes lèvres, elles jaillissaient d'un cœur bon, certes, mais pas du bon cœur.

Comme elle aurait aimé les entendre de son ex! Mais celui-là, non, elle s'était juré de le chasser de son esprit à tout jamais. Alors, il ne méritait même pas ce petit regret, surtout que, côté dialogue amoureux, il avait autant de talent qu'un sourd-muet! Tiens, pensa-t-elle, le sourd-muet amoureux, mieux encore le quadriplégique de l'engagement, voilà des sobriquets qui lui convenaient comme un gant et avec lesquels elle pourrait construire un roman!

— Ce que je veux dire, poursuivait son patron, c'est que vous n'auriez aucune obligation, comment dire... amoureuse, je ne suis quand même pas idiot, je sais qu'on ne peut pas forcer ces choses, alors vous auriez votre propre chambre dans mon condo d'Outremont. Et puis, poursuivit Roger Dunhill, vous ne seriez plus obligée de travailler pour gagner votre vie, enfin vous pourriez toujours me donner un coup de main à la librairie, bien entendu, mais seulement si le cœur vous en dit, et ainsi vous pourriez consacrer tout votre temps à vos romans.

— Mais je... je ne sais pas quoi vous répondre, vraiment, je suis éberluée, vous me...

— Ne me répondez pas tout de suite, réfléchissez! Prenez votre temps, ce n'est pas le genre de décision qu'on prend à la légère, un mariage... Pour le moment, parlez-moi plutôt de votre roman : est-ce que vous avez eu des nouvelles?

— Euh... oui, mais pas très bonnes, seulement des refus jusqu'à présent.

— Ce n'est pas évident, un premier roman, pas évident...

Une pause, puis un éclat dans ses yeux :

— Mais j'y pense, pourquoi ne m'accompagnez-vous pas au lancement de la nouvelle revue littéraire qui a lieu ce soir? Tous les éditeurs seront là, je vais vous présenter, vous allez pouvoir jouer vos cartes...

— C'est que... j'ai promis à ma mère de sortir avec elle, ce soir, elle vient me rejoindre à la librairie.

— Mais elle peut nous accompagner! s'empressa-t-il de dire, trop heureux de saisir au vol cette occasion de mousser sa candidature auprès de sa future belle-mère.

8

Vers dix-huit heures, la mère de mademoiselle Marple arriva, vêtue d'une robe dont le décolleté un peu coquin mettait en évidence ses atouts encore fort appétissants pour une femme de son âge.

— Est-ce que c'est correct? demanda-t-elle à sa fille en portant sa main vers son corsage.

— Parfait! répliqua mademoiselle Marple.

Roger Dunhill arriva.

— Je vous présente ma mère, dit mademoiselle Marple.

Puis elle ajouta :

— Ah oui, j'oubliais : ma mère a aussi un nom, elle s'appelle Louise, comme moi. Ce soir, ça vous fera donc deux Louise pour le prix d'une et toutes deux rousses par-dessus le marché!

Roger Dunhill ne sembla pas trouver drôle la plaisan-terie; à la place, il devint tout blême, il sembla suffoquer, et il lui fallut même s'asseoir.

Inquiètes, les deux femmes l'entourèrent, puis mademoi-selle Marple lui apporta un verre d'eau, et sa mère tira de son sac un mouchoir avec lequel elle humecta le front du pauvre homme, qui courait après son souffle et qui, curieusement, avait les yeux tout humides.

— Ce n'est rien, dit-il, ce n'est rien, seulement une petite crise d'angine; ça m'arrive parfois quand je suis un peu surmené, mais ça ne dure jamais longtemps...

— Est-ce que vous préférez que nous remettions notre soirée? demanda mademoiselle Marple.

— Non, non, ça va, donnez-moi seulement quelques minutes; d'ailleurs, je vais déjà mieux, vous... vous êtes vraiment très aimable, madame Marple, dit-il à la mère de la libraire en lui jetant un regard profond.

On dit parfois que lorsqu'on aide quelqu'un, c'est soi-même que l'on aide.

Mademoiselle Marple en eut une surprenante illustration ce soir-là.

La mère semblait en effet avoir «guéri» Roger Dunhill de sa fille, d'un seul coup et entièrement. Car toute la soirée, il la passa avec elle, ne la laissant pas d'une semelle, renouvelant constamment ses consommations avec un zèle infini, ayant avec elle une conversation aussi nourrie que si elle avait été une vieille amie (sa mère n'aurait pas aimé cette expression!) qu'il aurait retrouvée après une trop longue absence.

Mademoiselle Marple était doublement ravie : de s'être débarrassée de son patron enamouré et d'avoir trouvé, plus rapidement qu'elle ne l'avait prévu, et sans que ce fût prémédité, un compagnon à sa mère. En fait, elle se sentit bientôt de trop à cette soirée.

Une gêne s'était emparée d'elle devant les éditeurs que, maintenant privée de son mentor, elle n'osait aborder.

Qui était-elle au fond ?

Une ancienne infirmière qui se croyait romancière et devrait peut-être un jour retourner à son premier métier. Comment pouvait-elle impressionner un éditeur ? Bien sûr, elle aurait pu miser sur sa beauté. Mais sa timidité semblait voiler celle-ci, si bien qu'elle n'opérait plus : son éclat lui faisait faux bond justement au moment où elle en aurait eu le plus besoin !

Comme pour la décourager tout à fait (dégoûter aurait été un mot plus juste) elle tomba, dans les toilettes des femmes, sur une jeune romancière à la recherche d'un premier éditeur : dans une cabine à la porte mal fermée, elle s'était littéralement mise à genoux devant lui (c'est fort, l'envie d'être publiée !) et lui récurait le gland à grands coups d'une langue plus savante que celle de son manuscrit...

Lui ne semblait s'émouvoir que médiocrement de sa prestation, peut-être pour la forcer à redoubler d'ardeur perverse, et en tout cas il eut l'outrecuidance de suggérer à mademoiselle Marple de former avec eux un trio infernal.

— Vous cherchez un éditeur vous aussi ? demanda-t-il avec une prétention imbécile.

— Je ne vous dirai pas d'aller vous faire voir, parce que visiblement c'est ce que vous cherchez. Ni de vous faire foutre, ça vous plairait trop. Je vous dis juste merde, ce qui est convenable, il me semble, pour quelqu'un qui comme vous trône sur une toilette !

À ces mots, la romancière à genoux tourna vers mademoiselle Marple un regard brillant de paumée et, la narine poudrée, elle réappliqua aussitôt ses lèvres luisantes d'ambition sur le seul membre pour elle accessible du comité de lecture d'une maison d'édition. Mademoiselle Marple sortit.

Un verre de vin lui ferait le plus grand bien pour oublier que, si le monde de l'édition est raffiné, il est aussi peuplé par des hommes !

Mais au bar, elle fit une rencontre désagréable et pourtant prévisible : nul autre que le peu ragoûtant Gaspard Drury, grand patron des Éditions Globe. Il avait bu (c'était un autre de ses vices !) et, en voyant la romancière en herbe, il fit une véritable crise de paranoïa :

— Je ne suis pas certain d'avoir été suffisamment clair avec vous l'autre jour, alors je précise : si jamais vous faites la moindre allusion à ce qui s'est passé dans mon bureau, vous êtes une femme morte, et je ne plaisante pas !

— Je vais dire ce que je veux à qui je veux, je pense que je vais même parler de vous dans mon prochain livre, au lieu d'ajouter les cochonneries pseudolittéraires que vous m'avez suggérées. Tiens, en voilà une bonne idée ! Qu'est-ce que vous en pensez : est-ce que les illustres Éditions Globe daigneraient alors me publier ?

Il s'avança vers elle, comme pour l'intimider. Effarouchée, elle jeta son verre de rouge sur son pantalon, juste en bas de sa ceinture, ce qui ne manqua pas d'étonner les éditeurs et les auteurs présents.

— Vous allez le regretter, pauvre connasse !

Mais déjà elle avait tourné les talons et, sans même prendre la peine de saluer sa mère et son patron qui étaient tout aux délices de leur première conversation, elle sortit.

Sur le trottoir, elle regretta son geste : pourquoi avait-elle provoqué cet éditeur ?

Qui sait, il était peut-être aussi dangereux qu'il le disait.

9

Le même soir, à la luxueuse résidence de David Bormes, à Westmount, devait avoir lieu un petit conseil de famille.

Lorsque Simon y arriva, vers vingt heures, avec un peu de retard, il comptait bien avoir avec son père une conversation décisive, mais il s'étonna de ne pas le trouver dans son fauteuil habituel, au salon.

— Papa n'est pas là? s'inquiéta-t-il auprès d'Alisha.

Alisha, c'était la gouvernante haïtienne, une quinquagénaire replète et toujours souriante qui était au service des Bormes depuis plus de vingt ans et faisait pour ainsi dire partie de la famille.

— Il est dans sa chambre. Il a eu un autre malaise... dit-elle de sa voix lumineuse, avec le délicieux accent de son pays natal dont trente années d'exil ne l'avaient heureusement pas privée.

— Ah! rien de grave, j'espère?

— Non.

Simon sourcilla. Le matin, quand il avait parlé au téléphone avec son père, brièvement il est vrai, ce dernier avait l'air plutôt bien...

Mais tout de suite Simon pensa que ce ne serait pas la première fois que son père se montrait avec lui d'une pudeur excessive, comme s'il estimait qu'il y avait des choses qui ne se disaient pas entre hommes. Même la crise cardiaque qu'il avait subie à Paris en janvier, il ne lui en avait jamais parlé directement, et c'était sa sœur Fanny qui lui avait appris la mauvaise nouvelle. Et les rares fois où Simon avait voulu aborder la question avec son père, ce dernier s'était contenté de dire qu'il était parfaitement rétabli et avait tout de suite changé de sujet.

Parfois, il pensait que si son père se montrait si avare de confidences avec lui, c'était pour le punir subtilement d'avoir refusé de travailler à ses côtés dans la société d'assurances qu'il avait fondée trente ans plus tôt, car Simon avait préféré se lancer dans l'aventure immobilière.

Les assurances, ça ne l'avait jamais intéressé, même si son père avait tenté à maintes reprises de lui expliquer que c'était plus propre que le béton et la brique, et qu'un assuré valait mieux qu'un locataire, car s'il ne payait pas sa prime, il n'avait droit à aucune compensation, alors que les locataires, c'est connu, paient leur loyer quand bon leur semble !

Il faut dire que son père était généralement un homme fort secret, du moins lorsque venait le temps de parler de lui. Bien sûr, il n'hésitait pas à s'ouvrir de ses théories politiques et financières. Du reste, il ne fallait pas le contrarier, surtout si on était moins fortuné que lui, car il avait cette déplorable manie de juger de l'intelligence d'un être à l'aune de sa fortune, oubliant fort commodément que bien des génies sont morts dans la mendicité !

C'est ce moment que choisit une femme d'une quarantaine d'années, plutôt grassette et pas très jolie, pour faire son apparition dans le salon. Elle portait l'uniforme blanc des infirmières et une petite mallette noire.

— Ah Simon, je vous présente madame Johnson, l'infirmière de votre père. Madame Johnson, le fils de monsieur.

Simon lui serra la main et demanda :

— Comment est mon père ?

— Bien. J'ai pris sa pression, je lui ai donné ses médicaments. Il va dormir pour la nuit maintenant.

— Vous me rassurez.

L'infirmière se tourna vers Alisha :

— Je serai ici à neuf heures demain matin. S'il y a quelque chose, n'hésitez pas à m'appeler, vous avez mon numéro de cellulaire...

— Oui, madame Johnson.

Elle salua Simon et sortit.

— Et mes sœurs ?

— Elles sont dans la chambre de votre mère.

Simon alla les rejoindre.

Assises sur le grand lit à baldaquin, les deux sœurs se divisaient non sans émotion le contenu du coffret à bijoux de leur mère.

Trois jours avant sa mort, comme si elle avait senti sa fin proche, Louise Bormes avait demandé à ses filles de lui apporter ce coffret, pour présider au partage, mais la séance avait tourné court car au troisième bijou, un beau collier d'émeraudes, elle avait protesté : « Non, celui-là, je le garde, c'est le collier que je portais pour mon voyage de noces... »

Et réalisant l'absurdité de ce qu'elle venait de dire, elle s'était mise à pleurer, et ses filles l'avaient aussitôt imitée, bien sûr.

Les larmes aux yeux, Fanny, qui tenait justement le collier, se remémorait cette scène et la protestation attendrissante de sa mère. Elle offrit le bijou à Sarah, qui refusa et insista pour que ce fût elle qui le gardât.

— C'est ce que maman aurait voulu, je pense...

— Tu crois? demanda Fanny.

— Oui, parce que tu n'es pas encore mariée, alors tu vas pouvoir le porter pour ton voyage de noces...

Lorsque Simon entra dans la chambre, Fanny, convaincue, mettait le collier avec nostalgie.

— Ah Simon, enfin, on pensait que tu ne viendrais plus, dit Sarah.

Et elle se leva pour l'embrasser. Sa sœur fit de même.

— Papa a eu un malaise? s'enquit Simon.

— Oui, il n'est vraiment pas dans son assiette ces jours-ci. Remarque, ça doit faire drôle de se retrouver brusquement seul, après quarante ans de mariage...

— En effet...

— Et toi, frérot, ça va? demanda Fanny, qui était ravissante, même dans la robe noire qu'elle avait décidé de porter pour prolonger son deuil.

— Oui, enfin dans les circonstances.

Un bref silence, puis Sarah, désignant deux grosses boîtes sur le tapis rose de la chambre à coucher, expliqua :

— S'il y a des choses qui t'intéressent, jette un coup d'œil...

Même s'il était attaché à sa mère, il pensa que ce ne pouvaient être que des choses de femme, plus susceptibles d'intéresser ses sœurs, et pourtant, par politesse, il s'agenouilla à côté d'une des boîtes et y jeta un coup d'œil.

Son attention fut alors retenue par un livre, une édition récente de *Madame Bovary*. Il trouva que la femme qui représentait, sur la page couverture, la célèbre héroïne, ressemblait à sa mère. Aussi eut-il envie de prendre le bouquin, qu'il feuilleta machinalement après en avoir regardé l'illustration.

Il remarqua qu'il y avait une photo entre deux pages.

Une photo qui l'intéressa au plus haut point.

Car on y voyait son père avec une femme à son bras !

La photo, en couleurs, la montrait de profil, et même si ce n'était pas un gros plan, Simon fut certain que c'était la femme rousse du cimetière, cette mademoiselle Marple qu'il avait retrouvée par un hasard extraordinaire sur le boulevard Saint-Laurent, quelques jours plus tôt !

Son horrible intuition se confirmait : cette femme était la maîtresse de son père.

Et sa mère savait tout, c'était évident.

Il serra les dents, furieux, et il eut envie de déchirer la photo. Mais il se ressaisit et pensa qu'il devait d'abord la montrer à ses sœurs, pour qu'elles sachent elles aussi la vérité. Pourquoi les épargner, au fond, et surtout pourquoi permettre à son père si peu méritoire de passer pour un mari exemplaire ?

Il s'approcha des deux jeunes femmes.

— Je viens de trouver ça dans un livre de maman, dit-il en jetant la photo sur le lit, sur lequel elles étaient encore assises.

Les deux sœurs regardèrent la photo avec perplexité. La petite Fanny s'en empara pour l'examiner de plus près, puis laissa tomber, d'un ton un peu indifférent :

— Je suis sûr que c'est mademoiselle Marple, l'infirmière de papa...

Mademoiselle Marple !

Simon ne s'était donc pas trompé !

La femme qu'il avait retrouvée par hasard sur le boulevard Saint-Laurent était la même que celle qu'il avait brièvement aperçue dans la limousine paternelle !

Et pourtant, quelque chose clochait : la femme rousse qu'il avait suivie était libraire, pas infirmière...

Mais...

Oui, il s'en souvenait très bien maintenant, elle avait fait une allusion au fait que son retour à la librairie était récent...

Et donc, elle venait peut-être de quitter son travail d'infirmière...

Néanmoins, pour que tout fût plus clair dans son esprit, il s'enquit :

— L'infirmière de papa ?

— Mais oui, expliqua Fanny. Regarde bien sur la photo, le nom sur l'édifice (elle le montra de son index gracile) : Clinique Mayo, c'est là que papa a été traité pour sa crise cardiaque.

Simon dut admettre que sa sœurette avait raison, même s'il n'était pas au courant pour la Clinique Mayo. Mais ça, ce n'était qu'une autre chose que son père lui avait tue.

— Et puis regarde, poursuivit Fanny, qui voyait tout, comme un véritable détective, sous sa veste, elle porte un uniforme d'infirmière ! Et elle a même des souliers blancs !

De nouveau, elle avait raison.

— L'as-tu déjà rencontrée ? demanda Simon, mais sans agressivité aucune.

— Non, admit Fanny.

— Moi non plus, expliqua Sarah, mais je lui ai parlé au téléphone à quelques reprises. Elle m'a appelée de Paris pour me demander des renseignements au sujet de papa, de sa diète, de ses antécédents familiaux... Remarque, lui-même m'a parlé d'elle, il ne la cache pas.

— C'est vrai, renchérit Sarah, depuis qu'il a eu sa crise cardiaque, il est devenu très angoissé, il ne va nulle part sans son infirmière. Dès qu'il a une contrariété, elle doit prendre sa pression, et au premier malaise, elle appelle son cardiologue. Il est devenu paranoïaque. Ça évidemment, c'est elle qui me l'a dit au téléphone, pas papa, tu sais comment il est.

Voilà sans doute pourquoi, pensa Simon, son père se montrait si peu loquace au sujet de sa crise cardiaque. C'était par orgueil. Le grand homme d'affaires avait honte de cette angoisse qui le suivait comme son ombre et faisait de lui un homme ordinaire (quelle humiliation !), un homme qui savait dorénavant qu'il n'était pas invincible...

Et voilà aussi pour quelle raison, continuait de réfléchir Simon, son infirmière était restée dans la limousine, le jour de l'enterrement. Son père, aussi obsédé par son image qu'un politicien, le lui avait ordonné, car il ne voulait sans doute pas que tout le monde apprenne, et au premier chef son fils, que, comme un grand malade, il ne pouvait plus faire un pas sans une infirmière à son bras !

— Est-ce que tu as rencontré madame Johnson, l'infirmière qu'il a engagée à Montréal ? demanda alors Sarah.

— Oui, elle sortait quand je suis arrivé. Alisha me l'a présentée. Charmante.

Mais il pensa aussitôt qu'elle n'était pas vraiment charmante, en tout cas en comparaison de mademoiselle Marple. Il pensa surtout que c'était curieux.

Ce n'était quand même pas madame Johnson qu'il avait vue dans la limousine au cimetière.

Pourquoi son père avait-il remplacé son infirmière européenne, surtout si elle avait pris la peine d'effectuer le voyage avec lui ?

Évidemment, son père était un homme exigeant, tyrannique à la vérité, et mademoiselle Marple avait peut-être fini par se lasser ?

Ou bien son père l'avait-il congédiée parce qu'elle refusait d'être littéralement son esclave, comme il s'y attendait de tous ses employés ?

À moins que...

À moins qu'il n'eût trouvé trop compromettant, trop risqué de la garder à son service pendant son séjour à Montréal, parce que, justement, elle était plus que sa simple infirmière...

Comment savoir ?

Une chose était certaine, ce n'était pas un sujet qu'il pourrait aborder avec son père...

David Bormes n'était pas le genre d'homme à qui l'on posait des questions. Et est-ce que cela concernait vraiment Simon, quelle infirmière congédiait ou embauchait son père?

La seule personne de qui il pourrait découvrir la vérité, c'était sans doute mademoiselle Marple elle-même…

Soulagée que ce n'eût été qu'une fausse alarme, Sarah se laissa bientôt reprendre par la munificence du coffret à bijoux.

Fanny, heureuse d'avoir lavé son petit papa adoré des vilains soupçons dont son frère l'avait éclaboussé, détournait elle aussi la tête, reprenait ses pourparlers avec sa sœur, s'intéressait à une très belle bague qu'elle n'avait pas souvent vue au doigt de sa mère.

Simon se trouva idiot de ne pas avoir remarqué les détails vestimentaires, pourtant évidents, qui prouvaient la profession de mademoiselle Marple, sentiment d'autant plus désagréable pour lui qu'il se croyait aisément d'une intelligence supérieure.

Résigné, il replaça la photo dans le roman, qu'il fit le geste de ranger dans la boîte avec d'autres effets personnels de sa mère, mais, au dernier moment, il eut une hésitation. Et il le glissa plutôt dans la poche intérieure de sa veste.

En rentrant chez lui, Simon eut cette pensée horrible : sa mère avait-elle échafaudé le même raisonnement que lui?

La photo ne l'avait-elle pas convaincue, à tort, que son mari la trompait?

Si c'était vrai, alors, c'était un horrible malentendu!

Le soir, seul chez lui, après avoir vidé une bouteille complète de rouge, il reprit songeusement *Madame Bovary*. Comme par superstition ou par respect, pour ne pas défaire ce que sa mère avait fait, il avait replacé religieusement la photo entre les deux pages où il l'avait trouvée.

Malgré un début d'ébriété, il remarqua alors un détail curieux.

L'une des deux pages – celle de droite – était doublement cornée.

Intrigué, il feuilleta attentivement le livre, mais aucune des sept ou huit pages qui gardaient la marque d'une pause ancienne n'avait été ainsi pliée aux deux coins, supérieur et inférieur.

Il se défendait un peu facilement de ne jamais lire de roman en disant que sa vie même était un roman, alors qu'à la vérité il estimait que c'était un divertissement de femmes, et pourtant il éprouva une envie irrésistible de lire cette page du vieux Flaubert. Non pas par remords soudain de ne jamais avoir lu, comme sa mère le lui avait tant de fois gentiment reproché, mais parce qu'une intuition le chiffonnait.

Ce n'était pas par hasard que sa mère avait ainsi plié les coins de cette page du roman.

Elle avait voulu, c'était certain, laisser à ceux qui trouveraient le livre un indice, un message d'outre-tombe.

Mais lequel?

Simon lut avec fébrilité la page mise en évidence.

Son visage pâlit bientôt.

Car le passage décrivait comment Charles Bovary, peu après la mort de sa femme, découvrait, fou de douleur, le portrait d'un de ses amants, au milieu de billets doux, puis se laissait mourir de chagrin.

10

Il était treize heures, et, comme c'était tranquille à la librairie, mademoiselle Marple bavardait depuis quelques minutes avec Gigi, à sa caisse, tout près de l'entrée, lorsqu'il s'exclama :

— C'est lui !

— Qui ça, lui ?

— Mais LUI ! Claude Bach, le joueur de hockey du National de Montréal ! Et il n'est pas avec sa femme ! Oh ! merci, frère André !

Et il embrassa le cœur tatoué sur sa main, qu'il avait tant de fois frictionné à l'huile de saint Joseph. Mademoiselle Marple se tourna vers l'entrée, vit le joueur de hockey, le trouva plutôt bel homme et probablement un peu trop viril pour être ce que Gigi croyait naïvement qu'il était. Pauvre lui, ce ne serait pas la première fois qu'il se montait la tête inutilement et voyait des choses qui n'existaient pas ! Mais n'est-ce pas là un travers propre à tout amoureux ?

Comme pris de panique, Gigi demanda :

— Qu'est-ce que je vais faire s'il vient me parler ?

— Mais... tu vas le servir comme si c'était un simple client !

— Mais ce n'est pas un simple client, justement.

Et le jeune libraire tremblait, pâlissait, avait de la difficulté à trouver son souffle, comme s'il suffoquait de joie ou d'angoisse.

Elle s'éloigna pour lui laisser la liberté de manœuvrer à sa guise avec son Adonis, si du moins il daignait lui parler.

— Bonne chance, murmura-t-elle en espérant que Gigi ne s'était pas trompé, que son joueur de hockey n'était pas un homme à femmes et ne viendrait pas la trouver, elle, plutôt que de s'adresser à lui, comme il le souhaitait tout en le redoutant : banal paradoxe des débuts de l'amour !

Les cheveux châtains coupés en brosse, à la mode des années soixante, Claude Bach, un colosse d'un mètre quatre-vingt-dix, avait des yeux bruns, des joues anguleuses ombragées par une barbe de trois jours qui le rendait encore plus mâle, du moins pour le vulnérable Gigi. Elle était en tout cas utile pour dissimuler les trois ou quatre cicatrices qui marquaient son menton de gladiateur des arènes modernes.

Dès son entrée, il aperçut Gilbert à son comptoir et alla droit vers lui. D'une voix très chaude, il lui demanda :

— Est-ce que vous êtes libre ?

Est-ce que vous êtes libre ?

Se rendait-il compte au moins de toute la portée de ses mots ?

Mais bien sûr qu'il était libre ! Gilbert eut-il envie de hurler. Il était libre de tout son temps, de ses jours, de ses nuits, blanches et autres, libre de tout son corps, de toute son âme. Libre !

Le joueur de hockey tira alors de sa poche un petit bout de papier, qu'il consulta, puis dit, avec un sourire, le regard allumé, du moins sembla-t-il à Gilbert :

— Je cherche le *Journal du voleur*, de Jean Genet.

Gigi eut un frémissement, et pour peu il se serait évanoui. Le *Journal du voleur* ! L'œuvre célèbre d'un des invertis les plus notoires de la littérature française, qui célébrait pendant des pages les vertus de son tube de vaseline et les verges des détenus. Pouvait-il y avoir message plus clair, aveu plus limpide ?

Comme faveur accordée par le frère André, c'en était toute une, il ne faudrait pas qu'il manque de le remercier !

Maintenant, le cœur de Gigi battait si fort que celui-ci en sentait les douloureuses pulsations dans ses oreilles, dans ses tempes, et qu'il avait l'impression que la tête allait lui exploser.

Pourtant, il parvint à dire, d'une voix un peu hésitante :

— Si vous voulez bien me suivre...

Il l'entraîna vers la section des romans de poche, fut soulagé de pouvoir trouver, non sans avoir dû faire quelques recherches qui lui avaient donné des sueurs (un client avait replacé le précieux exemplaire à la mauvaise place !), son dernier exemplaire du *Journal du voleur*, car il le recommandait si souvent qu'il en manquait fréquemment.

Il tendit l'ouvrage, dans la collection Folio, à Claude Bach. Ce dernier avança une main athlétique et lourdement baguée (mais pas de bague de la coupe Stanley, car il était trop jeune pour l'avoir gagnée !). Chez tout autre que lui,

Gigi aurait sans doute trouvé vulgaire cette quincaillerie qui faisait un peu nouveau riche, mais son idole ne pouvait avoir aucun tort, sauf celui, qu'il redoutait, de le repousser...

L'athlète le remercia, mais au lieu d'acheter tout de suite le livre, il en lut la quatrième de couverture.

La constituaient les premières lignes, habilement choisies, du deuxième chapitre de l'ouvrage, que le hockeyeur lut en remuant les lèvres comme font ceux chez qui la lecture n'est pas une pratique frénétique :

« Je nomme violence une audace au repos amoureuse des périls. »

La phrase, très belle, s'il en est, mais un peu poétique, dirons-nous, le laissa perplexe : nul ne l'avait prévenu, il est vrai, qu'on n'entrait pas chez cet auteur comme dans un amphithéâtre !

— Oui, c'est bien, décréta-t-il malgré tout, je le prends.

— Parfait. Autre chose ?

— Euh… non... Je vous remercie... (il lut son nom sur son insigne) Gilbert.

Et il tira une carte de visite de la poche de sa veste, la tendit à Gilbert :

— Si jamais vous avez envie de parler de sport, donnez-moi un coup de fil !

Gilbert regarda la carte, qui portait le prestigieux logo du club de hockey National, et il frémit encore plus.

— Euh… oui, oui...

Puis Claude Bach parut nerveux, comme s'il craignait d'être surpris dans une librairie, en présence d'un vendeur efféminé. Il paya rapidement. Mademoiselle Marple s'empressa de venir retrouver son ami.

— Et puis ?

— Il a acheté le *Journal du voleur* de Genêt...

— Oh...

— Et il m'a laissé sa carte ; il m'a dit de l'appeler si j'avais envie de discuter de sport...

— Oh, la la...

Et il brandit la carte comme un véritable trophée.

Mademoiselle Marple le regardait avec attendrissement, mais craignait le pire pour lui, car c'était souvent ce qui finissait par lui arriver.

À ce moment, le système de détection de vol se déclencha.

Un client, que ni mademoiselle Marple ni Gigi n'avaient vu entrer, sortait d'un pas rapide de la librairie, sans doute un voleur, mais jouait de malchance car il tombait sur Roger Dunhill, qui revenait de déjeuner. Le gérant de la librairie le stoppa, lui enleva le livre des mains, et le pria de rentrer avec lui pour s'expliquer.

Mademoiselle Marple le reconnut sans peine. C'était un bon client, un jeune homme de seize ans, au regard de feu, véritable fou de littérature.

Roger Dunhill posa le livre sur le comptoir. C'était une œuvre de Julien Gracq, *Entretiens*. Le client était venu la demander, la veille, mais lorsqu'il en avait vu le prix, plus de trente dollars, il y avait renoncé, fort tristement. Et il était tout simplement revenu pour piquer le livre, profitant de la distraction de Gigi, obnubilé par son hockeyeur, et de celle de mademoiselle Marple, qui cherchait à deviner ce qui se passait entre les deux hommes.

Le jeune client regardait la libraire d'un air traqué.

Elle réfléchit rapidement, puis, consciente que ce qu'elle allait dire lui coûterait plus de trente dollars de sa poche, une dépense qu'elle ne pouvait pas vraiment se permettre et à laquelle pourtant elle devrait se résoudre pour faire balancer sa caisse le soir, elle assura :

— C'est mon erreur. J'ai oublié de démagnétiser le livre.

Le patron la regarda, tenta de la sonder.

— Et vous avez aussi oublié de mettre le livre dans un sac ?

— Il n'en voulait pas.

— C'est exact, confirma le jeune homme.

Roger Dunhill toisa à nouveau mademoiselle Marple. Ce qu'elle venait de dire n'était-il pas cousu de fil blanc ? Comment savoir ? Il fallait lui donner le bénéfice du doute. D'autant que, depuis la veille, vu ce qui s'était passé avec sa mère, il ne pouvait plus avoir avec elle la même attitude...

Sans rien ajouter, il passa derrière le comptoir, démagnétisa lui-même le livre et fit comme mademoiselle Marple aurait dû faire : il le mit dans un sac et le remit au client.

Ce dernier échangea avec mademoiselle Marple un regard rempli de reconnaissance et partit sans demander son reste.

À la porte, il croisa un fleuriste qui se dirigea d'un pas vif vers le comptoir où Roger Dunhill, Gigi et mademoiselle Marple se trouvaient toujours.

— Une livraison pour mademoiselle Marple ! fit gaîment le jeune livreur.

— C'est moi, répondit-elle non sans étonnement.

— Si vous voulez bien signer ici...

Et il lui tendit un bout de papier sur lequel elle confirmait avoir bien reçu les fleurs. Puis il partit.

— Un admirateur? la taquina Gigi, ce qui n'eut pas l'air d'amuser Roger Dunhill.

— Je n'en ai aucune idée...

Mais elle pensa que c'était peut-être le client de la veille, qui semblait amoureux fou d'elle, même si ou parce qu'elle l'avait éconduit cavalièrement.

Elle déballa le bouquet, un magnifique bouquet de fleurs sauvages.

Mais, un peu mystérieusement, il n'y avait pas de carte.

L'admirateur avait préféré rester anonyme.

Alors, tout naturellement, la libraire pensa que le bouquet venait de son ex, qui l'aimait encore mais ne savait pas comment le lui dire.

Et elle eut envie de le rappeler.

Mais elle se retint.

Ç'aurait été une erreur stupide.

Après tout le mal qu'il lui avait causé, c'était à lui de faire le premier pas, et plus clairement qu'en lui envoyant des fleurs sous le couvert de l'anonymat. Le matin, pour la première fois depuis son retour à la librairie, mademoiselle Marple n'avait pas trouvé sur son comptoir la pomme verte Granny Smith que son patron y posait en un petit rituel quotidien.

Ce détail avait fait fleurir un léger sourire entendu sur ses lèvres peintes en rose, ce qui allait à ravir avec son pantalon fuchsia et son chemisier blanc.

Ça avait cliqué entre son patron et sa mère. Alléluia!

Elle ne pouvait prouver la chose parce que, la veille, sa mère (la petite coquine!) était rentrée fort tard, bien après que mademoiselle Marple se fut endormie, et, le matin, comme elle partait très tôt pour l'atelier, la jeune femme n'avait pas pu la voir.

Quand même, son petit doigt, d'autant plus lucide que c'était celui d'une romancière, lui disait que Cupidon avait frappé, et un coup aussi grand qu'inespéré !

Son intuition se confirma, vers quatorze heures trente, lorsque sa mère lui téléphona, tout excitée :

— Je peux pas te parler longtemps, je suis dans mon *break,* mais il fallait absolument que je te dise : tu avais raison, pour la vie après cinquante ans, elle existe, je m'en suis rendu compte hier, avec ton patron.

— Ça a marché ?

— Marché ? On a jasé jusqu'à une heure du matin, il me trouve géniale. Il dit que j'ai la poésie dans le sang, que quand je parle, on dirait de la verveine qui sort de ma bouche.

— De la verveine ?

— Mais oui, voyons, Verveine, le poète qui couchait avec Rimbaud et qui buvait de l'absente avec Baudelaire ! expliqua la mère, heureuse de pouvoir, pour une fois, faire la leçon (littéraire) à sa romancière de fille.

— Mais oui, c'est vrai, je ne sais pas où j'avais la tête ! admit aimablement mademoiselle Marple.

Une pause, et la mère surexcitée reprit :

— Je n'ai jamais rencontré un homme aussi romantique de ma vie. Il m'a dit qu'il m'attendait depuis des années, que maintenant qu'il m'a trouvée, il ne me laissera plus jamais partir, il dit que je serai sa dernière femme... Il dit qu'il veut s'occuper de moi pour le restant de mes jours, que même, si je veux, je ne serai pas obligée de continuer à travailler, que je vais pouvoir faire ce que je veux.

Mademoiselle Marple plissa les lèvres en une moue étonnée.

Les hommes, toujours aussi originaux, décidément !

Mais pas la peine, bien sûr, de décevoir sa mère en lui avouant que son patron lui avait dit à peu près la même chose quelques heures avant de faire sa rencontre ! De toute manière, sa mère était intarissable.

— Ah oui ! en plus, j'oubliais de te dire, il m'a expliqué que notre rencontre, ça lui avait été prédit.

— Prédit ?

— Oui, tu sais, hier soir, quand il s'est senti malade après que tu lui as dit mon nom...

— Oui, la petite crise d'angine...

— Eh bien, il nous a pas donné la vraie raison. La vérité, c'est que juste avant de mourir, sa femme a écrit un nom sur un bout de papier, il me l'a montré, il le gardait dans son portefeuille. Le nom, c'était Louise, c'est pour ça que quand il a entendu mon nom, il est devenu tout mal, surtout que sa femme lui a aussi dit que celle qui la rem-placerait, quand elle serait partie, eh bien elle serait rousse, exactement comme moi.

Ah bon ! pensa mademoiselle Marple, non sans un certain trouble, voilà pourquoi son patron était si épris d'elle, si patient, si prêt à tous les compromis. Il croyait que c'était elle, la rousse nommée Louise que lui avait annoncée sa femme !

En rencontrant sa mère, il avait compris sa méprise.

Romantique, tout de même ! songea mademoiselle Marple en se promettant bien de placer un jour pareille péripétie dans un de ses romans, si du moins elle persévé-rait dans cette voie qui lui paraissait de plus en plus difficile.

— Je suis si heureuse pour toi, maman, si tu savais.

— Mais dis-moi, Loulou, honnêtement, est-ce que tu penses que je rêve en couleurs ou en noir et blanc ? Je veux dire, il est si bien, Roger, c'est quelqu'un d'important, il est né dans les Europes, près de la tour Eiffel en personne, il est indépendantiste de fortune, son appartement est même à lui, c'est un condo complètement payé et pas n'importe où : à OU-TRE-MONT ! dit-elle en détachant chaque syllabe avec l'admiration béate qu'elle vouait à ce quartier chic de Montréal. Moi, je suis quoi en comparaison ? Une couseuse de robes à dix piastres de la rue Chabanel qui vit dans un trois et demie miteux de la rue Saint-Dominique et qui a même pas fini sa septième année. Alors il faut que tu me dises, tu le connais mieux que moi, toi, tu travailles en dessous de ses ordres, ce qu'il me dit, c'est personnel ?

— Personnel ?

— Oui, voyons, dit-elle avec une pointe d'exaspération, « personnel », comme dans : « personnel et confidentiel ». Je veux dire, il ne l'aurait pas dit à une autre personne que moi, hein, ce qu'il m'a dit ?

— Non, maman, je suis sûre que non.

— Tu me le jures ?

— Je te le jure.

— Et il n'ira pas faire les cent cinquante compliments qu'il m'a faits à une autre femme dans trois ans, quand il sera fatigué de moi, comme ils expliquent dans le livre que tu m'as passé l'autre jour, *L'amour, c'est dur après trois ans* ?

— Non, il n'ira pas, je pense que c'est un vrai romantique.

— C'est vrai, tu le penses vraiment? Parce que sinon, il n'aurait pas gardé dans son portefeuille le petit papier qu'il m'a montré avec mon nom dessus, hein?

— Non.

— Dans le fond, ce petit papier, c'est comme le diplôme de notre amour, hein, Loulou?

— Oui, maman, oui...

— Ah! tu me rassures! Oh! un dernier point, avant la fin de mon *break*... Il veut m'emmener au restaurant en fin de semaine, un vrai restaurant français, où, rien que pour te donner une idée, il m'a dit que l'entrée d'escargots coûtait douze dollars! Ça va me changer d'avec ton père: c'est ce que ça coûtait pour nos deux spagates chez Da Giovanni! Mais ça, c'est de l'histoire ancienne... Ce que je voulais surtout te dire, c'est que j'ai pas de robe à me mettre pour les grandes occasions. Est-ce que tu viendrais magasiner avec moi?

— Bien oui, maman, demain soir si tu veux. Viens me rejoindre à la librairie vers six heures.

11

Lorsqu'elle raccrocha, mademoiselle Marple était émue.

Une robe pour les grandes occasions...

On ne cessait donc jamais d'être comme une petite fille devant l'amour, même à cinquante ans...

Sa chère maman avait enfin rencontré quelqu'un...

C'était...comment dire? un *match* un peu inattendu, un peu bizarre, Roger Dunhill, snob sur les bords, Français de France, et sa mère, simple couturière, qui avait tenté de se donner un vernis de culture en lisant pêle-mêle toutes sortes de romans.

Mais la singulière prophétie de la première femme de Dunhill n'était-elle pas le gage que cette rencontre était inscrite dans les étoiles et que, par conséquent, ce couple à première vue bancal, ou en tout cas mal assorti, avait un avenir?

À peine trente secondes après que la libraire eut raccroché, le téléphone sonna de nouveau, et mademoiselle Marple crut tout naturellement que c'était sa mère qui rappelait. Elle avait oublié de lui narrer quelque détail capital ou voulait lui confier une autre de ses angoisses...

Mais non, c'était un client masculin qui demandait, d'une voix bizarre, comme lointaine :

— Mademoiselle Marple ?

— Oui, c'est moi.

— Est-ce que vous avez *Les Cent Vingt Journées de Sodome*, de Sade ?

— Euh... oui, je crois...

— Est-ce que vous voudriez essayer la soixante-sixième avec moi ? Il paraît qu'elle est formidable.

— Ce n'est pas un salon de massage ici, monsieur, c'est une librairie ! répliqua-t-elle en conservant une apparence de politesse, car elle n'était pas certaine si le client avait simplement voulu lui tirer l'oreille ou était sérieux.

Mais tout doute s'effaça de son esprit lorsqu'elle entendit, en arrière-plan, une voix de femme qui hurlait, affolée, comme si on cherchait à la violer ou à la tuer.

L'homme, lui, éclata alors d'un grand rire sadique et dit, d'une voix forte :

— Bonne journée, putain !

Mademoiselle Marple raccrocha aussitôt.

Elle tremblait comme une feuille.

Gigi, qui venait la rejoindre à son comptoir, la trouva évidemment pâle et demanda :

— Qu'est-ce que tu as ? Tu as l'air drôle.

— Je... je viens de recevoir un appel bizarre... Quelqu'un qui voulait essayer avec moi une des cent vingt journées de Sodome, de Sade.

— Bizarre, en effet.

Mais des clients arrivaient, et ils ne purent en discuter davantage.

Le reste de l'après-midi, mademoiselle Marple pensa souvent à ce curieux appel téléphonique.

Qui avait pu lui jouer ce mauvais tour, sinon ce pervers de Gaspard Drury, qui avait probablement décidé de mettre à exécution ses menaces de vengeance ou qui voulait l'intimider, s'assurer qu'elle ne porterait pas plainte contre lui ?

Mais n'était-ce pas maladroit de sa part ?

Ne risquait-il pas de la pousser au contraire à aller tout raconter à la police, de peur d'être davantage harcelée ?

Difficile à dire...

Elle n'avait d'ailleurs pas reconnu sa voix...

Mais il l'avait peut-être modifiée avec un filtre ou il avait fort bien pu demander à quelqu'un de jouer ce mauvais tour à sa place !

Comment savoir ?

Devait-elle appeler la police ?

Elle y réfléchit un moment puis conclut qu'elle perdrait son temps.

Elle n'avait aucune preuve, au fond, que l'appel provenait de Drury, et quant à aller déposer une plainte tardive contre lui pour grossière indécence, ce serait en pure perte, sans doute. Elle était seule avec lui dans son bureau au moment de l'incident, et par conséquent, ce serait sa parole contre la sienne...

Non, ça ne valait pas la peine... Au fond, c'était peut-être juste un fou qui avait appelé au hasard...

Et pourtant, non, il connaissait son nom, il avait demandé mademoiselle Marple, ce n'était pas un hasard...

Alors, c'était peut-être un client...

Un client...

Mais lequel?

Elle en voyait tellement tous les jours, et plusieurs avaient de drôles de têtes...

D'ailleurs, pas besoin d'être romancière pour savoir que des têtes tout à fait ordinaires cachaient parfois de véritables monstres...

Il y avait tellement de fous en liberté, tellement de détraqués...

Un peu plus tard dans l'après-midi, un messager vint porter une enveloppe, sans exiger d'elle, comme à l'habitude, qu'elle signe le récépissé. Il ne lui parla même pas, en fait, il se contenta de laisser l'enveloppe sur le comptoir et elle n'eut pas le temps de le questionner – elle servait un client –, car il fila à l'anglaise, si pareille chose est possible dans une librairie française!

Dès qu'elle en eut fini avec son client, elle s'intéressa à l'enveloppe, remarqua que celle-ci ne portait pas de nom de compagnie de messagerie, ce qui était à tout le moins inhabituel, et n'était en outre adressée à personne en particulier à la librairie. Il y avait juste quelques mots écrits : LIBRAIRIE GALLIMARD, boulevard Saint-Laurent. Elle pensa que c'était peut-être de la publicité ou un livre envoyé par le distributeur, à la suite d'une commande.

Elle l'ouvrit et eut un mouvement de recul en apercevant l'étrange document qu'elle contenait.

C'était, sur un papier parcheminé de couleur ivoirine, un dessin qui avait la facture des dessins du Moyen Âge, même s'il était de toute évidence de fabrication récente. En fait, il ressemblait aux illustrations que l'on voit sur les vieilles cartes de tarot. Il représentait une femme nue, aux longs cheveux, suspendue par un pied à une branche d'arbre mort, au bord d'une rivière.

À la pointe de chacun de ses seins, et lui tenant lieu de mamelon, le chiffre 6 était bizarrement dessiné.

Détail encore plus inquiétant, le personnage du dessin portait à la taille une curieuse ceinture qui retenait à la hauteur de son sexe, comme un godemiché de fortune, une longue carotte pointue.

Une carotte, pensa tout de suite mademoiselle Marple, comme pour faire remarquer que cette femme a les cheveux... carotte !

Tels que les siens !

De quoi glacer le sang de la plus placide des femmes !

Sous le dessin se trouvait un message, dont il était impossible d'identifier l'auteur, car il n'était pas calligraphié mais en lettres de différents styles et tailles, comme découpées dans un journal. Il disait :

« D'un ami qui va vous faire perdre la tête... »

Quel sinistre message !

Mademoiselle Marple frissonna.

Il y avait enfin, en guise de signature codée, dans un carré surmonté d'une tache rouge qui ne semblait pas être du sang mais de l'encre, les douze chiffres, répartis sur trois colonnes, que voici :

1 2 1 5

1 8 1 2

1 5 1 8

Qu'est-ce que ces chiffres, ainsi disposés dans un carré, pouvaient bien vouloir dire ? se demanda la libraire en fronçant ses jolis sourcils roux.

En voilà un qui a trop lu le *Da Vinci Code*! pensa-t-elle.

Les énigmes chiffrées, ça n'avait jamais été son fort, mais s'il y en avait un qui était expert dans la question, ou en tout cas versé en numérologie, c'était Gigi, qui accepta tout de suite de lui prêter main-forte dans la résolution de cette énigme.

— C'est curieux, vraiment curieux, dit-il en voyant le dessin. Une femme pendue par un pied.

— Et une femme qui à mon avis est une rousse.

— À cause de la carotte entre ses jambes?

— Oui...

— Qui a bien pu t'envoyer ça?

Après une assez longue hésitation, la libraire dit :

— Peut-être Gaspard Drury.

— Gaspard Drury?

— Oui, le directeur des Éditions Globe.

— Mais pourquoi perdrait-il son temps à des jeux aussi lugubres?

— Parce que... je... je ne t'avais pas dit, mais l'autre jour, quand j'ai eu mon rendez-vous avec lui, il s'est passé quelque chose dans son bureau... Il m'a proposé de faire du *pussy diving*.

— Du *pussy diving*? Excuse mon ignorance, mais...

— Moi non plus, je ne savais pas ce que c'était. C'est dégoûtant, il s'est déculotté devant moi, comme ça, et il voulait que je le... que je le suce, et ensuite il m'aurait sucée à son tour.

— Ouache! C'est pas vrai! Quel gros porc!

— Et en plus ca m'aurait pris une loupe pour savoir où donner de la tête, si tu me passes l'expression, parce qu'il est membré comme un lilliputien.

Gigi éclata de rire mais redevint bientôt sérieux et se remit à regarder le dessin avec son amie.

— Tu es calé en numérologie, toi, dit-elle. Les chiffres, qu'est-ce que ça peut vouloir dire?

— C'est difficile, je... je peux juste dire, comme ça à première vue, que les deux 6 sur les seins, ça fait 66, en cabale, c'est le signe de Belzébuth.

— Belzébuth?

— Oui, l'Antéchrist ou, si tu veux, le diable...

Mademoiselle Marple poussa un petit cri de frayeur.

Le diable!

Comme si elle avait besoin de ça dans sa vie déjà passablement compliquée!

— C'est bizarre, dit-elle, mais le fou qui m'a appelée plus tôt, il voulait que j'essaie avec lui la soixante-sixième journée des cent vingt journées de Sodome...

— Hum, en effet, drôle de coïncidence...

Pendant quelques secondes, les deux libraires contemplèrent le document puis mademoiselle Marple demanda :

— Et les autres chiffres, dans le carré, qu'est-ce que ça peut bien signifier?

Gigi examina attentivement les chiffres et fit une observation fort simple.

— La première chose que je note, c'est qu'il y a la reprise d'une même série de chiffres : 1, 2, 1, 5, 1, 8.

La libraire regarda le carré, constata que son ami disait vrai. Saisi d'une intuition, ce dernier compta alors avec ses doigts, sur le comptoir, et, à la fin, arrivé de toute évidence à une conclusion, il fronça les sourcils avec une inquiétude manifeste.

— Qu'est-ce qu'il y a? Tu as trouvé quelque chose? Tu me fais peur avec ton air d'enterrement.

Gilbert ne parla pas tout de suite mais regarda encore le carré chiffré, comme pour être certain qu'il ne faisait pas erreur. Il dodelina de la tête, plissa les lèvres.

— Je peux me tromper, il y a peut-être une autre manière de décoder, à un autre niveau, mais au premier niveau, qui est parfois le bon, si, au lieu de penser qu'il y a douze chiffres, tu penses qu'il y en a seulement six…

— Parce qu'ils sont répétés deux fois?

— Non, parce que tu les as groupés par deux… 1 et 2, tu penses 12, 1 et 5, 15, ainsi de suite, et que tu remplaces tout simplement les chiffres par les lettres de l'alphabet, ça donne…

Il se tut, et la libraire se mit immédiatement à compter sur ses doigts, et fut atterrée par le résultat : ça donnait LOULOU!

Loulou, son surnom…

Que seulement ses intimes utilisaient, des gens au-dessus de tout soupçon.

Sa mère bien sûr…

Gigi aussi..

Roxanne…

Son ex…

Et son patron…

Mais certainement pas ce détraqué de Gaspard Drury!

Ce qui l'innocentait par la même occasion.

Mais alors, elle se rappela un détail décisif : comme presque tous les premiers romans, le sien était autobiographique, et elle avait baptisé son héroïne… Loulou!

12

Le lendemain, un peu avant dix-huit heures, mademoiselle Marple attendait l'arrivée de sa mère, avec qui elle devait aller faire du *shopping*, lorsqu'elle nota qu'un client fumait dans la librairie, ce qui était strictement interdit. Elle demanda à Lim de la remplacer à sa caisse, car il y avait trois ou quatre clients qui attendaient pour payer.

Lim était une ravissante libraire vietnamienne fort gracile que Gigi, qui prisait les facéties langagières, appelait souvent Lime Ahong !

— Pas de problème, fit la jeune Vietnamienne, qui apportait à la librairie non seulement la fraîcheur de ses dix-neuf ans, mais son impressionnante connaissance des jeunes auteurs japonais à la mode.

Mademoiselle Marple s'empara d'un cendrier, sous le comptoir, et se dirigea d'un pas résolu vers le client, vêtu d'un t-shirt blanc, d'une veste noire, d'un jean et de chaussures de sport. Dans la trentaine, assez grand, plutôt mince, il portait de grosses lunettes fumées noires, et la longue visière de sa casquette était fort basse sur ses yeux, laissant à peine voir le nez, qu'il avait fin et long comme un couteau dans un visage anguleux et mal rasé.

— Je ne vous demande pas si vous savez lire car vous êtes dans une librairie, mais c'est interdit de fumer... dit mademoiselle Marple en tendant vers lui le cendrier.

Pour toute réponse, il exhala une copieuse bouffée de cigarette.

La libraire reçut sur le visage toute sa fumée, de la fumée de Gitanes, de surcroît !

S'il pensait avoir la moindre chance avec elle...

Elle avait une fois embrassé un homme qui fumait lui aussi des Gitanes, un intello parisien qui avait un charme fou et des contacts dans le milieu de la télévision, qui entre autres connaissait Thierry Ardisson et la ferait peut-être passer à son émission.

Mais il avait perdu toutes ses chances avec elle, car elle avait eu l'impression d'embrasser un... cendrier !

On sait tous que l'amour laisse souvent un arrière-goût amer, mais à ce point-là !

Elle trouverait bien une autre manière pour que tout le monde parle d'elle !

Elle mit quasiment le cendrier dans la face du client, ce qui n'empêcha pas l'homme de tirer de sa Gitane une ultime bouffée qu'il eut la politesse de ne pas souffler vers le visage contrarié de la jeune libraire.

Et sans rien dire d'autre, sans rouspéter ni s'excuser, il éteignit la cigarette avec application, presque comme un maniaque, faisant tourner plusieurs fois le mégot dans le fond du cendrier, si bien que la libraire put observer sa main gauche, qui était maigre mais musclée, et ornée d'une bague à l'auriculaire, ce qui était plutôt rare chez un homme, d'autant qu'on aurait dit une bague de femme, une pierre noire montée sur un anneau d'or fort mince.

Mademoiselle Marple éprouva un sentiment curieux, un malaise, comme s'il y avait quelque chose de singulier chez cet homme, même s'il était habillé de manière banale...

Enfin, elle n'aurait su dire...

— Je vous remercie, dit-elle en abaissant le cendrier. Est-ce que je peux vous aider ?

— Non, je bouquinais.

— Je vous signale que nous fermons dans quelques minutes.

— Je vous remercie. Je vais faire vite.

Il avait dit ça d'une drôle de manière, comme une plaisanterie... Elle n'insista pas, le laissa là, retourna vers sa caisse où elle aida Lim à s'occuper des derniers clients.

C'est ce moment que choisit sa mère pour arriver, coquette comme d'habitude, avec tout son arsenal de bagues et de colliers, même si elle devait juste aller faire du *shopping*.

— Oh, maman, déjà... Ce ne sera pas long, on ferme dans quelques minutes, quand les derniers clients seront partis...

Ceux dont Lim venait de s'occuper sortaient d'ailleurs, et il ne restait plus que l'homme à la Gitane, encore indécis devant le rayon des romans français.

Mademoiselle Marple allait le prévenir qu'il fallait maintenant partir, mais elle n'en eut pas besoin, car il s'amenait justement vers le comptoir devant lequel il s'immobilisa.

— Je... peux vous aider ? lui demanda Lim.

Au lieu de répondre, il jeta des regards de côté, avec une nervosité évidente, et tira enfin de sa poche un énorme couteau de chasse.

— La caisse! ordonna-t-il en faisant un geste de sa main libre.

En voyant qu'elle était victime d'un braquage, Lim, qui était fragile pas seulement physiquement mais aussi nerveusement, se mit à trembler et à respirer avec difficulté : elle souffrait d'asthme, et la moindre émotion la faisait étouffer.

Pour mademoiselle Marple qui, si elle était libraire, n'en demeurait pas moins infirmière, ce fut plus fort qu'elle : son instinct protecteur fit que, malgré la gravité des circonstances, elle se désintéressa momentanément du voleur et ordonna à Lim de s'asseoir, pour éviter une chute au cas où elle s'évanouirait, ce qui était déjà arrivé dans le passé.

Incrédule et malheureux de voir ses ordres si peu respectés, surtout par une jeune femme qui aurait dû trembler de peur, le voleur, comme pour se donner une contenance et occuper ce bref moment libre (il avait peut-être en lui un restant de fibre humanitaire), se tourna vers la mère de Loulou. Elle se mit à crier comme une hystérique.

— Taisez-vous!

Elle mit les deux mains sur sa bouche, sans doute la seule manière pour elle de contenir ses cris. Le voleur vit ses bagues, arrondit les yeux et ordonna :

— Vos bagues, allez! Ôtez-les toutes!

La mère de Loulou eut la présence d'esprit d'argumenter :

— Elles sont fausses.

— Et moi, je suis le pape ; allez, je les veux toutes, et vite !

Et il brandit son arme dans sa direction, ce qui l'affola autant que sa fille, qui lui intima :

— Fais ce qu'il dit, maman, fais ce qu'il dit !

La larme à l'œil, la mère entreprit de retirer ses bagues avec stupeur et tremblements. Avec lenteur aussi, en espérant que peut-être quelque miracle se produirait et que le voleur déguerpirait. Et aussi parce qu'elle avait acheté certaines de ses bagues plusieurs années auparavant, alors qu'elle était plus mince, si bien que ce n'était pas évident de les enlever sans savon. Elle s'affairait donc à les ôter, les yeux humides de chagrin, car il y en avait dans le lot qui lui avaient été données par son mari, lorsqu'un client inattendu fit son apparition à la gauche du voleur. Sans doute avait-il marché à pas de loup, ou bien simplement le voleur était-il trop occupé à regarder la mère de Loulou retirer ses fausses bagues. En tout cas, Loulou le vit avant lui : c'était ce raseur de Simon Bormes.

Elle avait souhaité ne jamais le revoir, mais cette fois-ci, franchement, elle était ravie de sa présence.

Le voleur se tourna, l'aperçut et, contrarié, laissa tomber un « merde ! ». Simon vit son couteau, mais ne dit rien, garda son sang-froid, continua de s'avancer vers lui comme si de rien n'était. Il affichait même un sourire qui étonna la libraire. Mais il était idiot ou quoi ? Ne voyait-il pas le couteau, pourtant énorme ? Ne se rendait-il pas compte de ce qui était en train de se passer ?

Le voleur lui aussi paraissait consterné et il vociféra :

— Vous faites un pas de plus et je vous mets en petits morceaux !

Puis il ajouta :

— Votre portefeuille !

Décidément, pensa mademoiselle Marple, il faisait flèche de tout bois et entendait rentabiliser son vol !

Au lieu de s'exécuter, Simon Bormes se tourna vers mademoiselle Marple et demanda, en italien, avec une légèreté étonnante, et un sourire qui découvrait ses grosses dents blanches et irrégulières :

— *Que dice ?*

— Ce que je dis, mon crisse de gros *waps* à marde, c'est de me donner ton portefeuille. *Wallet*, tabarnak ! *Dinero ! Capice*, hostie ? ajouta le voleur en faisant de sa main libre le signe de piastre.

— Monsieur, faites ce qu'il dit, supplia mademoiselle Marple, qui suivait à la lettre les consignes qu'on lui avait enseignées à son premier jour à la librairie : ne jamais opposer de résistance à un voleur, lui donner tout ce qu'il voulait, car rien ne pouvait remplacer une vie.

La mère de Loulou, qui avait tout de suite trouvé Simon Bormes fort bien de sa personne, d'autant qu'elle le croyait Italien, profita commodément de cette diversion inespérée pour cesser de retirer ses bagues.

Sur sa chaise, Lim reprenait peu à peu son souffle, se calmait. Et Loulou observait avec étonnement cette scène un peu loufoque, digne de figurer dans son prochain roman.

— *Ah, si, si, capisco*, dit gentiment Simon en gardant son sourire.

Alors, tout se passa très vite.

Il avisa le bouquet de fleurs que mademoiselle Marple avait reçu la veille et mis dans un pot, sur le comptoir.

Puis il tira son portefeuille de la poche gauche de son pantalon et le posa sur le comptoir, au lieu de le remettre au voleur qui, fort contrarié, fit un geste de la main qui voulait dire : Donne-le-moi !

Mais en un mouvement aussi brusque qu'inattendu, au lieu de prendre le portefeuille, Simon s'empara du pot de fleurs et le jeta au visage du voleur.

Surpris, ébranlé, l'homme à la Gitane porta instinctivement la main à son visage pour se protéger. Il n'en fallait pas plus à Simon Bormes pour se jeter sur lui et engager le combat.

Mais le filou aperçut alors un client qui entrait, un homme assez costaud. Ça commençait à faire un peu trop de monde à la messe. Il prit la poudre d'escampette.

Simon voulut le poursuivre, mais mademoiselle Marple l'en dissuada.

— Laissez tomber, c'est fini...

Il obéit, car il ressentait tout à coup une douleur à la main gauche, qu'il examina. Il vit qu'il saignait, tira un mouchoir de sa poche, s'en enserra la main pour arrêter le sang et éviter de se tacher.

— Oh ! dit mademoiselle Marple, vous êtes blessé.

— Vite, Loulou, fais quelque chose, la pressa sa mère, toute sous le charme de cet homme qui était non seulement beau mais en plus courageux, un homme comme il ne s'en faisait plus, quoi !

Mais Simon, trop fier, se rebiffa :

— Mais non, ce n'est rien...

— Laissez-moi voir, insista mademoiselle Marple, je suis infirmière.

— Ah, dans ces conditions, concéda Simon Bormes.

Et il s'avança vers le comptoir, y posa docilement la main.

Une fois la police prévenue, mademoiselle Marple se pencha sur la main, ouvrit délicatement le mouchoir pendant que sa mère s'avançait elle aussi, ravie de voir sa fille tenir la main de ce bel Italien qui ne portait pas d'alliance, ce qui était une bonne nouvelle pour sa fille, quoique bien entendu il y avait des hommes mariés qui, dès qu'ils avaient franchi la porte du domicile conjugal, la retiraient ! Allez savoir !

— La coupure n'est pas profonde, décréta mademoiselle Marple après un rapide examen, mais il vaudrait peut-être mieux aller à l'hôpital.

— Mais non, voyons, c'est une simple égratignure...

Elle suggéra :

— Bon, d'accord, alors laissez-moi au moins vous faire un pansement.

Elle gardait toujours sous la caisse une trousse de premiers soins, qu'elle posa sur le comptoir. Elle l'ouvrit lestement et se mit au travail.

Et, tout en s'affairant, elle dit :

— Habile, le truc de parler italien au voleur pour le déstabiliser.

— L'effet de surprise. Ça ne rate jamais.

Une pause et il demanda :

— *Parla italiano ?*

— *Un poco.*

Et elle ajouta :

— Pas assez pour lire Calvino dans le texte, mais assez pour me débrouiller.

— Vous aimez l'Italie ?

— Je déteste, dit-elle de manière un peu surprenante.

— Et vous parlez l'italien ?

— Baudelaire : le droit à la contradiction.

Baudelaire, il ne connaissait pas, si bien qu'il se contenta de sourire, ce qui suffisait en général pour ne pas passer pour un sot.

Madame Marple fut fâchée de la réplique un peu pédante de sa fille. Quoi ! ce bel Italien risquait sa vie pour elle, se faisait lacérer la main, et tout ce que sa fille trouvait pour le remercier de son extraordinaire bravoure, c'était de citer Baudelaire, qui était un poète beaucoup moins considérable que Verveine, parce que sinon, Roger Dunhill lui aurait dit que c'était du Baudelaire qui lui coulait dans les veines !

— Ça va chauffer un peu, le prévint mademoiselle Marple en ouvrant une bouteille d'alcool.

— Oh ne vous gênez pas, vous pouvez y aller, fanfaronna Simon Bormes, qui pourtant grimaça lorsque son infirmière de fortune s'exécuta.

Puis la jeune femme couvrit la blessure d'un tissu de gaze tout en disant :

— Vous savez que ce que vous avez fait est très stupide ? Cet homme aurait pu vous tuer.

Nouvelle grimace de la mère, qui déplorait que sa fille semblât avoir fait sa spécialité de dire ce qu'il ne fallait pas à un homme : ne pouvait-elle pas se taire à la place ?

— Oui, admit Simon. J'ai fait une folie. Mais j'avais une bonne raison : je suis fou de vous.

Oh ! mon Dieu ! soupira la mère de Loulou, qui n'en croyait pas ses oreilles. Il l'aimait, il était fou d'elle !

— Et aussi parce que j'ai deux mille dollars en argent comptant sur moi, précisa non sans humour Simon Bormes.

La mère s'extasiait à nouveau, roulait des yeux ravis : il était riche, comme elle l'avait deviné !

Mademoiselle Marple rit de l'honnêteté – ou du sens de l'humour – de Simon, ce qui revient parfois au même, car il suffit souvent de dire une chose vraie pour dire une chose drôle.

La police arriva, remplit un rapport, repartit.

Mademoiselle Marple termina le pansement, donna une petite tape sur la main de son patient et demanda à celui-ci :

— Comment puis-je vous remercier de cette chose stupide que vous avez faite pour moi ?

— En acceptant de dîner avec moi ce soir.

— Impossible. Je dois aller faire du *shopping* avec ma mère.

— Mais elle est invitée, bien entendu !

Et il se tourna vers madame Marple, qui sourit d'aise.

Mademoiselle Marple avait-elle encore le choix ?

Elle haussa les épaules en signe de reddition.

— Bravo, dit Simon, qui tendit sa main droite vers madame Marple et ajouta : Mais j'oubliais de me présenter, je m'appelle Simon. Simon Elliot.

Il mentait et ne mentait pas.

Elliot était le nom de sa mère, Bormes, celui de son père. Parfois, il se faisait appeler Simon Elliot Bormes, mais plus souvent Simon Bormes, et rarement Simon Elliot, nom qu'il utilisait surtout lorsqu'il ne voulait pas que la célébrité qui s'attachait au nom de Bormes lui causât des soucis. Comme justement en cette circonstance où la jeune infirmière aurait pu établir le lien entre lui et son père.

Madame Marple serra la main de Simon.

— Madame Marple, enchantée, moi, j'aime beaucoup l'Italie, crut-elle bon de préciser, même si elle n'y avait jamais mis les pieds, pour faire oublier la bourde de sa fille !

— Alors, c'est décidé, je vous emmène au Latini !

— Le Latini ? s'extasia madame Marple.

— Oui, expliqua Simon, le meilleur restaurant italien à Montréal.

Et il précisa, non sans esprit :

— En tout cas, c'est ce que son patron dit !

13

Le patron du Latini, les habitués l'appelaient simplement Moreno, ce qui était son prénom ; son nom était Di Marchi. Il avait le coffre d'un chanteur d'opéra, une bonne humeur constante, et possédait l'art subtil et rare de faire sentir à ses clients qu'ils étaient importants – surtout quand effectivement ils l'étaient !

Lorsque le trio arriva au restaurant de marbre et de verre du boulevard René-Lévesque, Moreno donna l'accolade à Simon, serra la main à ses deux compagnes, ne manqua pas de les féliciter pour leur beauté et l'étonnante couleur de leur chevelure. Il fit même un véritable velours à madame Marple en protestant avec la dernière énergie lorsqu'elle prétendit être la mère de la jeune libraire. Impossible, elle était tout au plus sa sœur aînée, c'était sûr !

Puis il conduisit Simon et ses deux charmantes invitées vers une de ses meilleures tables, tout près d'un petit orchestre de quatre musiciens qui, à certaines périodes de l'année, agrémentaient l'atmosphère et faisaient danser les dîneurs.

— Apéro ? demanda l'hôte raffiné.

Il y a des riches qui sont chiches.

Simon Bormes était un riche qui aimait dépenser.

— Du champagne. Ta meilleure bouteille, précisa-t-il.

Madame Marple écarquilla les yeux. Elle n'avait jamais bu de champagne de sa vie ! Quand elle raconterait ça à ses collègues le lendemain !

Contrairement à sa mère, mademoiselle Marple se sentait un peu embarrassée que Simon eût commandé du champagne. Pourquoi faire tant de frais ? Que voudrait-il en échange ? Parce que, avec les hommes, c'est connu, c'est donnant donnant. Tu grattes mon dos, je gratte le tien. Encore, s'ils le grattaient savamment ou, au moins, avec émotion !

— C'est amusant d'acheter les gens comme on achète du café ? demanda mademoiselle Marple.

— Seulement au début. Ensuite on s'habitue.

Simon avait l'esprit de répartie.

Ça lui plaisait.

Ce qu'elle venait de dire plaisait moins à sa mère, qui sourcilla.

Est-ce que sa Loulou le faisait exprès pour dire des choses désobligeantes, pour contrarier Simon, un véritable gentleman, dans tout le sens du mot ? Heureusement, il ne semblait pas en avoir pris ombrage ; un garçon venait de sabrer le champagne, emplissait les flûtes du merveilleux nectar à bulles, et Simon proposait aimablement un toast :

— Aux deux plus belles rousses de Montréal !

Comment refuser pareil toast !

Le maître d'hôtel, qui n'était pas très grand et ressemblait un peu à Ringo Star, sauf qu'il n'avait pas un poil sur le crâne et portait des lunettes, apporta alors trois menus, dont un examen rapide plongea madame Marple dans un mélange d'incrédulité et d'étonnement.

C'est que le chef y proposait, entre autres, une côtelette de veau du Colorado grillée à... cinquante-neuf dollars et demi !

Cinquante-neuf dollars (avec ou sans les cinquante cents !) c'était, grosso modo, ce que madame Marple dépensait en épicerie pour une semaine, même si elle s'était mise au régime le lendemain de ses cinquante ans !

Il faut dire que les aliments amaigrissants n'étaient pas toujours économiques, bien au contraire : comme ce pain diète dont elle n'avait pas pu s'empêcher de parler à sa fille tellement son prix élevé l'avait frappée : « Sais-tu combien il coûte, le pain diète de Monticognac ? Cinq dollars et vingt-cinq pour seulement vingt-deux tranches, je les ai comptées ! »

Au menu bardé de cuir du Latini, il y avait aussi des spaghettis aux chanterelles à trente dollars !

Chez Da Giovanni, pour trente dollars, pensa madame Marple, tu en mangeais pendant une semaine, du spagate !

Simon devina les hésitations de la pauvre madame Marple devant les prix du menu, même si lui ne les voyait pour ainsi dire plus, habitué qu'il était de toutes les grandes tables de Montréal et d'ailleurs. Il s'efforça de mettre la mère de la libraire à l'aise en précisant :

— Ne vous occupez pas des prix, ma belle madame Marple, prenez vraiment tout ce qui vous tente. Tenez, nous allons commencer par un peu de caviar...

Du caviar ! Elle n'en avait jamais mangé. Ce fut plus fort qu'elle, elle s'empressa d'en vérifier le prix dans le menu : cent quarante dollars! Elle n'en revenait pas! Elle savait que c'était pour les riches, mais à ce point-là...

Elle attendit avec un frémissement d'impatience de s'en délecter (une autre chose qu'elle pourrait raconter le lendemain à la *shop*!), mais elle fut déçue dès la première bouchée, qu'elle prit du reste un peu trop ambitieuse, avec... sa cuillère à soupe! C'est que le serveur avait placé le plat (fort petit) devant elle, et elle avait cru naïvement que c'était SA portion et non celle de toute la tablée!

Simon, qui ne regardait jamais à la dépense, fut plutôt amusé par ce petit malentendu et recommanda tout de suite d'autre caviar.

Lorsque la seconde portion arriva, il prit les devants et expliqua très gentiment à madame Marple, sans lui faire la leçon :

— Il y en a aussi qui le mangent sur des biscottes.

Et il en tartina une, qu'il plaça galamment sur son assiette. Elle le remercia, pas vraiment sûre d'être contente, examina la biscotte avec circonspection. Peut-être que, comme il y avait moins épais de caviar, ça serait moins salé...

Simon aperçut alors le docteur Molson, qu'il n'avait pas vu depuis l'enterrement de sa mère, s'excusa et se leva pour aller à sa rencontre.

Mademoiselle Marple, qui aimait le caviar, et l'appréciait d'autant plus qu'elle n'avait pas souvent l'occasion d'en manger, s'était préparé une biscotte, dans laquelle elle croqua à belles dents.

Sa mère, la voyant se régaler, s'y essaya à nouveau, prit une bouchée timide, ne parut guère plus convaincue.

— Tu trouves pas ça trop salé? Je me demande si par hasard ils se seraient pas trompés dans la recette?

— Mais ils ne peuvent pas se tromper, ce sont des œufs d'esturgeon.

— Ah...

Et la maman prit une bouchée puis demanda, la bouche encore pleine :

— C'est quoi, des esturgeons?

— Des poissons, maman...

— Ouache... me semblait aussi que ça goûtait le poisson, fit la mère en s'étouffant presque.

Et cela fit une involontaire petite pluie noire – et coûteuse! – sur la nappe qui, heureusement, n'était pas blanche mais à jolis carreaux pastel jaunes, verts et roses.

Mademoiselle Marple prit sa serviette de table, répara en vitesse le petit dégât et, à l'instar de sa mère, sourit innocemment à Simon qui revenait à la table en compagnie du docteur Molson. Ce dernier était accompagné d'une jolie blonde qui n'avait pas la moitié de son âge. Simon fit les présentations puis Molson et sa compagne allèrent à leur table.

— Et ce caviar, belle-maman? demanda Simon en se rassoyant.

— Hum... C'est vraiment... comment dire... marin!

— Ah, oui, marin, c'est... bien dit... approuva poliment Simon, étonné par l'épithète plutôt inattendue.

— Un délice! renchérit mademoiselle Marple.

Et madame Marple but d'un seul trait son verre d'eau, si bien que Simon appela aussitôt un garçon d'un claquement de doigts, une pratique que mademoiselle Marple détestait au plus haut point et dont elle n'avait jamais su corriger son ex : décidément, c'était une déplorable habitude de riches !

À mesure que la soirée progressait, mademoiselle Marple, qui avait eu tant de réserves à l'endroit de Simon Elliot, s'amollit peu à peu, baissa la garde. Et ce n'était pas uniquement en raison des bulles de champagne qui lui montaient à la tête. Et ce n'était pas seulement parce qu'il avait une belle tête, avec ses cheveux noirs grisonnant aux tempes, son magnifique teint hâlé, et ses yeux bleus...

Il y avait quelque chose de rafraîchissant chez cet homme costaud, aux mains puissantes, au rire sonore, au solide appétit. Une chose était certaine, il ne comptait pas ses calories comme tant d'hommes modernes obsédés par leur ligne : n'était-ce pas supposé être un sport réservé aux femmes ?

Lui, Simon, ne semblait en avoir rien à branler de la sveltesse de sa taille, en tout cas si on en jugeait par ce qu'il engloutit : une copieuse entrée de prosciutto qui, à elle seule, aurait pu constituer un repas, une deuxième entrée, de pâtes celle-là, un osso buco, un tiramisu, des fromages...

Oui, il contrastait avec bien des hommes modernes, les hommes roses entre autres. Ou encore les hommes andro, dont on ne sait pas s'ils sont aux femmes ou aux hommes. Et qui parfois sont aux deux. Il y a les hommes gris, aussi. C'est ainsi que mademoiselle Marple avait baptisé ceux qui ne savaient pas s'amuser, qui se prenaient au sérieux et qui, même sans l'avouer, salivaient plus sur l'indice de la Bourse que sur un jupon de femme !

Lui, Simon, était un peu trop sûr de lui, un peu arrogant – quel riche ne l'était pas ! – mais au moins il était un vrai homme...

Un homme qui, à un moment, s'excusa pour aller aux toilettes.

Dès qu'elle fut seule avec sa fille, madame Marple l'entreprit :

— J'ai jamais vu un homme pareil. Pendant que tu étais au petit coin tout à l'heure, je lui ai tiré le verre du nez, et comme il avait bu, c'était plus facile.

— Tu n'as pas fait ça, maman ?

— Non, je lui ai pas posé de questions précises. Je l'ai fait parler subtilement, sans qu'il s'en rende compte. Tu sais comme je peux être psychologue dans l'âme quand l'envie me prend de découvrir le pot de roses !

— Ouais... Et qu'est-ce que tu as appris ?

— Il m'a dit qu'il était pas marié...

— Maman, voyons ! C'est justement la question qu'il ne fallait pas lui poser ! Je vais avoir l'air de quoi, moi ? D'une fille en peine qui cherche désespérément un mari !

— Mais non, mais non, tu sautes trop vite sur les conclusions. Et puis écoute-moi, je suis ta mère, après tout. C'est l'homme I-D-É-AL ! Il est pas marié, il a pas d'enfants, il est beau comme un vrai Italien et il est riche comme Cirus. Et puis, le dernier mais non le moindre des points de ma liste, il est fou de toi. S'il te faut quelque chose de plus, moi, je ne sais pas ce que c'est.

— Du temps, maman, du temps ! Je viens juste de sortir d'une relation. Je suis en mille miettes comme un biscuit soda écrasé par un bulldozer. Je ne suis pas prête.

— Quand tu vas l'être, lui ne le sera plus. Il va falloir que tu te ramasses les miettes du biscuit en vitesse, ma fille. Parce que si tu penses qu'un homme comme ça va rester célibataire longtemps, tu te mets le pied dans l'œil.

— Non, maman, il va rester célibataire. Parce que c'est un *play-boy*, maman. Il a trente-huit ans. Les hommes de cet âge-là qui n'ont jamais été mariés ne se marieront jamais.

— Moi, je dis que c'est mieux ainsi, qu'il soit pas marié à trente-huit ans. Au moins, ses «folleries» de jeunesse, il les a déjà faites, il aura pas envie de les faire à cinquante ans, comme ton père.

— Bon, de toute manière, on en parlera une autre fois. L'homme idéal revient du petit coin. Espérons juste qu'il s'est lavé les mains.

— Ah, t'es vraiment pas à l'eau de rose, toi!

Un peu plus tard dans la soirée, Simon marqua un nouveau point auprès de la libraire lorsqu'il invita sa mère à danser en entendant les premières mesures de la chanson *That's amore*. Un homme qui invitait sa mère à danser ne pouvait pas être un si mauvais homme, malgré toutes les réserves qu'elle nourrissait encore à son endroit...

Il était amusant, elle ne pouvait le nier, et c'était déjà beaucoup pour un homme, de ne pas être ennuyeux... à l'extérieur d'un lit...

Mais pourquoi se faisait-elle ces réflexions, pourquoi commençait-elle à donner des notes à Simon comme si elle le jugeait en vue de?...

Ne s'était-elle pas juré qu'elle prendrait au moins un an pour se remettre de sa précédente relation?

Se remettre...

Comme on se remet d'une maladie...

C'est vrai qu'elle se sentait un peu comme une convalescente.

Simon était un bon valseur, qui n'avait jamais pris de leçons mais avait la danse dans le sang. Et aussi un peu beaucoup de champagne, car ils en étaient à leur troisième bouteille, Moreno les renouvelant aussi naturellement que s'il s'agissait d'un petit vin à vingt dollars.

Non seulement Simon dansait-il avec une grande élégance, mais il chantait également, avec une belle voix de baryton grave et chaude, les paroles de *That's amore* qu'il savait visiblement par cœur.

When the moon hits your eye like a big pizza pie, that's amore...

When the world seems to shine like you've had too much wine, that's amore...

Madame Marple, qui adorait danser, était aux anges et semblait littéralement voler sur la piste.

La libraire s'émouvait malgré elle.

Il y avait si longtemps qu'elle n'avait pas vu sa pauvre mère heureuse.

When you walk in a dream but you know you're not dreaming signore,

Scusa mi but you see, back in old Napoli that's amore...

La pièce prit fin, et Simon ramena madame Marple à la table, puis tendit la main à la libraire :

— Est-ce que je peux danser avec vous maintenant ?

— Oui.

— Vous en êtes sûre ?

Pourquoi souhaitait-il semblable assurance ?

14

Elle ne tarda pas à le découvrir, car ce n'est pas au Latini qu'il souhaitait danser avec elle mais ailleurs, sans doute chez lui, ce qui était un peu contrariant, car il ne lui avait même pas demandé son avis !

Il avait commodément mis sa mère dans un taxi, après lui avoir fourré presque de force un billet de vingt dollars dans les mains...

Elle en était ressortie au premier coin de rue, futée, pour faire l'économie des vingt dollars et marcher un peu, question d'être plus mince pour Roger Dunhill, si du moins les choses allaient plus loin avec lui !

Maintenant, Simon Bormes roulait sur René-Lévesque en direction de l'ouest au son d'une musique qui ressemblait à celle de l'orchestre qui sévissait au Latini : *On an evening in Roma...*

Como bella bella luna brille...

Les premières paroles, en italien, il les chanta bien entendu, en jetant parfois des regards vers mademoiselle Marple, qui tenait la bouteille de champagne et les deux flûtes qu'il avait prises avant de sortir du restaurant. La tête à demi renversée, elle se laissait griser par l'air chaud de cette nuit éclairée par une énorme lune orangée. Mais pas assez pour ne pas prendre la précaution de vérifier :

— Nous allons où, comme ça ?

— Au sommet du monde.

— J'espère que vous ne croyez pas qu'il est au milieu de votre lit...

— Oh, n'ayez pas la moindre inquiétude : je ne fais jamais l'amour le premier soir.

— Mais le dernier ? répliqua-t-elle du tac au tac, comme si elle n'allait jamais le revoir.

Le mot déclencha chez Simon une hilarité telle qu'il faillit causer un accident, et il dut freiner brusquement pour ne pas emboutir la voiture qui s'était arrêtée devant eux au feu rouge.

Il se tourna vers mademoiselle Marple et esquissa un sourire niais puis chanta, juste avant de reprendre la route, car le feu avait tourné au vert :

— *When in Rome do as the Romans do, with you on an evening in Roma...*

Et mademoiselle Marple commença à se dire que c'était peut-être ce qu'elle devait se dire... qu'elle devait peut-être se laisser aller.

À Montréal, faire comme font les Montréalaises le premier soir.

Surtout après avoir été régalées aussi royalement par un homme aussi séduisant.

Ne pas se poser de questions.

Vivre le moment présent.

Comme ils disaient dans les livres que lisait sa pauvre maman, pour se remonter le moral après son douloureux divorce.

Elle pensa qu'elle pouvait adresser bien des reproches à Simon, qu'elle pouvait trouver un peu froide l'expression de ses yeux bleus, mais elle ne pouvait pas l'accuser de ne pas savoir fêter.

De ne pas être romantique.

Quelques minutes plus tard, ils arrivaient sur Summit Circle, et Simon immobilisa sa voiture sur le promontoire d'où on peut voir tout Montréal. Il laissa la clé dans le contact, si bien que la musique continua à jouer.

La vue était magnifique, et ils restèrent un instant sans parler, admiratifs. Puis mademoiselle Marple fit sauter le bouchon, versa le champagne, frappa son verre contre celui de Simon, mais lorsqu'elle vint pour le porter à ses lèvres, il mit le holà :

— En dansant, c'est meilleur...

Il avait sans doute raison, car, par une heureuse coïncidence, c'était un slow hyper romantique qui avait débuté, chanté par Nicole Kidman : *Something silly like I love you...*

Simon prit la bouteille de champagne et, étant descendu de la voiture, il la posa sur la balustrade de ciment qui circonscrit le belvédère. Simon prit la taille de la jeune femme d'une main, tint sa coupe de l'autre pendant qu'elle posait sa main libre sur son épaule. Et ils se mirent à danser avec une aisance, une élégance qui les faisait ressembler à un vieux couple.

– Vous m'avez dit que vous aviez vingt-cinq ans, mais on dirait plutôt que vous en avez dix-neuf ou vingt...

— Ça se place toujours bien dans une conversation avec une femme de lui donner cinq ou dix ans de moins que son âge. C'est comme de lui demander si elle n'aurait pas maigri par hasard, même si elle a l'air d'avoir pris cinq kilos et qu'elle a le visage tout bouffi.

Il rigola, et la libraire reprit :

— Mais j'ai vraiment vingt-cinq ans, un quart de siècle. Ce qui me protège complètement de vous parce que, comme je vous l'ai dit l'autre fois, je ne commettrai jamais l'erreur de ressortir avec un homme plus âgé que moi.

— Et c'est quoi pour vous, un homme plus âgé ?

— C'est un homme qui a environ treize ans de plus que moi. Ce qui ne m'empêche pas de sortir un soir avec vous. Surtout après ce que vous avez fait pour moi à la librairie. D'ailleurs, je ne sais pas si je vous ai dit merci.

— Non. Mais ce n'est pas grave. La politesse, ça devient important seulement à partir d'un certain âge.

Elle sourit.

— Je vais boire à ça.

Elle vida son verre, il vida le sien. Simon versa de nouveau du champagne. Il fit cul sec en la regardant droit dans les yeux, comme pour la défier. Elle l'imita. Il emplit encore une fois les verres, et vu que la bouteille était vide, il la jeta dans le boisé en face d'eux. Cela eut en quelque sorte un effet d'entraînement. Ils vidèrent leurs flûtes et les lancèrent dans le bois. Et ils se remirent à danser. Plus langoureusement.

Décidément, mademoiselle Marple ne pouvait le nier, c'était amusant de parler avec Simon Bormes.

De danser aussi.

Car il savait y faire.

Il avait cette souplesse, ce naturel, ce rythme qu'elle avait rarement trouvé chez les hommes.

Normal, direz-vous, la plupart des hommes n'aiment pas danser. Et font seulement semblant d'aimer ça pour pouvoir coucher avec une femme.

Après, c'est les semelles de plomb et la télévision !

— Vous avez dit à ma mère que vous étiez encore célibataire. Comment se fait-il qu'un homme de trente-huit ans n'ait jamais été marié ? Il a quand même dû y avoir un certain nombre de candidates...

— Il y en a eu. Mais il y a celles qui m'ont posé les mauvaises questions, et celles à qui j'ai donné les mauvaises réponses.

— Il me semblait que vous alliez dire ça.

— Pourquoi ?

— Parce que c'est ce que disent les hommes qui aiment trop les femmes pour en aimer une seule.

— Ou ceux qui ne vous ont pas encore rencontrée.

— Hum... fit-elle d'un air sceptique.

Puis elle ajouta :

— J'aimerais que vous me reconduisiez chez moi maintenant... Il est tard, et je travaille demain matin.

— Pas de problème.

15

Simon Bormes avait affirmé à mademoiselle Marple qu'il n'y avait pas de problème pour la raccompagner illico chez elle, mais visiblement il y en avait un.

Car il n'avait pas fait trois pas en direction de sa voiture qu'il trébucha et tomba face contre terre, plus ivre qu'il n'aurait cru.

— Oh, vous ne vous êtes pas blessé au moins ? s'enquit-elle en s'agenouillant auprès de lui.

— Non, non, l'assura-t-il.

Et il se releva tant bien que mal, puis lui tendit son trousseau de clés :

— Je crois qu'il vaut mieux que vous conduisiez...

Elle s'étonna de cette proposition. La plupart des hommes, même ceux qui se targuent d'être dénués de tout machisme, se rebiffent lorsque vient le moment de céder le volant de LEUR voiture à LEUR femme. Simon, lui, le faisait volontiers, même s'il connaissait à peine la jeune libraire. Mais conduire et surtout risquer d'esquinter une rutilante Jaguar...

— Euh… je crois que ce ne serait pas très prudent, je suis aussi paf que vous...

— Bon, il faut appeler un taxi.

Il tira son cellulaire de sa poche, composa un numéro, attendit, mais rien. Il se rendit compte alors que la pile était morte et referma sèchement le téléphone en jurant. Il se tourna vers mademoiselle Marple qui, devinant sa pensée, lui annonça, penaude, que, dans l'énervement du vol raté, elle avait oublié son cellulaire à la librairie.

— Merde! jeta-t-il.

Et sans la consulter, sans lui donner la moindre explication et sans l'attendre, il se mit à marcher sur Summit Circle dans la direction d'où ils étaient arrivés.

Elle sourcilla : il était fou ou quoi?

Il voulait lui faire redescendre la montagne à pied, à une heure du matin?

Elle haussa les épaules et, comme elle n'avait pas le choix, comme elle ne voulait surtout pas rester plantée là, seule dans la nuit – c'était le quartier le plus chic de Montréal mais tout de même, il y avait des maniaques partout! –, elle se dépêcha de le rattraper.

Mais la jeune femme n'avait pas fait trente pas, un peu chancelants car elle était encore plus ivre qu'elle ne l'avait pensé, qu'elle vit Simon Bormes se diriger bizarrement vers la deuxième demeure de la rue. C'était une maison de taille modeste, si du moins on la comparait à la moyenne du quartier, mais fort cossue, avec une façade de pierre et un toit en ardoise.

À la porte, dans une allée en pavés unis, était garée une jolie Volkswagen Coccinelle jaune décapotable, une auto qu'elle avait toujours rêvé de conduire.

Il est fou! pensa-t-elle en s'immobilisant, interloquée. Il ne va quand même pas aller réveiller des gens à minuit pour leur demander d'appeler un taxi!

Quoique... il était si culotté, si sûr de lui, qu'il n'en était pas à une impolitesse près!

Et d'ailleurs, oui...

C'est bien ce qu'il semblait sur le point de faire, d'aller réveiller de pauvres gens (enfin, manière de parler, bien sûr, parce qu'à Westmount...), car il empruntait de son pas chancelant l'impeccable sentier de pierres de l'entrée, joliment bordé de fleurs parfaitement alignées. Arrivé à la porte, une belle porte noire avec un heurtoir de bronze et une grande poignée ronde, il ne sonna pas ni ne frappa, mais se pencha plutôt sur quelque chose qu'elle ne put voir, car il lui tournait le dos.

— Mais Simon, dit-elle, vous n'y pensez pas!

Il se retourna sans avoir vraiment compris ce qu'elle lui disait, et elle vit qu'il tenait un trousseau de clés : il l'avait emmenée danser à cent mètres de sa résidence!

Si un doute avait subsisté dans son esprit, il se serait dissipé devant l'aisance avec laquelle, après être entré, il trouva le commutateur, alluma, puis s'empara d'une télé-commande avec laquelle il ouvrait les rideaux du vivoir, faisant apparaître une vue de Montréal dans la nuit à vous couper le souffle.

— Marx avait raison, dit-elle, il y a des classes sociales...

— Je me fie à vous parce que moi, chez Marx, j'ai surtout retenu la notion de capital.

— Ça se voit, fit mademoiselle Marple en jetant un regard circulaire dans la maison.

La libraire s'avança timidement dans le vivoir, meublé luxueusement, avec des murs tendus de tissus somptueux et ornés de nombreux tableaux.

La télécommande de Simon était comme une baguette magique moderne, et il l'agita à nouveau, cette fois-ci pour actionner sa chaîne stéréo : mademoiselle Marple reconnut aussitôt les premières notes de *Sexual Healing* de Marvin Gaye.

Tiens, pensa la libraire, Casanova joue ses dernières cartes...

Elle se trompait, car au lieu d'exécuter une manœuvre amoureuse auprès d'elle, Simon Bormes fit ce qu'il avait promis de faire. Et sans même lui offrir un dernier verre, il s'empara du téléphone et appela un taxi.

— Oui, je suis bien chez Diamond et Diamond et fils ?

Oh, pensa mademoiselle Marple, il est vraiment de plus en plus rond.

— Ici Simon Bo...

Il escamota la dernière syllabe. Dans son ivresse, il avait failli se trahir, mais il poursuivit aussitôt :

— Je voudrais que vous m'envoyiez immédiatement une voiture au...

Il se tourna vers mademoiselle Marple, et sans qu'elle eût pu dire s'il plaisantait ou non :

— Où sommes-nous au juste ? Ah oui, à Westmount au 22...

Alors mademoiselle Marple, qui était touchée par sa surprenante honnêteté, et qui le trouvait drôle, dans son intensité, dans son ivresse – ou qui simplement tombait amoureuse de lui ! –, s'avança d'un pas rapide vers lui. Elle lui arracha le combiné des mains, avant qu'il n'eût le temps de donner sa prestigieuse adresse. Elle raccrocha sans lui demander son avis, comme si elle avait décidé de pendre en main la suite des événements.

Il la regarda comme l'homme le plus surpris du monde.

— Je sais que je fais une erreur, murmura-t-elle.

Et elle lui prit la tête à deux mains et colla ses lèvres contre les siennes.

Ils s'embrassèrent passionnément.

Il la plaqua bientôt contre un mur, la caressa avec une sorte de furie.

Elle sentit que ce n'était qu'une question de secondes avant qu'il ne soulève sa jupe et n'entre en elle.

Et n'entre dans sa vie.

Et n'entre dans ses rêves.

Parce qu'elle était une femme et qu'elle n'avait pas dans la tête des compartiments.

Comme les hommes.

Il descendit comme elle l'avait prévu sa main vers sa jupe, et elle pensa alors que celle-ci était noire, sauf un petit liséré mauve, et que peut-être ça portait malheur, de faire l'amour le premier soir avec une jupe noire, n'en déplaise à Coco Chanel.

Mais Simon Bormes la surprit une fois de plus et s'il souleva sa jupe, ce ne fut pas pour investir la jeune femme mais pour s'agenouiller à ses pieds, pour lui retirer avec une brusquerie inévitable son slip et la manger avec un mélange exquis de délicatesse et de passion. Et même si elle était ivre, force lui fut de constater qu'il ne s'escrimait pas de la langue comme ces hommes qui le font juste pour faire plaisir (c'est le cas de le dire !) à leur compagne.

Non, il agissait, c'était évident, comme un homme qui aimait vraiment les femmes, peut-être toutes les femmes, hélas, mais heureusement tout des femmes.

Qui ne feignait pas.

Comme tant d'hommes.

Qui le font du bout des lèvres.

Et pensent peut-être à une autre femme.

Qu'ils aimaient, elle.

Et qui les a quittés.

Parce qu'elle pensait à un autre homme.

C'est, non pas le mariage à l'italienne, mais la vie moderne.

Sait-on vraiment avec qui l'on couche et pourquoi – vraiment – l'autre couche avec nous ?

Mais Simon, lui, semblait entier.

Il plaquait sa bouche sur son sexe, il la léchait, il la buvait comme un fou.

Tel un savant aussi, car quelle maestria il déployait !

Il lui donnait même cette première surprise de l'amour de lui faire découvrir des sensations qu'elle n'avait jamais imaginé possibles... comme s'il la connaissait mieux qu'elle ne se connaissait elle-même !

Puisqu'ils se connaissaient à peine, la libraire pensa que c'était peut-être le destin, cette chose parfois si cruelle mais qui parfois fait si bien les choses, et ses jambes se mirent à défaillir.

Ce fut pour Simon Bormes le signal de se relever, pour détacher à toute vitesse son chemisier, dégrafer son soutien-gorge. Puis il retira ses propres souliers, sans prendre la peine de les dénouer, sauta littéralement hors de son pantalon, mais à l'instant même où son slip franchissait le cap de ses genoux, mademoiselle Marple, contre toute attente, se rebiffa.

C'était trop tôt, et tout croche, comme sa vie antérieure, peu glorieuse compilation d'erreurs. Elle dit :

— Holà, on se calme et on respire par le nez. Tu es trop pressé.

Elle le tutoyait pour la première fois et, malgré cette familiarité nouvelle, elle avait l'air vraiment sérieuse, même si elle était à demi nue, et assez aguichante, avec pour tout vêtement sa jupe noire et ses souliers. D'ailleurs, elle sembla s'en rendre compte à ce moment, mit ses deux mains sur ses seins nus, des seins très beaux, très fermes, assez volumineux, et ce geste, ce holà inattendu ne firent que fouetter davantage la fougue de Simon Bormes.

— Hein? fit-il avec le plus grand étonnement, car il ne croyait pas que, rendus si loin, ils pourraient s'arrêter.

— Ça fait combien de temps que tu n'as pas fait l'amour?

— Quelle heure est-il?

Elle rit aux éclats.

Comment pouvait-il être aussi amusant, aussi léger alors qu'il était aussi ivre, alors que l'heure était aussi grave?

Stendhal a dit : « Une femme qu'on fait rire est déjà à moitié dans son lit. »

Alors si elle rit aux éclats, c'est la joie assurée!

Du moins pour une femme comme mademoiselle Marple.

Qui adorait rire.

Surtout en ces jours sombres de son existence. Et puis, lorsqu'elle aperçut ce que Simon Bormes avait entre les jambes, et qui, même sans être totalement déployé, était somptueux, elle ne put faire autrement que vaciller dans sa conviction.

Elle pensa que ce serait une erreur.

Mais au moins ce serait une erreur agréable !

Alors, elle le dérouta à nouveau, mais plus agréablement que dix-sept secondes avant, en le suppliant :

— Prends-moi, mon loup !

Et tout de suite elle regretta d'avoir dit ces mots, d'avoir commis ce lapsus, trou de serrure à travers lequel Simon Bormes aurait pu tout voir de son passé, de son cœur déchiré.

Et pourtant, parce que peut-être elle avait décidé d'aller de l'avant, de tourner la page sur son passé, parce que c'était un passé qui n'avait pas d'avenir, elle s'avança rapidement vers Simon Bormes, si rapidement en fait qu'il perdit l'équilibre lorsqu'elle le toucha, car il était encore empêtré dans son slip à moitié retiré.

Il tomba, malgré des efforts méritoires pour rétablir son équilibre, et elle ne put s'empêcher de rire et de croiser les doigts (qu'elle avait du reste déjà passablement occupés !) pour souhaiter que Simon ne connût pas le fiasco rendu célèbre par l'auteur du roman *Le Rouge et le Noir*.

Ils se retrouvèrent bientôt sur la moquette, moelleuse et si épaisse qu'on pouvait sans doute y perdre un escarpin.

Ce fut la tête qu'elle y perdit.

Le matin, lorsqu'elle se réveilla dans l'immense lit *king*, elle se sentait comme une reine.

Une reine qui a commis une erreur, peut-être, mais une reine quand même.

Une reine qui souriait et se demandait comment elle était passée de la moquette à ce lit gigantesque.

Elle se frappa le front, c'est une manière de parler, car elle l'avait fragile à ce moment-là en raison de tout le champagne de la veille : même toutes les douceurs de l'amour ne pouvaient rien contre le mal de bloc du lendemain !

Elle se trouvait dans le lit parce que, elle se le rappelait maintenant, après l'avoir épuisée sur la moquette, et être mort dans ses bras, Simon avait ressuscité subito presto et trouvé la force de la porter romantiquement, comme une jeune mariée, du vivoir jusqu'à la chambre à coucher où, après une pause d'environ vingt-deux minutes, il l'avait prise à nouveau et avait réussi à tirer d'elle, comme d'une lyre en délire, une nouvelle volupté... et demie, parce qu'au dernier moment elle n'avait plus été capable de chanter et avait dit en lui donnant une petite tape sur la joue : c'est OK...

Le lit était vide à côté d'elle. Elle respira une odeur de café et se dit que le petit Mozart d'alcôve avait en plus d'une flûte enchantée des manières matinales, car il faisait le SAP. Désolé, ce n'est pas cochon le SAP, même si ça sonne comme une nouvelle perversion, c'est simplement le service après-vente ! Oui, il lui avait gentiment préparé le café, un agréable changement en comparaison de l'homme (trop répandu) qui, non content de baiser comme un pied (c'est peut-être pour ça qu'il appelle ça « prendre son pied » !), demande par-dessus le marché qu'on lui serve le café au lit, comme à « un roi sans divertissement ». Pour elle, du moins.

Elle s'assit dans le lit, ne couvrit pas stupidement ses seins avec le couvre-lit comme on le voit dans tant de films américains et n'eut pas non plus la désolante inspiration d'envelopper son magnifique corps nu dans un drap avant de se lever. Elle eut pourtant une petite hésitation, une pudeur, parce que marcher nu le premier matin devant un homme, même si on a passé une nuit passionnée dans ses bras, ça fait quand même un petit quelque chose, il n'y a plus (en principe) la passion ou l'alcool qui nous aveugle, et qui surtout aveugle le prince charmant, qui pourrait nous trouver ce petit défaut qui, la veille, dans le feu de l'action, lui a échappé, alors que dans la lumière froide du matin...

Et puis aller retrouver l'autre nu, ça peut ressembler à une sorte de message subliminal (avec le corps de la libraire, ç'aurait plutôt été un message sublime!), ça peut vouloir dire qu'on a envie de remettre ça, et honnêtement, sans vouloir discréditer le petit prodige, elle avait plus envie d'un bon café que d'une autre partie de jambes en l'air!

Lui aussi, apparemment : un autre bon point pour lui. Plus tous ceux accumulés pendant la nuit, il aurait bientôt droit à quelque chose de gratuit dans le catalogue intime de la libraire! Mais finalement, elle pensa que de toute manière elle n'avait guère le choix, car si Simon l'avait portée dans ses bras du vivoir à la chambre des maîtres, il avait bien naturellement laissé ses inutiles vêtements derrière eux.

Elle récupéra au passage son slip et son soutien-gorge, dans le vivoir, les enfila, ce qui, bien malgré elle, lui donnait un air encore plus sexy peut-être que si elle était restée nue, parce que c'est quand on ne lui montre pas tout que l'homme (normal) veut tout voir. Elle se fia à l'odeur du café pour trouver la cuisine, une cuisine de rêve, avec des armoires en bois blanc, des comptoirs en granit noir et un plancher en bois franc, du merisier sombre du meilleur effet, sans compter un immense îlot central.

À côté de la cuisinière en inox qui devait coûter les yeux de la tête et que ne déparait pas un frigo également en inox, lui aussi deux fois large comme ceux des cuisines ordinaires et aussi silencieux qu'une montre suisse, sur le comptoir de granit, une cafetière électrique fumait.

Mais il n'y avait qu'une seule tasse à côté d'elle, une jolie tasse à espresso verte avec un liséré rouge dans une soucoupe de la même famille. Avec un petit mot qui disait :

— Parti tôt pour Toronto. De retour demain. Clés (facultatives) de l'auto et de la maison ci-jointes. Clé de mon cœur dans tes mains. Obligatoire.

Et il avait noté son numéro de cellulaire.

Oh! pensa-t-elle, il est romantique, le petit coco, et il ne manque pas d'esprit!

Elle avisa les deux clés sur le comptoir, attachées au même anneau. Il y avait celle de la maison, banale, et celle de la voiture, qui la fit tout de suite rêver parce que c'était une clé de Volkswagen, et même si Simon lui avait sciemment fait perdre la tête toute la nuit, il n'avait pas réussi à lui faire oublier la petite Coccinelle jaune garée poétiquement devant la maison!

Elle se servit un café, constata, ravie, qu'il était bien tassé, comme elle l'aimait, en tout cas le premier du matin pour lequel elle était intransigeante, d'autres diront tyrannique. Et comme tous les amoureux du monde dans les débuts, elle pensa que ce nouveau point en commun, ce goût du café corsé, était un «plus» prometteur et qu'il n'y en avait jamais trop au début.

Parce qu'avec le temps on découvrait les «moins», et si on voulait que la différence des deux soit favorable, c'est-à-dire ne devienne pas l'assassin de la passion, il en fallait un bon lot de «plus», ça prenait souvent deux «plus» pour effacer un «moins» : le couple a une algèbre que seul le couple connaît!

Ce fut seulement lorsqu'elle eut dégusté son café, dans la belle lumière du living, en se remémorant quelques moments de la nuit, qu'elle réalisa qu'il était déjà neuf heures quinze et qu'elle avait dormi bien plus tard que son heure habituelle. Oh! il avait vraiment dû l'épuiser, le Simon, parce que pour elle, la grasse matinée consistait en général à dormir jusqu'à... sept heures trente! Mais là...

Merde! Elle commençait à dix heures à la librairie!

Elle se leva d'un bond, passa à la salle de bains, se regarda dans la glace, trouva qu'elle était échevelée et avait les yeux un peu brillants et aperçut sur sa joue gauche ce qui lui parut un peu de poudre blanche, qu'elle prit d'abord pour la poudre de sucre sans sucre mise dans son café... Comme elle avait déchiré le sachet avec ses dents, un peu vivement, elle s'était peut-être poudré involontairement la joue. Elle voulut s'épousseter de petits coups de doigts mais sans succès.

En s'approchant de la glace, elle s'aperçut alors, non sans un certain embarras, qu'en fait c'était... du sperme givré!

— Oh *God*, j'ai fait ça aussi!

Et elle se mordit la lèvre inférieure, leva les yeux vers le plafond, comme elle avait sans doute dû le faire la veille, mais pour d'autres raisons.

De toute évidence, elle avait rendu la politesse à Simon, oui, maintenant elle s'en souvenait très bien, c'était vers la fin... De guerre lasse, elle avait voulu l'achever, avant qu'il ne la tuât et juste après lui avoir tapoté la joue en signe de reddition... Elle avait eu pitié de lui, avait pris les choses en main, ou plutôt en bouche, mais pas jusqu'à la fin, parce qu'avaler le premier soir, c'est trop : il faut savoir se garder des cartes pour les prochains numéros.

Mais étourdie de plaisir, elle l'avait retiré de sa bouche avec un peu de retard et avait reçu quelques gouttes de sa substantifique moelle sur la joue ; et puis, il était si tard qu'elle s'était tout de suite endormie, sans avoir le temps de se refaire une beauté : d'ailleurs, elle ne pouvait être plus belle dans sa roseur irisée !

Elle sauta dans la douche, qui nettoierait tous ces vestiges des vertiges de la nuit, une douche de riches, ne possédant pas un pommeau unique mais deux, mais trois, mais quatre qui t'envoyaient commodément des jets de partout : idéal pour une femme pressée.

Puis elle se sécha, s'habilla, retourna dans la cuisine où elle prit rapidement sa décision au sujet de la double proposition de Simon : pas question de rester dans cette maison, même de rêve.

Quant à la voiture, elle ne la voulait pas, c'est sûr, c'est sûr, mais il n'y a pas de bus à Westmount.

Un taxi ?

Ouais...

Il était dix heures moins vingt, si le chauffeur de taxi prenait son temps, elle arriverait en retard et elle avait horreur de ça!

Elle tenta quelques secondes de sortir la clé de la voiture de l'anneau, mais elle n'avait jamais excellé à cet exercice frustrant, s'il en est, et y avait déjà laissé des ongles – sans compter sa bonne humeur matinale.

Bon, elle était trop pressée pour se battre avec ce stupide anneau, elle prendrait les deux clés, même si elle n'utilisait que celle de la Coccinelle.

À son volant, et même si la voiture n'était pas à elle mais à un homme qu'elle connaissait depuis quelques heures à peine, elle éprouva le sentiment qu'elle commençait une vie nouvelle...

Les choses s'étaient sans doute passées un peu vite...

Mais n'était-ce pas ce qu'il fallait faire, dans la vie, aller de l'avant, toujours de l'avant, malgré ses erreurs passées, malgré ses déceptions et ses peurs?

16

Mademoiselle Marple arriva avec dix petites minutes de retard, ce qui n'était pas la fin du monde, surtout que Lim, qui était fort ponctuelle, avait déjà ouvert la librairie.

Elle fut surprise de ne pas trouver Gigi, à qui elle voulait tout raconter, et surtout demander conseil.

— Gigi n'est pas là? s'enquit-elle auprès de Lim.

— Non, il a appelé pour dire qu'il rentrerait seulement à une heure.

— Il est malade?

— Non, il avait l'air plutôt excité...

— Et toi, tu t'es remise des émotions d'hier?

— Oui, oui, la police a rappelé tout à l'heure, il leur manquait quelques informations pour terminer leur rapport, mais sinon, je n'y pense plus. Enfin, j'essaie de ne pas y penser.

Quelques minutes plus tard, Roxanne arrivait en coup de vent. Elle et mademoiselle Marple s'embrassèrent, heureuses de se retrouver. La serveuse demanda :

— Tu n'aurais pas le livre *He's just not that into you*, ou un truc du genre ? C'est un best-seller américain. Il paraît qu'en le lisant je vais tout de suite savoir si Paul me fait niaiser ou pas.

— Oui, je crois qu'on l'a... répondit mademoiselle Marple.

Elle entraîna son amie vers la toute petite section réservée aux ouvrages en anglais, dénicha sans peine le livre qui faisait des ravages, même si ou parce qu'il était fort simple et qu'il misait sur une corde sensible : le sentiment de bien des femmes d'être utilisées – à la carte et en passant – au lieu d'être aimées, intégralement et pour longtemps...

Heureuse de trouver le livre, Roxanne le feuilleta à la hâte, parut ravie de ce qu'elle y lut au hasard.

— Hum, je pense qu'il n'aimera pas ça, le petit chou, c'est exactement lui ! décréta-t-elle avec un sourire d'anticipation sadique sur les lèvres. Maintenant, il ne pourra plus tout le temps me dire qu'il a besoin de réfléchir.

— Tu lui as parlé d'avoir un enfant ?

— Comment tu sais ?

— Est-ce qu'il y a un autre moment où les hommes réfléchissent ?

— Certainement pas avant de nous demander de coucher avec eux ! Bon, *anyway*, je ne peux pas rester longtemps. Je te dois combien pour le livre ?

— Rien, ça va être l'intérêt pour l'argent que tu m'as passé... dit mademoiselle Marple.

— Tu es un amour ! Si j'étais pas une fille, c'est avec toi que je me marierais.

— Moi aussi... En tout cas, bonne chance avec Paul.

— C'est à lui que tu devrais souhaiter bonne chance, parce que j'ai un plan.

Et Roxanne n'en dit pas plus, mais partit aussi vite qu'elle était arrivée, sans même laisser à la libraire le temps de lui raconter sa folle nuit de la veille.

Vers treize heure, un petit sac à la main, Gigi, les yeux lumineux, le teint rose, arriva à la librairie, ce qui permit à Lim de sortir déjeuner. Il semblait au septième ciel.

— Oh, tu ne portes pas à terre, toi, mon coquin, remarqua Loulou, allez, assieds-toi et raconte-moi tout !

— M'asseoir ? Tu es folle, je préfère pas.

— Ouille, Gigi... dit-elle en grimaçant et en agitant la main de haut en bas comme on fait pour montrer son étonnement – ou son dégoût.

— Non, non, rassure-toi, je plaisantais, je ne suis pas abîmé. Et même si je l'étais, ça aurait valu la peine !

Et dans un état de surexcitation proche de la fébrilité, il expliqua :

— Je lui ai téléphoné hier soir, et il m'a donné rendez-vous ce matin, au coin de René-Lévesque et de McGill. Il est arrivé dans une Ferrari jaune...

— Serin ! C'était prévisible...

— Oh toi...

Il savait qu'il n'y avait pas là une once de méchanceté, qu'elle voulait juste faire un mot, le taquiner, puisqu'elle l'adorait et ne trouvait rien de répréhensible dans sa conduite.

— On est allés chez lui, supposément pour prendre un café. Mais c'est notre douche qu'on a prise. Il habite à l'île des Sœurs, un vrai château... Il fait l'amour comme un dieu, je capote, je capote, je capote !

— En as-tu porté une, justement, de capote ?

— Heu… non, mais il y avait pas de danger, c'est la première fois de sa vie qu'il couche avec un homme.

— Ouais… c'est toujours ça qu'on dit avant d'avoir des ennuis, qu'il n'y avait pas de danger…

— Bon, bon, d'accord, j'aurais pu en mettre. Mais, comme je te dis, c'était si excitant, si différent ! Pas juste pour moi, pour lui aussi. Il m'a confié qu'il ne pensait jamais pouvoir vivre une expérience comme ça, parce que Cruella, elle lui refusait toujours dès que ça tombait un peu trop dans ses fantasmes.

— Cruella ?

— Oui, sa femme.

Une pause, et un air contrarié sur le visage, empreint d'une certaine jalousie :

— Il y a des portraits d'elle partout dans la maison, il dit qu'il va falloir faire attention, que c'est une vraie maniaque, qu'elle est jalouse, qu'elle le surveille tout le temps…

— Et il t'emmène chez lui ?

— Il pouvait quand même pas m'emmener à l'hôtel de la Montagne. Il a sa face dans les journaux tous les jours. Non, c'est parce que sa mère, je veux dire sa femme était partie voir sa mère. Elle habite à Québec.

— Ah…

— D'ailleurs, ça va être un problème.

— Que sa belle-mère habite à Québec ?

— Non, que sa face soit dans les journaux tous les jours.

Il se rembrunit tout à coup.

— Je ne sais pas si c'est une bonne affaire que j'aie accepté, on a fait l'amour comme des dieux, c'est sûr, mais on n'a pas grand-chose en commun. Le *Journal du voleur*, il me l'a avoué, c'était simplement pour me mettre la puce à l'oreille, il avait entendu dire, je sais pas comment, que c'était une histoire de gais, il lit juste un livre par année, et c'est *Le Guide de l'auto*, alors... puis moi, le hockey, ça m'intéresse autant que la vie sexuelle des orangs-outans.

— Mais si ça marche bien au lit, je veux dire dans la douche...

— Ah, ah, très drôle! Mais le sexe, tu le sais comme moi, ça ne dure pas. Et encore moins entre gais. Et ensuite il reste quoi? Mais le vrai problème, c'est le hockey, c'est qu'il joue pour le National de Montréal. Si les amateurs apprennent que le grand Claude Bach, le compteur numéro un du club, marié et père de deux enfants, s'envoie en l'air avec un petit libraire du boulevard Saint-Laurent, la Sainte-Cottonelle va en prendre tout un coup.

— Ouille...

— Ouille, c'est le cas de le dire... Et en plus, avec les joueurs qui partagent la même chambre sur la route... Là, tous les journalistes vont se mettre à faire toutes sortes de suppositions, ça va être l'enfer... Si jamais ça se savait, sa carrière serait finie, le club ne tolérerait pas ça.

— Ben, tu les savais, ces choses-là, avant de lui dire oui, non?

— Oui, mais je ne pouvais pas lui dire non. Et je peux encore moins lui dire non maintenant. Je l'ai dans la peau. Je l'aime.

— Et lui, est-ce qu'il a dit qu'il voulait te revoir?

— Oui, mais sans moustaches.

— Sans moustaches?

— Oui, parce qu'elles vont attirer trop l'attention sur nous... Tu comprends, il est tellement public, il faut tout faire pour ne pas se faire remarquer...

— Hum, je vois...

Sur ce, Gigi fouilla dans le petit sac avec lequel il était arrivé et en tira un paquet de rasoirs Bic jetables.

— Je reviens dans une minute, dit-il.

Lorsqu'il revint, un peu plus d'une minute plus tard, ses belles moustaches « daliniennes » avaient disparu.

Et mademoiselle Marple pensa que ça devait être du sérieux avec son joueur de hockey, parce qu'il y tenait, à ses moustaches. À un moment donné, son patron lui avait fortement suggéré de les raser et Gigi, outré, avait joué le tout pour le tout en affirmant qu'il préférait se faire congédier plutôt que de se voir imposer pareil sacrifice. Ce n'était pas la librairie « Gallimarde » qui allait lui dire comment se raser ! avait-il déclaré à Loulou.

— Hum, ça te change... constata mademoiselle Marple.

Homosexuel, et trop souvent traqué par les bien-pensants (dont certains avaient pourtant des mœurs tout aussi « condamnables » que les siennes !), Gigi, par instinct de survie, avait appris à « lire » les autres, il notait les moindres changements d'humeur – ou vestimentaires –, les détails, et il était passé maître dans leur interprétation comme d'autres dans celle des songes. Et bien sûr, sa grande amitié pour mademoiselle Marple lui permettait de la lire encore mieux.

— Toi aussi, tu as quelque chose de changé.

Un petit sourire coupable se dessina sur les belles lèvres de la rousse.

Et, chaque fois que l'absence de clients le lui permit au cours de l'après-midi, elle lui fit, en pièces détachées et sans trembler, le récit étonnant et passablement détaillé (hormis la découverte embarrassante du matin dans la glace des W.-C.!) de sa nuit d'amour avec le client de la Pléiade, comme ils avaient surnommé Simon Bormes par dérision.

Un peu avant dix-huit heures, elle lui dit :

— J'espère que ton nouvel ami te laisse encore sortir avec tes vieilles amies.

— Hein?

— Tu as déjà oublié notre bal costumé de ce soir?

Il se frappa le front.

— Mais oui, c'est vrai, on sort à soir!

17

Gigi était impayable !

En tout cas, il était méconnaissable.

En le regardant rapidement – et si bien entendu on faisait abstraction de sa taille –, on aurait pu le prendre pour mademoiselle Marple !

Vêtu d'une robe de soirée noire, de longs gants, les pieds en équilibre incertain sur des talons aiguilles vertigineux, maquillé à outrance, accablé de bijoux, il avait surtout assuré la ressemblance saisissante grâce à une longue perruque rousse. Pour être bien certain qu'on le prenne pour une femme, il s'était généreusement bourré le soutien-gorge d'énormes faux seins, qui avaient déchaîné l'hilarité de mademoiselle Marple quand elle en avait eu la révélation.

Visiblement fier de son déguisement, portant en bandoulière un grand sac à main qui n'avait rien à voir avec le traditionnel sac de bal minuscule, il attendait mademoiselle Marple qui, en descendant l'escalier de l'appartement de sa mère, s'était rendu compte qu'un de ses lacets était dénoué. Elle le rattachait avec une certaine difficulté, parce qu'en se costumant, elle et Gigi avaient vidé une bouteille de rosé.

Elle aussi était déguisée, mais en homme. Elle portait un costume, une cravate, s'était collé des moustaches et avait, avec plus ou moins de succès, réussi à dissimuler son abondante chevelure sous un chapeau melon noir.

Il faisait sombre depuis peu, en cette magnifique et chaude soirée de juin, et il était vingt et une heures dix-huit – mademoiselle Marple le savait parce qu'elle avait regardé l'heure une minute avant en pressant Gigi d'en finir avec son maquillage – lorsque se produisit l'incident suivant.

Un homme de petite taille, trapu, vêtu d'une veste sombre, la tête enveloppée dans un foulard rouge, un peu comme Willie Nelson ou un pirate, arriva alors et, à quelques pas de Gigi, se mit à courir et voulut lui arracher son sac à main.

Mais Gigi eut le réflexe de serrer contre lui la courroie – du reste fort solide – de son sac de cuir. Il la tint si bien que le voleur, qui n'avait pas voulu la lâcher, et avait sans doute été surpris par la fermeté de cette grande rousse, perdit l'équilibre et tomba. Il se releva aussitôt, visiblement en colère, et sauta sur Gigi.

Ce dernier, on l'a dit, était d'une force peu commune pour un homme aussi mince.

Il ne se laissa pas impressionner par l'assaut du voleur, l'attrapa, le souleva littéralement au-dessus de sa tête comme s'il se fût agi d'un enfant ou d'une marionnette et le lança le plus loin possible. Le voyou, étonné de la force déployée par cette «femme», roula sur le trottoir, poussa un cri de douleur, se releva et se tourna vers Gigi qui, des deux mains, lui fit, avec une confiance amusée, le signe de revenir vers lui pour poursuivre le combat.

— Chienne! jeta le voleur.

Et il s'enfuit sans demander son reste, voyant qu'il avait affaire à trop forte partie, c'est le cas de le dire.

Mademoiselle Marple, qui avait assisté à l'incident du haut de l'escalier, s'étonnait du sang-froid de son ami, mais pensait aussi que Montréal était en train de devenir comme New York. Ou en tout cas qu'elle n'avait guère de chance parce qu'en deux jours, elle avait été attaquée deux fois.

Enfin pas elle, mais Gigi et elle...

Quoique, à la réflexion, comme Gigi était déguisé en elle, n'était-ce pas bien évidemment à elle que le voleur avait voulu s'en prendre?

Elle descendit les escaliers, alla retrouver Gigi, qui se massait l'épaule gauche, dans laquelle il ressentait une douleur à retardement.

— Est-ce que tu es OK?

— Oui.

— Il a dû rester surpris quand tu l'as soulevé dans les airs comme une poupée!

— Ouais...

— On dirait qu'il y a quelqu'un qui m'en veut... laissa tomber mademoiselle Marple, visiblement préoccupée, car se pouvait-il vraiment que ce soit un hasard?

— Pourquoi dis-tu ça? demanda Gigi, qui pourtant avait tout compris mais par amitié préférait jouer les imbéciles pour ne pas affoler la libraire.

— Je ne sais pas... Il y a eu l'appel anonyme, la lettre bizarre, avec les chiffres... Bon, la tentative de vol, ce n'était peut-être pas relié...

Gigi préférait ne rien dire.

— *Anyway*, conclut-elle, allons à ce bal costumé... Viens, je vais te faire essayer la petite merveille...

Elle évoquait bien entendu la Coccinelle jaune que Simon avait fort aimablement mise à sa disposition, après une seule nuit passée avec elle, ce que Gigi avait immédiatement interprété comme un signe assuré de l'amour fou, son préféré. Et il avait aussi vu comme un autre signe du destin le fait que la Ferrari de son nouvel amant fût jaune. C'étaient même deux signes : non seulement mademoiselle Marple avait rencontré l'amour en même temps que lui, ou presque, mais leurs amants avaient l'un et l'autre une auto jaune. En fait, Simon Bormes en avait deux, et probablement Claude Bach aussi, car une Ferrari ne circule pas durant l'hiver montréalais, mais tout de même, quelle coïncidence !

Mais ils n'avaient pas fait trois pas que Gigi, après une hésitation, dit :

— Il y a ça qui est tombé de sa poche...

Et il tendit un signet à son amie.

Elle le regarda, sourcilla.

Ce n'était pas ce qui l'illustrait qui la troublait, une gargouille sculptée en diable grimaçant qui rappelait celles des églises gothiques.

C'était le titre : *La Cérémonie des démons*, écrit par la jeune romancière Julie Cranberry, la révélation littéraire de l'année.

C'était surtout le fait que ce roman sulfureux avait été publié un an plus tôt par nulle autre maison que... les Éditions Globe !

Mais ce qui fit encore plus frémir mademoiselle Marple, ce qui lui arracha un cri de stupeur, c'est ce qui était écrit derrière ce signet...

18

L'inspecteur Robbe-Grillet, un solide sexagénaire aux cheveux poivre et sel, avec deux grandes rides profondes qui lui barraient le front, ne put faire autrement que de soulever son sourcil gauche, broussailleux, lorsqu'il entendit la curieuse plainte que venait de déposer la jeune femme devant lui.

C'est que non seulement elle était habillée en homme, avec des moustaches, un costume et une cravate, mais en outre elle était accompagnée d'un homme qui était... habillé en femme, et qui était roulé comme une véritable allumeuse, avec son décolleté provocant et son maquillage excessif, à telle enseigne que même si l'on était un homme, ça finissait par vous donner des idées lubriques...

— Vous en êtes bien certaine? demanda-t-il à la libraire. Vous vous appuyez sur quoi pour affirmer que ce Gaspard...

— Drury...

— Oui, que Drury, éditeur de profession, m'avez-vous dit...

— Oui, exactement...

— Est derrière cette tentative de vol...

— Sur ce signet, je vous l'ai dit...

L'inspecteur considéra à nouveau le signet, trouva sans doute curieuse cette gargouille démoniaque, retourna la bande de carton, vit ce qui était écrit au dos : l'adresse de madame Marple !

C'est ce qui avait pour ainsi dire mis le feu aux poudres, cette adresse, et fait comprendre à la libraire que ce ne pouvait plus être un hasard, que le signet ne se trouvait pas là AVANT l'assaut du voleur, mais qu'il était tombé de sa poche dans sa chute et que, par conséquent, il y avait un lien direct entre lui et l'éditeur véreux de *La Cérémonie des démons* !

— Oui, mais de toute manière, objecta le policier, il n'y a pas nécessairement de lien entre cette agression et cet éditeur... Et sauf erreur, ce n'est pas vous qui avez été attaquée, mademoiselle Marple, mais votre copine, enfin copain...

— Mais je m'étais déguisé pour lui ressembler ! précisa Gigi.

Robbe-Grillet le regarda, observa son maquillage outrancier, contempla son décolleté, et dodelina imperceptiblement de la tête. Bon, d'accord, il était déguisé pour un bal costumé, mais quand même. Comment prendre au sérieux ces deux jeunes gens ?

Tout cela était bien mince, et de toute façon, ce n'étaient que des suppositions, des preuves circonstancielles. Robbe-Grillet plissa les lèvres. Il avait des cas bien plus graves à examiner, de «vrais» cas, des cas de viol, de meurtre, de violence conjugale, et là, franchement...

— Vous faites quoi dans la vie, mademoiselle ?

— Je suis libraire...

— Libraire?

Il disait cela comme si elle avait avoué être astrophysicienne ou pilote de Formule 1.

— Et vous, monsieur?

— La même chose, libraire.

— Hum...

Libraire, quel drôle de métier! pensa-t-il. Lui n'entrait jamais dans les librairies, et quand il faisait du *shopping* avec sa femme, il préférait l'attendre à la porte.

C'est ce moment que choisit pour arriver son jeune assistant, Dimitri Despotopoulos, un Grec très intense.

Robbe-Grillet le présenta.

— Ah oui, j'avais oublié, dit mademoiselle Marple, il y a la lettre de menace que Drury m'a envoyée à la librairie. Gigi, montre-la à monsieur l'inspecteur.

Après la tentative de vol, ils étaient retournés à l'appartement et avaient récupéré la lettre, pour étayer leur plainte.

Gigi tira la lettre de son grand sac de cuir et l'ouvrit sur le bureau. Robbe-Grillet la tourna vers lui, fronça ses abondants sourcils. Dessin curieux, pensa-t-il.

Une femme nue pendue par un pied. Avec de longs cheveux. Et une carotte entre les jambes. Comme un godemiché.

Hum...

Son jeune collègue, penché lui aussi vers le dessin, ne disait rien, mais dodelinait de la tête. Enfin l'inspecteur, qui avait de la difficulté à dissimuler son agacement :

— Mais, objecta-t-il, je... je ne veux pas vous contrarier, mais ce n'est pas une lettre de menace que vous avez là. Une lettre de menace, ça contient... une MENACE!

— Mais les chiffres, avez-vous vu les chiffres? Explique-lui, Gigi!

— Eh bien, il y a d'abord les deux 6, qui sont le symbole du diable...

Scepticisme profond chez Robbe-Grillet, tandis que son jeune assistant, qui avait déjà entendu parler de semblable théorie, paraissait plus ouvert, ou en tout cas intéressé à ce que pouvait dire Gigi.

— Et alors? fit Robbe-Grillet.

— L'énigme! dit mademoiselle Marple, qui ne se laissait pas démonter. Explique-lui l'énigme!

Et Gigi lui fit la même petite démonstration qu'il avait faite à sa collègue pour aboutir à son prénom : Loulou.

Robbe-Grillet replia calmement, trop calmement, la lettre et la poussa en direction de Gigi, en même temps que le signet de *La Cérémonie des démons*.

— Honnêtement, je ne crois pas que je puisse faire quoi que ce soit pour vous. Si la lettre était signée, si ce type disait qu'il voulait vous assassiner... Mais est-ce que vous m'imaginez arriver devant un juge et lui faire cette petite démonstration mathématique de cartomancienne, pour essayer de prouver la culpabilité d'un suspect? S'il vous avait agressée...

— Mais il m'a agressée sexuellement! protesta mademoiselle Marple.

— Ah ça, c'est du nouveau.

Sans se rétracter, mademoiselle Marple nuançait :

— Enfin, pour être plus précise, il a voulu que nous fassions du *pussy diving*.

L'inspecteur dut lui confesser son ignorance de cette pratique, et mademoiselle Marple, avec un certain embarras, dut la lui expliquer. Ce qui parut amuser Dimitri.

— Bon, je vois, mais il ne vous a pas violée, il ne vous a pas frappée ?

— Non...

— Et pourquoi n'avez-vous pas porté plainte tout de suite ?

— Je... je ne sais pas, j'étais trop nerveuse...

— Ou tout simplement vous ne trouviez pas que ça en valait vraiment la peine. Il vous a montré son sexe, ce qui est répréhensible, mais bon, il espérait une faveur, et vous la lui avez refusée.

— Mais je sais que c'est lui qui me harcèle.

— Écoutez, trancha l'inspecteur Robbe-Grillet, j'aimerais vous aider, mademoiselle Marple, mais je ne peux pas.

Le téléphone sonna à ce moment, et l'inspecteur prit le combiné, écouta puis mit la main sur le récepteur, et conclut :

— Dimitri, si tu veux raccompagner madame, je vais devoir prendre l'appel.

Inutile d'insister, l'inspecteur avait été formel. D'ailleurs, il ne les regardait même plus, tout à sa conversation.

Mademoiselle Marple récupéra la lettre et le signet, les mit dans sa poche et se leva en même temps que Gigi pour se laisser raccompagner par Dimitri. Ils étaient déçus, visiblement, et mademoiselle Marple était surtout inquiète à la pensée qu'elle ne recevrait pas l'aide de la police et que, par conséquent, le maniaque qui la harcelait aurait les coudées franches.

Mais ils venaient à peine de quitter le bureau de Robbe-Grillet que Dimitri demanda à Gigi :

— Il s'appelle comment, cet éditeur ?

Gigi ne s'en souvenait plus.

— Drury, précisa mademoiselle Marple. Gaspard Drury.

— Hum, dit l'inspecteur, venez avec moi dans mon bureau, ce nom me dit quelque chose...

Était-ce simplement un prétexte pour passer plus de temps avec Gigi, que le jeune policier trouvait vraiment séduisant ?

Ils n'allaient pas tarder à le découvrir, car ils étaient tout juste assis dans le minuscule bureau de Dimitri quand ce dernier, rivé à son ordinateur, dit, de manière triomphante :

— Voilà, j'avais raison : Gaspard Drury, directeur des Éditions Globe. Nous avons reçu une plainte contre lui le 17 mai 2005. Pour le même motif. Grossière indécence.

Et il regardait, sur son écran, la photo de l'éditeur libidineux. Qui du reste avait l'air moins libidineux sur la photo. Mademoiselle Marple, qui triomphait, se tournait vers Gigi, écarquillait les yeux, un demi-sourire sur les lèvres. Lui aussi se réjouissait visiblement.

— Mais la plainte a été retirée une semaine plus tard, ajouta Dimitri.

Bref triomphe !

— Ah, soupira mademoiselle Marple. Mais peut-on savoir ce qui lui était reproché au juste ?

Dimitri eut un instant d'hésitation, lut le rapport et le leur résuma :

— La jeune femme, parce que c'est une jeune femme, se trouvait dans son bureau...

— Elle était romancière, elle aussi ?

— Euh… attendez, je ne sais pas, ce n'est pas spécifié ; non, c'est seulement écrit qu'elle se trouvait dans son bureau, et elle s'est rendu compte à un moment donné qu'il se masturbait. Elle a voulu sortir, mais la porte était fermée. Il a dit qu'il lui ouvrirait, mais à la place il s'est jeté à genoux devant elle et il l'a embrassée entre les jambes.

— Hum, une variante de ce qu'il m'a proposé, fit mademoiselle Marple, dégoûtée par cette nouvelle fantaisie de l'éditeur. Et elle s'appelait comment, cette jeune femme ?

— Normalement, dit avec un certain embarras le jeune policier, ce n'est pas une information que nous donnons. D'ailleurs, je n'étais même pas supposé vous dire tout ça, puisque la plainte a été retirée.

— Je sais que nous ne pouvons vous forcer la main, expliqua Gigi, mais c'est important pour nous.

— Hum, hésita le policier, qui regarda Gigi. C'est une certaine Julie Cranberry.

— C'est curieux, dit mademoiselle Marple, vraiment curieux.

Et elle se tourna vers Gigi, qui pensait visiblement la même chose qu'elle.

— Pourquoi dites-vous ça ? demanda Dimitri.

Il fallut quelques secondes à mademoiselle Marple pour se rappeler que Dimitri n'était pas présent dans le bureau de l'inspecteur Robbe-Grillet lorsqu'elle lui avait parlé du signet.

— À cause de ça, expliqua-t-elle en tirant le signet de sa poche et en le montrant au jeune policier.

— En effet, convint-il, c'est une drôle de coïncidence. Gigi a été attaqué sur le trottoir, il y a une heure. Ce signet est tombé de la poche du voleur qui voulait lui prendre son sac.

Soudain, elle eut un éclair, son visage se transforma et elle dit, comme pour elle-même :

— Je pense que je viens de comprendre...

19

Le premier soin de mademoiselle Marple, lorsqu'elle eut raccompagné Gigi, fut de chercher fébrilement, dans ses boîtes de livres, le roman de Julie Cranberry.

Elle mit enfin la main dessus, vérifia la date de l'impression, esquissa un sourire : la date de la plainte, elle l'avait tout de suite notée, comme un détail qui aurait de l'importance, était le 17 mai 2005.

Or le livre avait paru le 15 septembre de la même année !

Ce ne pouvait être un hasard si la jeune romancière avait retiré sa plainte !

Sa mère, qui était à la cuisine, vint alors la trouver et sursauta en la voyant : elle avait cru pendant une fraction de seconde qu'il s'agissait d'un voleur.

— Oh ! tu m'as fait peur, avoua-t-elle.

Elle était absente quand Gigi et sa fille s'étaient déguisés, si bien que...

— Nous avions un bal costumé, Gigi et moi... expliqua la libraire.

— Mon Dieu ! ça s'est terminé tôt...

— Oui, c'est... ça s'est terminé tôt en effet.

— Et tu étais peut-être un peu fatiguée, parce que tu n'as pas dû dormir sur tes deux oreilles, hier soir. En tout cas, tu n'étais pas encore rentrée lorsque je suis partie travailler ce matin...

— Non...

— Oh, je suis tellement contente pour toi. Comme ça, ça a cliqué?

— Euh... oui...

— Et il est comment?

— Mais maman, tu l'as vu, comment il était! Tu as même dansé avec lui!

— Non, je veux dire : au lit? Est-ce qu'il fait la chose aussi bien qu'il danse?

— Oui, répondit-elle un peu platement.

— Allez, donne des détails révélateurs...

— Non, je... je n'en ai pas envie, je... et puis tu sais comment ça se passe entre un homme et une femme, tu as été mariée trente ans!

— Justement!

Mademoiselle Marple rigola, sa mère était vraiment drôle, parfois, et le plus souvent lorsqu'elle ne cherchait même pas à l'être. Elle retira son chapeau melon, et ses longs cheveux roux se répandirent sur ses épaules. Elle remit dans la boîte *La Cérémonie des démons.*

— Viens à la cuisine, j'ai fait de la tisane, proposa sa mère.

— Oh, je ne sais pas, maman, je suis fatiguée, je...

— Juste quelques minutes, je voudrais te parler de ton patron.

— Mon patron?

— Oui, Roger.

— Ah oui...

Elle ne s'habituait pas encore à s'imaginer sa mère avec son patron...

— Attends, je vais seulement me démaquiller.

Elle retira sa veste, passa à la salle de bains où, devant un miroir vieilli et terne, elle décolla ses moustaches. Elle se démaquilla en hâte, se passa un peu d'eau dans le visage, vraiment préoccupée, plus précisément, habitée par sa petite découverte. Le roman de Julie Cranberry avait été publié quatre mois après que la jeune femme eut retiré sa plainte. Ne l'avait-elle pas retirée pour une raison bien simple : parce que Gaspard Drury lui avait promis de publier son roman en échange de son silence ? Et peut-être aussi en échange de certaines autres de ces faveurs dont il semblait si friand ?

Elle alla bientôt retrouver sa mère à la cuisine, accepta la tisane qu'elle lui versa, une tisane à la verveine, et elle se demanda si c'était un hasard ou si sa mère l'avait fait exprès, parce que, selon Roger Dunhill, c'était de la véritable « verveine » qui lui coulait des lèvres quand elle parlait. Il faut dire que c'était le soir, et que la verveine, c'est connu, a des vertus apaisantes.

— J'ai une faveur à te demander, commença la mère. Tu sais, je devais souper avec Roger demain soir.

— Tu n'as pas encore trouvé ta robe et tu veux que j'aille magasiner avec toi ?

— Non, non, je l'ai trouvée ce midi ; c'est vrai, je ne sais pas où la tête m'était passée, j'ai complètement oublié de te la montrer, ma robe, attends...

Et la libraire n'eut pas le temps d'arrêter sa mère, de lui dire que ça pouvait attendre. D'ailleurs ça l'aurait chagrinée, qu'elle lui dise une chose pareille. Sa mère était si emballée. Loulou étouffa un bâillement. Elle était vraiment fatiguée. Elle n'avait pas beaucoup dormi la veille. D'ailleurs, comme si elle avait fort commodément pu appuyer sur le *rewind* de la nuit, elle eut à ce moment une petite réminiscence qui lui arracha un demi-sourire : Simon qui tentait de retirer son caleçon, et à qui elle ordonnait de s'arrêter, en plein mouvement, et qui s'empêtrait et tombait.

C'était surtout Simon qui dansait avec elle sur le belvédère, au son de cet air, *Something silly like I love you...*

Et l'air entraînant, et follement romantique, et des bribes de paroles lui revenaient à l'esprit...

Elle avait cru longtemps que ces airs étaient d'un autre temps, comme tout le romantisme qui venait avec, mais peut-être en existait-il encore quelque rare spécimen, égaré à notre époque.

Comme un visiteur du passé.

Avec qui elle avait peut-être un avenir.

En tout cas, Simon était vraiment romantique...

Et il lui avait au moins tout de suite fait confiance, en lui laissant les clés de sa maison, de sa Coccinelle jaune...

Quand même...

Ça la changeait de ces hommes, innombrables, qui ne voulaient pas s'engager, qui voulaient juste engager leur membre viril dans la fente des femmes, puis jouaient les vierges offensées dès qu'ils entendaient des mots comme amour, mariage, enfants et... autres obscénités !

— Regarde! dit sa mère en portant sa nouvelle robe qu'elle avait enfilée à une vitesse vertigineuse.

Elle n'était pas extraordinaire. Mais la libraire dit à sa mère qu'elle l'était. Cela rendit madame Marple heureuse et gagna du temps à sa fille. Enchantée, madame Marple s'assit et dit :

— Le problème, c'est Roger...

— Ah non, ne me dis pas qu'il a annulé pour demain soir?

— Non, non, c'est un homme qui a pas deux paroles comme ton père. Non, c'est juste qu'il se sent un peu nerveux, à cause de son angine de cœur, et il aimerait mieux que nous soupions dans un endroit plus intime.

— Il t'a invitée chez lui et tu ne sais pas si tu dois accepter?

— Euh… non, chez lui, il peut pas.

— Il ne peut pas?

— Non, mais t'inquiète pas, ce n'est pas une «anormalie» ou rien de ça.

— Une «anormalie»?

— Mais oui, Loulou, une chose anormale!

— Ah oui, je ne sais pas où j'avais la tête... Excuse-moi...

— Bon, d'accord, mais concentre-toi quand tu me parles... En tout cas, pour en revenir à notre sujet d'aujourd'hui, Roger, sa situation délicate, c'est qu'il a pas encore enlevé tous les objets de sa femme, je veux dire de son ex-femme, enfin pas son ex-femme parce qu'elle est morte, heureusement, je veux dire pas heureusement, mais enfin, tu me comprends, c'est plus facile quand l'ex est pas dans le décor... Mais pour faire une histoire simple avec une histoire compliquée, Roger, si t'as pas d'objection, il aimerait mieux qu'on fasse ça ici, notre petit souper d'amoureux...

— Mais maman, tu es chez toi, tu peux faire ce que tu veux, pas de problème avec moi.

— Non, tu comprends pas exactement, ce que je voudrais, c'est que... enfin… saute pas aux conclusions tout de suite, mais si c'était possible que tu ailles coucher ailleurs demain soir, pas parce que je veux le garder à coucher ou rien de ça, mais on serait plus à l'aise, parce que ta chambre, elle est dans le salon et comme le salon, il communique avec ma chambre...

— Pas de problème, maman.

— Je savais que tu comprendrais.

Et madame Marple se tut, souriante, comme si elle anticipait déjà le plaisir de cette soirée intime.

— Ah oui, pour le menu, je voulais que tu me dises ce que tu en penses. Je vais acheter du pain français, des pâtisseries françaises et du vin français pour lui montrer que je sais vivre, qu'est-ce que tu en dis ?

— C'est parfait. Bravo, maman.

Elle venait à peine de prononcer ces mots lorsqu'elle entendit du bruit sur le balcon. Elle se tourna vers la fenêtre, et il lui sembla apercevoir quelqu'un. Une ombre tout au moins. Non sans un certain courage, elle se leva, marcha vers la porte de la cuisine qui donnait sur le balcon.

— Qu'est-ce que tu fais ? lui demanda sa mère.

— Euh… il me semble que... on dirait que j'ai entendu du bruit...

— Ça doit être le chat de la voisine...

Elle alla voir malgré tout. Juste avant de sortir, elle tenta d'allumer, actionna à quelques reprises le commutateur. Rien. L'ampoule du balcon devait être brûlée. Elle ouvrit la première porte vitrée, poussa la seconde, s'avança sur le balcon.

Il était désert.

Elle regarda dans la cour intérieure, mais celle-ci était sombre.

Impossible d'apercevoir qui que ce soit.

Elle leva la tête vers l'ampoule du balcon, qui était nue, sans globe ou grillage pour la protéger (on n'était pas à Westmount!), en vérifia la solidité et s'aperçut alors qu'il y avait du jeu. Elle la revissa : l'ampoule s'illumina. Curieux! pensa la jeune femme.

On aurait dit que quelqu'un l'avait dévissée à dessein.

Quelqu'un qui avait intérêt à ce qu'on ne vît rien sur le balcon!

Elle examina les lieux un instant et s'aperçut alors que la porte de la remise était entrouverte, une vieille porte de bois tout écaillée qui avait été peinturée en gris à une époque où elle-même ne devait pas être encore née...

N'était-ce pas la personne qui avait dévissé l'ampoule qui s'était cachée là? Malgré le danger, trop curieuse, elle s'avança, tendit la main vers la porte.

Qui s'ouvrit tout à coup.

La libraire laissa échapper un cri.

Puis respira, rassérénée : ce n'était que le chat de la voisine, comme l'avait pensé sa mère!

Fausse alarme : son imagination, si utile quand elle écrivait, lui jouait de mauvais tours dans la vraie vie!

Mais en rentrant, elle aperçut, juste sous la fenêtre du balcon, un mégot de cigarette. Elle se pencha pour le ramasser.

Son visage se décomposa lorsqu'elle réalisa, comme elle l'avait pressenti, que c'était un mégot de Gitane !

20

Du calme.

Elle devait garder son calme.

En tout cas ce qui lui en restait.

Ne pas faire part à sa mère de sa découverte.

Surtout, ne pas lui en expliquer les inquiétantes implications.

Parce que le mégot de Gitane sur le balcon, ça signifiait, bien entendu, que l'homme qui avait tenté de commettre le vol à la librairie la suivait, l'épiait.

Pourquoi?

Parce que c'était un fou!

Un fou qui voulait la rendre folle!

De peur.

Qui voulait probablement l'agresser.

Et qui était de toute évidence à la solde de Gaspard Drury.

Qui voulait se venger d'elle.

Ou la pousser à lui céder.

Comme sans doute Julie Cranberry avait fini par le faire. Ouache...

Ne devait-elle pas courir à la police avec ce mégot ?

Mais non...

Il valait mieux renoncer à cette idée...

Parce que la police lui dirait ce que Robbe-Grillet lui avait dit.

Que la présence de ce vieux mégot de Gitane sur le balcon de sa mère ne prouvait rien. Absolument rien.

Et pourtant, elle savait, elle, que cela prouvait quelque chose.

Quelque chose de grave.

D'extrêmement grave.

Sa vie était en danger.

L'homme à la Gitane ne la suivait pas pour s'amuser.

Elle savait que les prédateurs sexuels agissaient ainsi.

Elle le savait parce qu'elle avait étudié leur comportement, leur psychologie, en préparant son premier roman, un polar à la Agatha Christie, son idole, qu'elle admirait d'autant plus qu'elle avait eu comme elle des débuts modestes de simple infirmière. De surcroît, une des héroïnes préférées de la grande dame du crime s'appelait Miss Marple...

Oui, elle savait que la plupart des prédateurs sexuels, surtout ceux qui étaient plus intelligents que la moyenne, plus sophistiqués, aimaient les mises en scène, les rituels, qu'il leur fallait de longs préliminaires à l'acte, des préliminaires qui duraient parfois des semaines, des mois.

Faire souffrir psychologiquement sa victime.

Avant de la faire souffrir physiquement.

Avant de la tuer.

Voilà quel était leur *modus operandi* coutumier.

Et elle avait l'impression qu'elle était la triste héroïne de cette préparation, de cette mise en scène macabre.

Et elle n'y pouvait rien !

Tout ce qu'elle pouvait faire, c'était attendre, terrorisée.

Comme ces pauvres femmes dont les voisins, les parents, les amis, racontaient avec consternation la vie dans les journaux, après qu'elles avaient été assassinées par un ex-conjoint jaloux ou un obsédé dont elles s'étaient pourtant plaintes à de nombreuses reprises.

Qui les avait menacées.

Qui les avait terrorisées.

Malmenées même.

Mais pas assez brutalement pour intéresser la police.

Il lui fallait des faits plus concrets, à la police.

Des *hard facts*.

Comme un cadavre.

Ou une femme violée, battue ou laissée pour morte.

Révoltée, en proie à une angoisse grandissante, mademoiselle Marple se consola pourtant à l'idée qu'elle irait coucher le lendemain – et peut-être d'autres soirs – chez Simon Elliot.

Au moins, il y aurait un homme dans la maison.

Et, comme Loulou ne vivrait plus avec elle, sa pauvre mère ne serait plus exposée à la folie de l'homme à la Gitane.

Aussi, le lendemain matin, avant de partir travailler, ce fut avec un certain soulagement qu'elle fit sa valise, pour un séjour d'un jour ou deux, le temps de laisser sa mère recevoir Roger Dunhill.

Le temps aussi de trouver une manière de se débarrasser de l'homme à la Gitane ou, mieux encore, de son employeur, le détestable Gaspard Drury.

Elle n'oublia ni son manuscrit, ni son portable, ni sa grosse biographie d'Agatha Christie.

Elle venait de mettre sa valise et ses autres effets dans le coffre exigu de la Coccinelle et traversait la rue pour marcher jusqu'à la librairie, lorsqu'une voiture, surgie de nulle part, fonça dans sa direction, comme si son conducteur ne l'avait pas vue ou voulait carrément la renverser. Elle eut juste le temps de plonger pour éviter de se faire happer. Et, tournant la tête, elle regarda, abasourdie, le chauffard qui filait sans même prendre la peine de s'arrêter pour s'excuser, preuve, s'il en était besoin, que ses intentions étaient criminelles.

Son cœur battait si fort dans sa poitrine, elle se sentait si mal, si faible qu'elle pensa qu'elle ne pouvait pas rentrer dans cet état à la librairie. Et même si elle arrivait en retard, elle choisit de s'arrêter prendre un café à La Cafétéria, pour trouver un peu de réconfort auprès de son amie Roxanne.

Lorsqu'elle rentra enfin à la librairie, vers dix heures quinze, Lim la trouva fort pâle et s'inquiéta d'elle. Mais mademoiselle Marple préféra ne pas lui parler de l'incident qui venait de se produire. La fragile Asiatique avait déjà eu son lot d'émotions avec la tentative de vol ratée.

— Gigi n'est pas là ce matin?

— Il est juste allé chercher des cafés...

Quand il rentra, il affichait une forme resplendissante, avait l'œil clair de ses meilleurs jours.

Ou de ses meilleures nuits.

Normal, il avait vu son nouvel amant la veille. Brièvement. Mais assez longtemps pour le confirmer dans l'idée que celui-ci était l'homme de sa vie. Et pour exacerber son désespoir aussi : parce que, bien entendu, la situation était loin d'être simple. Mais il avait observé, non sans philosophie, que lorsqu'elle l'était, habituellement la passion n'était pas au rendez-vous. Ou prenait congé. Alors à choisir, mieux valait les emmerdes !

Si on ne fait pour ainsi dire jamais le récit de sa vingtième nuit, encore moins celui de sa cent dix-septième, on fait presque toujours celui de sa première nuit, volontiers celui de la deuxième, qui est souvent celle de certaines confirmations.

Mais un nouvel événement se produisit qui enleva à Gigi l'envie de raconter ses ébats, même grisants, avec son (trop) célèbre hockeyeur.

C'est qu'il revint de chez Starbucks non seulement avec deux espressos allongés, mais avec une boîte fort longue qu'il posa sur le comptoir devant mademoiselle Marple en disant :

— Un autre paquet...

— Pour moi ?

— Euh... oui...

Elle nota tout de suite qu'il n'y avait rien d'écrit sur la boîte, pas de nom de destinataire et, comme dans le cas du premier envoi, pas de collant, pas d'adresse de compagnie, rien.

— Le messager ne t'a pas demandé de signer quelque chose ?

— Non...

— Mais comment sais-tu que c'est pour moi ?

— Il a dit : « un paquet pour mademoiselle Marple » et il est parti aussitôt ; il avait l'air pressé.

— Hum, je n'aime pas trop ça... On dirait un autre envoi de notre ami Drury. Je ne sais pas si je devrais l'ouvrir ou le jeter tout de suite à la poubelle.

Perplexe, Gigi retira le couvercle plastifié de son café, en prit une première gorgée, tandis que Lim l'imitait, avec un peu moins d'ostentation, puis examina la boîte avec circonspection.

C'était une boîte assez grande, de la même largeur qu'une boîte à chaussures mais plus longue, comme si elle avait contenu des bottes.

Lim, qui n'avait pas vu l'enveloppe reçue par mademoiselle Marple quelques jours plus tôt, décréta :

— Mais tu ne peux pas jeter la boîte sans l'ouvrir, c'est peut-être un cadeau de...

Elle allait dire : de ton ex.

Mais elle ne compléta pas sa phrase, parce qu'elle savait que Loulou ne voulait pas entendre parler de son ex, que c'était un sujet tabou. Non pas parce qu'elle le détestait. Mais justement parce qu'elle l'aimait encore.

— Tu veux que je l'ouvre ? proposa virilement Gigi.

— Oui, je...

Il posa son café sur le comptoir, non sans en avoir pris une autre gorgée, fit une petite mimique comme on fait parfois à la télé, avec une musique de circonstance, frotta ses doigts, puis, en affectant une assurance de macho, avec un sourire en coin, il souleva enfin le couvercle.

Ce que mademoiselle Marple vit la glaça d'horreur.

C'était pire que pire.

Pire que ce qu'elle avait jamais vu.

Pire que ce qu'elle avait jamais imaginé.

En tout cas dans son premier roman.

Elle poussa un cri et détourna les yeux, dégoûtée, pendant que la trop sensible Lim échappait son café sur le comptoir et perdait carrément connaissance.

Le souffle coupé, le visage blême, Gigi s'empressait de refermer le couvercle pendant que mademoiselle Marple prêtait assistance à la jeune Vietnamienne qui, comme ça lui arrivait souvent depuis son enfance, avait pour ainsi dire appris à s'évanouir et tombait sans se faire mal.

21

Il fut convenu que ce serait Gigi qui appellerait Dimitri Despotopoulos. À peine une demie-heure après son appel, le jeune policier franchissait le seuil de la librairie Gallimard.

D'un commun accord, on avait convenu d'attendre son arrivée avant de rouvrir la boîte rangée sous le comptoir.

Mais avant de lui montrer la poupée, mademoiselle Marple lui parla, pour lui prouver la gravité de la situation, du mégot de Gitane trouvé la veille sur le balcon de sa mère et, surtout, de ce qui lui était arrivé le matin, alors qu'elle traversait la rue, de ce chauffard qui avait failli la renverser.

— Est-ce que vous avez eu le temps de noter le numéro de sa plaque? demanda Dimitri.

— Euh… non, je... ça s'est passé si vite, j'étais terrorisée, et allongée dans la rue.

— Hum, je vois. Et est-ce que vous pourriez l'identifier? Le conducteur était-il le même type que celui qui a fait la tentative de vol à la librairie?

— Je... je ne sais pas, je n'ai pas vu son visage, il y avait le reflet du soleil dans le pare-brise, et ensuite je l'ai vu de dos... mais, tiens, ça me revient maintenant, il avait une casquette comme le type de la librairie !

— Intéressant. La voiture, vous avez remarqué la marque ?

— Une petite voiture, style voiture japonaise...

— Bon, et la couleur, vous avez au moins remarqué la couleur ?

— Oui, la voiture était verte, vert pâle en fait...

Même s'il ne paraissait guère impressionné, Dimitri prenait des notes rapides dans un calepin noir.

— Mais ce que nous voulions surtout vous montrer, c'est ceci, expliqua Gigi qui venait à la rescousse de sa collègue.

Il tira la boîte de sous le comptoir où il l'avait rangée quelques minutes plus tôt et l'ouvrit, devant un Dimitri curieux, une mademoiselle Marple impatiente de prouver qu'elle n'était pas folle, et un Roger Dunhill anxieux. Quant à la jeune Lim, elle avait préféré déclarer forfait : de toute manière, il fallait bien que quelqu'un s'occupe des clients !

L'inspecteur, qui avait vu des cadavres brûlés, mutilés, décomposés, avait le cœur solide, comme on dit, et pourtant, il n'eut pas envie de rigoler lorsqu'il vit ce que contenait la boîte.

C'était une poupée, une vieille poupée à longs cheveux roux, dont le visage avait été brûlé à plusieurs endroits probablement par une cigarette, une cigarette qui aurait fort bien pu être celle fichée dans sa bouche, et dont le filtre était maculé de rouge comme si elle avait été fumée par une femme.

Cette poupée défigurée portait une robe de satin blanc, dans le corsage de laquelle deux trous avaient été découpés à la hauteur des seins. Et chaque trou était encerclé, en rouge, par le rond du chiffre six, dont la queue montait vers la gorge, elle aussi mutilée de diverses brûlures.

Mais ce qui était sans doute le plus horrible, et qui avait de toute évidence provoqué l'évanouissement de Lim et la terreur de mademoiselle Marple, c'était l'énorme rat mort que la poupée serrait dans ses bras et dont le museau, nanti de longues moustaches, était posé juste entre les trous des seins.

Mademoiselle Marple nota alors, en même temps que tous les autres, un détail qu'elle n'avait pas remarqué la première fois : sur son pelage brun, le rat avait été bizarrement marqué au fer rouge du chiffre 6, celui qui manquait pour former, avec les deux 6 des seins, le terrible chiffre 666, dont Gigi lui avait expliqué que c'était le chiffre cabalistique du diable !

Ce seul détail était en soi une signature : le macabre colis venait de la même personne que le dessin avec la femme nue pendue par un pied à un arbre !

Mademoiselle Marple et Gigi l'avaient tout de suite compris.

La jeune libraire grimaçait, les larmes aux yeux, tandis que son patron, Roger Dunhill, faible du cœur, comme on sait, ne se sentait pas bien du tout, tout à coup, et préférait détourner les yeux. Il craignait un malaise qui l'aurait fait passer pour une mauviette aux yeux des employés, ce qui n'est jamais bon !

Il s'excusa, alléguant qu'il avait complètement oublié de donner un coup de fil important à Paris et que, vu le décalage horaire, il ne pouvait plus attendre : les affaires sont les affaires !

Personne ne le retint. Personne même ne sembla remarquer qu'il se retirait sur la pointe des pieds tant le colis fascinait.

Gigi était vraiment impressionné.

Ce plaisantin était un malade, c'était évident, et il fallait l'arrêter avant que quelque chose n'arrive à...

Il ne pouvait même pas laisser cette idée se déployer dans son esprit, que sa grande amie, sa confidente, le trait d'union entre toutes ses amours hélas passagères, Loulou la belle, Loulou la généreuse, Loulou la drôle, fût harcelée par un dégénéré qui finirait peut-être par lui faire du mal.

— Mais, objecta Dimitri, comment pouvez-vous savoir que le colis a été envoyé par Drury ?

— La cigarette ! expliqua mademoiselle Marple, je suis sûre que c'est une Gitane.

Et même si la présence du rat mort la dégoûtait, elle tendit la main vers la cigarette. Le policier l'arrêta d'un geste leste. Il tira de la poche de sa veste un gant de plastique, l'enfila, retira délicatement la cigarette de la bouche de la poupée et l'examina.

Ce n'était pas une Gitane, mais une simple Players !

Mademoiselle Marple ne le crut pas, et il fallut que le jeune Dimitri la lui montrât, sans la laisser y toucher, pourtant.

Elle était déçue, contrariée.

Étonnée, surtout.

Elle avait été si certaine de son fait.

Mais l'homme à la Gitane, pour faire l'économie d'une de ses précieuses brunes, avait peut-être préféré ficher commodément une blonde dans la bouche de la poupée rousse ! Comment savoir ce qui se passait dans le cerveau d'un maniaque !

— Et d'ailleurs, reprit Dimitri, comment pouvez-vous être sûre que le paquet vous était vraiment adressé, mademoiselle Marple ?

— Le messager qui me l'a remis m'a dit que c'était pour Loulou... expliqua Gigi.

— Loulou ?

— Oui, je veux dire mademoiselle Marple... précisa Gilbert.

— Ah oui, évidemment... et ce messager, vous pourriez le retrouver facilement, si nous avions besoin de lui comme témoin ?

— Euh… non, je ne sais pas pour quelle compagnie de messagerie il travaille, tout s'est passé si vite.

— Vous ne l'aviez jamais vu avant ?

— Non... admit Gigi avec dépit.

Dimitri haussa les sourcils. Il n'était guère plus avancé.

Il semblait bien que, malgré ce nouvel incident, malgré ce nouveau colis, malgré cette poupée brûlée et ce rat mort, c'était à nouveau le cul-de-sac.

Mademoiselle Marple, qui le sentait, et bouillait intérieurement, parce qu'elle avait une nouvelle preuve du peu de cas qu'on faisait des griefs d'une femme harcelée tant qu'elle n'était pas à l'article de la mort, ou si mal en point qu'il était bien tard pour intervenir, se mit à regarder, incrédule, la poupée. Elle cherchait quelque preuve de son hypothèse.

L'exaspération, mauvaise conseillère dans bien des cas, fit merveille cette fois, car la jeune femme nota tout de suite un détail que personne n'avait remarqué jusque-là, peut-être parce que les brûlures dans le visage, la cigarette, et surtout le rat mort volaient la vedette, pour ainsi dire.

À son cou, la poupée portait une cordelette, une banale cordelette de chanvre. Mais ce qui était moins banal, c'était l'étiquette qui y était suspendue. À la vérité, cette étiquette aussi était banale, puisque c'était une simple étiquette de prix. Mais au lieu d'afficher un prix, elle montrait, calligraphiés dans une très belle écriture, les mots : *Made in France* ; et, sous la mention un peu para-doxale, étaient dessinés, l'un à côté de l'autre, deux petits loups.

Mademoiselle Marple tendit la main pour la soulever et mieux l'examiner. Dimitri esquissa un geste pour s'inter-poser, pour que les pièces à conviction ne soient pas altérées par des empreintes intempestives, mais il pensa ensuite que, de toute manière, le cas n'irait pas loin, alors qu'importait !

— Regarde, Gigi, dit mademoiselle Marple, sur l'étiquette, les deux loups, c'est comme les chiffres sur le dessin.

— Hein ? fit Dimitri, qui n'était pas assez au fait du dossier pour comprendre ce que disait la flamboyante libraire.

Gigi, lui, avait tout de suite compris et il dit, l'air grave, effrayé en vérité :

— Mais oui, c'est ton nom sur l'étiquette !

— Son nom ? questionna un Dimitri incrédule. Mais je ne vois que deux loups.

— Oui, expliqua gentiment la libraire, sans vouloir lui faire la leçon et sans qu'il eût pu sentir, dans son ton, qu'elle lui reprochait le moindrement sa lenteur, deux loups d'affilée, ça donne mon surnom quand on le dit : Loup Loup...

Et comme si elle avait eu plus que sa ration d'horreur pour la journée, elle laissa tomber l'étiquette et referma le colis.

Dimitri, lui, referma son calepin, qu'il fourra sans rien dire dans sa poche, et mademoiselle Marple, comme Gigi, pensa que, une fois de plus, son chien était mort, que la police ne s'occuperait pas de son cas, lequel n'était pas assez important même si elle avait failli se faire renverser par un automobiliste qui, elle en avait la conviction, n'était pas simplement un chauffard mais un assassin.

Mais, contre toute attente, le jeune policier fit à la libraire une proposition inattendue :

— Venez avec moi, mademoiselle Marple, nous allons faire quelque chose que nous ne sommes pas censés faire.

22

En effet, ce n'était pas une procédure des plus habituelles d'emmener une victime – disons une plaignante – rendre visite à la personne qu'elle accusait de la harceler.

Mais Dimitri Despotopoulos était jeune, et il aimait parfois essayer des choses nouvelles.

Et il avait aussi constaté, malgré sa jeune expérience, que l'effet de surprise était à l'occasion un passe-partout qui révélait les cœurs les plus hermétiques, les esprits les plus tordus.

Comme celui des prédateurs sexuels.

Aussi s'efforça-t-il de bien observer le visage de Gaspard Drury lorsqu'il fut introduit dans son bureau en compagnie de mademoiselle Marple, le même matin, à onze heures quarante-quatre.

Il eut l'impression d'y voir de la surprise et une sorte de frayeur, mais fort brèves toutes les deux, et auxquelles succédèrent de la prétention, de la suffisance, du calme, comme si l'éditeur replet savait parfaitement dominer ses émotions. Ou peut-être avait-il simplement réagi comme tout homme normal : qui n'est pas un tantinet inquiété par la visite inopinée d'un policier, même s'il est un citoyen au-dessus de tout soupçon ?

Dimitri montra son badge à Drury, se présenta, ce qui était nécessaire car il ne portait pas l'uniforme :

— Dimitri Despotopoulos, de la Police de Montréal.

Drury ne se leva pas pour l'accueillir ni pour accueillir mademoiselle Marple, qu'il reconnaissait sans peine même s'il ne l'avait vue qu'à deux reprises et chaque fois rapidement.

— Mademoiselle Marple, je crois que je n'ai pas besoin de vous la présenter.

— Non, admit Drury avec un demi-sourire. Que me vaut l'honneur ? ajouta-t-il.

— J'ai quelques questions à vous poser...

Dimitri avait apporté les « pièces à conviction » : la lettre avec le curieux dessin de femme pendue par le pied et la boîte avec la poupée serrant le rat contre sa poitrine, qu'il ouvrit toutes deux et posa sur le bureau de l'éditeur. Et il observa la réaction de Drury, qui lui sembla avoir un mouvement de recul, de dégoût, même.

— Pourquoi me montrez-vous ces choses dégueulasses ?

— Pour savoir ce que vous en pensez.

— Je viens de vous le dire, c'est dégueulasse.

— Mademoiselle Marple a des raisons de croire que c'est vous qui vous amusez à les lui envoyer.

— Écoutez, monsieur Despotopoulos, ces accusations sont complètement ridicules et sans fondement, je ne suis pas du genre à perdre mon temps à...

Et comme la vue du rat semblait vraiment le répugner, il tendit un index légèrement tremblotant vers la boîte :

— À moins que vous croyiez que c'est absolument nécessaire à notre conversation, est-ce que vous ne pourriez pas...

Dimitri comprit et referma la boîte, tout en toisant l'éditeur : lui jouait-il la comédie du dédain pour endormir commodément ses soupçons ?

— Je vous remercie, monsieur l'inspecteur.

Dimitri n'était pas inspecteur, enfin pas encore, mais à quoi bon corriger Drury...

Qu'il ne trouvait guère sympathique, avec ses cheveux trop longs, mal coiffés, et sa veste froissée. Mais il avait l'air d'un type correct. Assez sûr de lui, en tout cas.

— Tout ce que je peux vous dire, monsieur l'inspecteur, c'est que je n'ai pas, mais alors là vraiment pas de temps à perdre avec de semblables balivernes. Mademoiselle Marple est une romancière désespérée de se trouver un éditeur, et elle cherche n'importe quelle manière de me forcer la main, pour que nous la publiions.

— Nous avons eu une plainte similaire contre vous, le 17 mai 2005, de la part d'une certaine Julie Cranberry.

Une réaction peut-être un peu plus vive de Gaspard Drury, cette fois-ci, qui semblait piqué ou, en tout cas, agacé par l'insistance de ce jeune blanc-bec ayant fait ses devoirs avant de lui rendre visite.

— Mademoiselle Cranberry a laissé tomber sa plainte, dit l'éditeur agacé. Ce n'était qu'un simple malentendu. Elle est d'ailleurs devenue une de nos meilleures auteures. Un très beau talent en fait. Et très précoce.

Il se leva à ce moment et prit sur l'un des nombreux rayons de sa bibliothèque, où il rangeait surtout les nouveautés de la maison et les ouvrages qui avaient connu la gloire d'une traduction, le roman de Julie Cranberry.

Et il l'offrit au policier qui accepta le livre, même si la couverture, qui lui rappelait le signet trouvé par mademoiselle Marple sur le trottoir, ne lui plut guère avec le démon grimaçant de la gargouille. Pas son type de livre. Il l'offrirait à sa sœur ou à sa mère.

Drury, qui était resté debout, ajouta alors :

— Trente-quatre mille exemplaires. Un exploit que n'est pas près de réaliser mademoiselle Marple, qui a plus d'imagination dans sa vie que dans ses romans.

— Vous allez dire que vous n'avez pas baissé votre pantalon devant moi dans ce bureau ? Si vous ne l'avez pas baissé, comment est-ce que je peux savoir que vous avez le zizi d'un gamin de onze ans ? Et si ce n'est pas le cas, pourquoi ne le baissez-vous pas à nouveau devant nous ?

— Est-ce que je vous demande de retirer votre soutien-gorge comme vous l'avez fait l'autre jour dans mon bureau, pour me séduire ?

— Menteur !

— Mademoiselle Marple ! fit Dimitri en levant son bras devant elle pour l'inciter à se taire, parce qu'elle allait visiblement trop loin même si ce qu'elle proposait était drôle, je préférerais...

Drury se dirigea vers un classeur métallique et tira d'un tiroir une chemise qu'il ouvrit sur son bureau, auquel il s'assit. Et il s'adressa exclusivement au policier, ignorant délibérément mademoiselle Marple, comme si elle n'était même pas dans son bureau ou comme si elle était une malade.

— Écoutez, mademoiselle Marple est une romancière frustrée, comme il y en a des centaines, hélas. Elle est venue nous porter son manuscrit, que nous avons étudié attentivement. Comme le manuscrit avait quelques qualités, je l'ai invitée à venir me rencontrer à mon bureau pour en discuter.

— Vous voyez, il ne nie pas m'avoir attirée dans son bureau !

— Mademoiselle Marple, s'il vous plaît... insista Dimitri.

Drury semblait se régaler de l'exaspération de la jeune romancière et souriait. Il poursuivit.

— Quand j'ai demandé à mademoiselle Marple si elle acceptait de faire des changements, elle a piqué une colère noire, comme bien des auteurs qui pensent avoir accouché du premier coup d'un chef-d'œuvre. Je lui ai dit que dans ces conditions, nous ne pourrions la publier, parce que son roman était inachevé dans sa forme actuelle. Comme elle a voulu parler de mon zizi, je vais vous parler de ses seins. Alors que je lui rendais son manuscrit, elle a ouvert son chemisier devant moi, dans l'espoir que je lui ouvre les portes de notre maison d'édition. Ses seins sont très beaux, je peux vous le certifier, mais, bon, si je veux voir des seins de femmes, je sais où aller. J'ai été obligé de dire à mademoiselle Marple qu'elle se trompait malheureusement de rue, que nous étions rue Saint-Denis, ici, pas rue Saint-Laurent. Alors, elle est entrée dans une rage sans nom, elle a reboutonné son chemisier et a saccagé tout mon bureau.

— Mais c'est faux, c'est absolument faux ! C'est un paquet de mensonges, je n'ai jamais montré mes seins à ce porc !

Imperturbable, mais avec un sourire de plus en plus épanoui, Drury ouvrait la chemise devant lui et en tirait une des photos de son bureau prise juste après la visite de la jeune romancière.

On voyait qu'une des étagères de la bibliothèque murale avait été renversée et que le plancher était jonché de feuilles de manuscrits.

En voyant les photos, la romancière blêmit. Et Dimitri, qui était loin de trouver la situation amusante, se tourna vers la jeune femme et demanda :

— Est-ce vous qui avez fait ça ?

— Oui, je... admit-elle, pas très fière de ce qui se révélait être un faux pas plus ennuyeux qu'elle n'aurait cru, sur le coup. Quand il a baissé son pantalon devant moi, et que je me suis mise à rire, j'ai eu peur qu'il me pourchasse alors...

— Vous avez eu peur qu'il vous pourchasse... répéta le jeune policier.

— Ce n'est pas exactement ce qui est écrit dans le rapport de police que j'ai ici... intervint Drury.

Et il tendit à Dimitri le rapport qu'il avait fait rédiger le lendemain de l'événement.

« Merde ! pensa mademoiselle Marple, il a pris toutes les précautions imaginables pour se couvrir et passer pour la victime au lieu de l'agresseur. » Force lui fut d'admettre que c'était habile, machiavélique même.

— Vous avez rapporté l'incident à la police ?

— Oui, je... non pas que j'avais peur de mademoiselle, mais enfin, c'est tout de même une atteinte à la propriété. Remarquez, je sais que les auteurs sont très émotifs, surtout avec leur premier roman, et c'est pour cette raison que, même si j'ai rapporté l'incident à la police, j'ai décidé de ne pas porter plainte. Et c'est pour les mêmes raisons que je n'ai pas porté plainte non plus lorsque mademoiselle Marple m'a agressé, quelques jours après cet incident.

— Moi, je vous ai agressé? questionna la romancière, outrée.

Et, pour toute réponse, Drury tira d'autres photos de sa chemise, des photos qui montraient son pantalon taché par le vin rouge que la jeune romancière lui avait lancé, au cocktail d'édition. Il les jeta sur le bureau, devant le policier, et expliqua :

— J'ai aussi cru bon de rapporter l'incident à la police, parce que je commençais à trouver que ça faisait un peu beaucoup. J'ai des témoins, leurs noms apparaissent dans le rapport, des gens dignes de foi, un ex-ministre, un journaliste et un collègue éditeur...

Il poussait le rapport en direction du policier, que la tournure des événements contrariait de plus en plus, c'est le moins qu'on pût dire.

Dimitri examina rapidement les photos, ne prit même pas la peine de regarder le rapport de police, reconnut seulement, à la page couverture, que c'en était incontestablement un.

— Vous avez lancé votre verre de vin sur monsieur Drury? vérifia-t-il auprès de la jeune femme, qui était dans ses petits souliers.

— Oui, admit-elle platement.

Elle se sentait piégée, impuissante.

Elle avait parfois regretté son tempérament bouillant, qui la poussait à des actes déraisonnables, mais jamais autant qu'en cette occasion. Parce qu'en renversant l'étagère de manuscrits, en éclaboussant de vin l'indigne braguette de l'éditeur, elle s'était condamnée à ne plus jamais avoir de crédibilité. Elle avait en quelque sorte donné carte blanche à Drury pour la suite des choses.

Elle n'en revenait pas. Drury était vraiment machiavélique. Il l'avait piégée comme un véritable professionnel. Maintenant, un peu comme dans la fable de l'enfant et du loup, elle aurait beau crier, il serait trop tard, personne ne viendrait à son secours, même si Drury la torturait de la manière la plus cruelle, la plus constante possible.

Qu'est-ce qui la retenait de lui sauter dessus, de se venger?

Sans doute la présence du policier, mais aussi la volonté de ne pas aggraver son cas, déjà pas très brillant.

Dimitri, qui en avait assez entendu et vu, se leva alors, récupéra le dessin et la boîte avec la poupée.

Mademoiselle Marple se leva également, impuissante.

— Je vous remercie de nous avoir accordé de votre temps, dit le policier.

— C'est moi qui vous remercie d'avoir clarifié la situation.

Juste avant de sortir, mademoiselle Marple jeta un dernier regard en direction de l'éditeur qui lui dit, d'une voix ironique et avec un sourire fendant :

— Bonne chance, Loulou!

23

Loulou…

Comme dans le message codé !

Pour la narguer…

Pour lui confirmer, sans vraiment le faire, qu'il était bien le maniaque…

Elle eut envie de sauter à la gorge de Drury, de l'étriper, mais se retint.

À la sortie des Éditions Globe, le policier lui rendit ses « choses », la lettre et la boîte, comme pour lui signifier que le dossier était clos. Il lui suggéra même, amicalement mais avec fermeté, de se tenir tranquille, c'est-à-dire, elle le comprit, de ne plus importuner Drury ! Comme si c'était elle qui le harcelait ! Le monde à l'envers, quoi ! Ce qui n'était pas étonnant car, comme aurait dit sa mère, c'était un monde d'hommes !

Un monde d'hommes…

Simon…

Elle éprouvait tout à coup l'envie de lui parler, ne serait-ce que pour entendre sa voix…

Sa voix chaude et grave…

Il était sans doute en réunion, mais elle ne perdait rien à tenter sa chance…

Elle composa son numéro de cellulaire. Il répondit.

— Oh! Simon, ça me fait tellement plaisir de pouvoir te parler…

— Mais tu as l'air complètement à l'envers. Qu'est-ce qui se passe?

Elle lui fit le récit de ses dernières mésaventures.

— Mais ce Drury est un malade! Qu'est-ce qu'il veut au juste?

— Il me veut, moi. Il est obsédé par moi.

— Est-ce que tu as appelé la police?

— Oui, mais ils disent qu'ils ne peuvent rien faire.

— Est-ce que tu as gardé les pièces à conviction?

— Oui, je les ai remisées dans un casier au terminus Voyageur de la rue Berri.

— Je vais essayer de donner quelques coups de fil. J'ai des contacts. Pas dans l'édition, bien entendu, mais on verra bien…

— Quand est-ce que tu reviens à Montréal?

— Je ne sais pas, il y a encore plein de trucs à voir ici, mais si je peux, je saute dans un avion en soirée, sinon, on se verra juste demain.

— Je comprends.

— Est-ce que tu vas être à la maison, je veux dire à Westmount?

— Oui, en tout cas si ça ne te dérange pas…

— Non, au contraire… Et la Coccinelle?

— Je l'adore.

— Bon, alors je t'embrasse. Partout.

— Hum...

— Tu me manques...

— Toi aussi.

Elle raccrocha, à demi rassérénée. Cela lui avait fait du bien de parler à Simon.

Simon qui entrait dans sa vie.

Peut-être un peu plus vite qu'elle n'aurait aimé.

Et qui se disait prêt à l'aider...

Mais si, dans les faits, il ne pouvait pas, elle ferait quoi?

Non, il lui fallait trouver autre chose.

Mais quoi?

Elle se le demandait, attablée, seule, devant un sandwich qu'elle ne mangeait que du bout des dents, lorsqu'une piste lui apparut.

Julie Cranberry!

Il lui fallait entrer en contact avec la jeune romancière-vedette et la convaincre de porter plainte, avec elle, contre Drury!

À deux, elles feraient mouche, leurs accusations auraient plus de poids.

Elle avait réussi à mettre la main sur un annuaire de l'Union des écrivaines et des écrivains du Québec, avec l'espoir qu'un jour son nom y apparaîtrait à côté de celui des romanciers et romancières qu'elle admirait.

Elle le gardait précieusement dans son sac, un peu pour faire comme si elle était déjà une romancière publiée. Elle le retrouva sans peine – c'est-à-dire au bout de trente secondes, car son sac était un véritable capharnaüm – et le feuilleta avec fébrilité, en espérant que le nom de Julie

Cranberry y figurerait, même si elle était une nouvelle venue dans le milieu. Il y était!

Elle composa son numéro sur son cellulaire mais, au dernier moment, se ravisa. Que lui dirait-elle? La romancière, ne la connaissant pas, l'enverrait probablement promener.

À moins de ruser...

24

La lèvre pulpeuse, savamment entretenue au collagène, le sein agressif, sculpté par les bons soins d'un chirurgien, le maquillage un peu appuyé, surtout pour une simple après-midi d'été, Julie Cranberry était belle, on n'aurait pu le nier. Mais il se dégageait d'elle une vulgarité ou, plutôt, une dureté, toute concentrée dans ses yeux, très bleus, très sombres. À la vérité, elle avait un regard mauvais, un regard méfiant, le regard d'une personne qui a souffert très jeune et ne veut plus souffrir. Et qui veut prendre sa revanche.

— Alors, qu'est-ce que vous attendez de moi, au juste? demanda la romancière-vedette à la romancière en herbe qui avait réussi à la rencontrer en évoquant un projet de la librairie Gallimard.

Gallimard, le nom n'avait pas perdu de sa magie, surtout auprès d'une jeune romancière aussi ambitieuse que Julie Cranberry, qui espérait, comme tout auteur québécois digne de ce nom, être publiée un jour dans l'Hexagone, où un succès de librairie pouvait ouvrir la porte d'une carrière mondiale ou, en tout cas, européenne.

— Je veux organiser une conférence avec vous, qui représentez la relève, et une romancière chevronnée, comme Arlette Cousture, pour parler du traitement de la critique envers les femmes auteures. En France, c'est connu, les livres écrits par les femmes sont très peu recensés dans les journaux. La littérature est une chasse gardée des hommes. Nous voudrions savoir si vous estimez que la situation est similaire ici, en somme s'il y a injustice. J'inviterais également des critiques littéraires, comme René Homier-Roy ou Jean Fugère, qui prendraient bien entendu la défense de leur profession. Nous ferions pendant deux ou trois semaines une vitrine avec votre roman et le dernier roman de l'autre romancière. Qu'est-ce que vous en pensez?

— À première vue, je ne dis pas non, ça m'intéresse.

Les deux jeunes femmes s'étaient donné rendez-vous au Café Europe, rue Bernard, à Outremont, où habitait Julie Cranberry. Comme bien d'autres artistes montréalais.

Julie Cranberry portait une tenue moins provocante que celles dont elle avait généralement régalé les médias, un simple pantalon noir, un haut blanc, qui lui montait au cou mais fort moulant, si bien qu'on devinait ses formes voluptueuses.

Elle avait commandé un dry martini, à la James Bond, « *stirred but not shaken* », et le garçon, qui semblait au fait de ses préférences – car elle était une habituée –, s'était tout de suite exécuté tandis que mademoiselle Marple se contentait d'un café.

— Vous avez laissé entendre, lors d'une entrevue accordée à Guy A. Lepage à *Tout le monde en parle*, que les femmes sont souvent obligées de faire plus pour percer dans le monde de l'édition et que les jolies femmes ne sont pas toujours prises au sérieux. Je me suis permis de faire un peu de recherches et j'ai découvert que vous aviez porté plainte pour grossière indécence contre Gaspard Drury, votre éditeur. Est-ce que vous seriez prête à développer là-dessus au cours de la conférence?

Julie Cranberry se hérissa. Il lui semblait qu'elle n'avait jamais parlé de ça en entrevue, cet événement peu glorieux de sa vie avant la gloire, et elle se demandait comment cette jeune libraire – sympathique par ailleurs – avait pu avoir vent de cette histoire. Son regard, déjà dur, se durcit encore, si du moins la chose était possible. Elle s'alluma nerveusement une cigarette et expliqua :

— Écoutez, je... je ne crois pas que ça intéresserait le public.

— Au contraire, je trouve que c'est important, surtout venant d'une jeune femme comme vous qui a connu un tel succès avec son premier roman. Il est essentiel que vous preniez position, je crois, parce que si vous et les autres femmes gardez le silence, des individus comme Drury vont continuer d'abuser de leur pouvoir. Je le sais parce que j'ai moi-même été sa victime. Il m'a laissé entendre, dans son bureau, que mon succès passait par sa braguette et que si je voulais avoir des chances d'être publiée, je devais lui faire une pipe séance tenante. Je l'ai envoyé se faire foutre, premièrement parce que je n'avais pas une loupe pour pouvoir faire ce qu'il me demandait de faire et deuxièmement parce que si ça prend ça pour être publiée, j'aime autant ne pas l'être...

— Et c'est peut-être pour ça que vous continuez à vendre les livres des autres pour gagner votre vie tandis que moi je vends les miens!

La réplique était dure et portait à réfléchir. Mademoiselle Marple y répondit de la sorte :

— Est-ce que vous êtes en train de me dire que vous avez accepté de...

— Ce que je suis en train de vous dire, l'interrompit Julie Cranberry, qui n'avait pas la langue dans sa poche, c'est que vous êtes une grande naïve. On dirait que vous avez seulement quatorze ans et que vous sortez de chez les Ursulines! Nous vivons dans un monde d'hommes. Si vous voulez qu'un homme vous donne ce que vous désirez, il faut que vous lui donniez ce qu'il désire. C'est injuste, je sais, et c'est souvent dégueulasse, mais si vous ne voulez pas passer votre vie à attendre à côté de la piste de danse, il faut que vous jouiez le jeu.

— Mais vous ne croyez pas que si toutes les femmes disaient non, si toutes les femmes étaient solidaires, les choses changeraient?

— Non, parce que la seule femme en qui je crois, c'est moi. Et cette idée sur la solidarité des femmes, qui vous paraît peut-être égoïste, je me la suis faite quand j'avais huit ans; quand mon père a commencé à abuser de moi, et que j'ai été tout raconter à ma mère et qu'elle m'a giflée en me traitant de putain et de folle et en me menaçant de me mettre en foyer d'accueil si je disais quoi que ce soit à quelqu'un. Avec le temps, j'aurais bien aimé la changer, cette idée, mais lorsque ma mère a divorcé, mon enfer a continué avec son nouveau mari, qui a pris la place de mon père dans mon lit jusqu'à ce que j'aie seize ans et que je n'en puisse plus et que je foute le camp pour commencer à gagner ma vie, comme ils disent, dans un McDonald's, à servir des calories vides en faisant semblant de rêver de devenir l'employée du mois. Alors, quand j'ai vu que j'avais une chance de m'en sortir, que je pouvais être publiée, si je faisais une fois de plus ce que je faisais depuis l'âge de huit ans, je l'ai fait. Je l'ai fait parce que j'avais un but, une idée fixe, je voulais vivre de ma plume, même si c'est presque impossible au Québec. Je voulais écrire, écrire tout le temps, le matin, l'après-midi, le soir, tout le temps, parce que c'est juste quand j'écris que je peux oublier un peu, que je ne pense plus à mon père et à l'autre, qui m'ont salie, qui m'ont volé mon âme, pendant que ma mère les regardait faire... Vous me direz peut-être que c'est de la prostitution, mais vous, vous faites quoi en travaillant à la librairie, même si c'est la grande librairie Gallimard ? Est-ce que ce n'est pas de la prostitution, ça aussi ? Et, en plus, vous vous vendez pendant des heures, tandis que moi, avec Drury, je ferme les yeux et je fais semblant de tourner dans ma bouche une cacahuète que je recrache au bout de trente secondes.

La leçon d'édition bien particulière de Julie Cranberry n'avait pas manqué d'étonner mademoiselle Marple. Cette dernière connaissait la réputation de cynisme de la jeune femme, son goût marqué pour la provocation, mais là, quand même...

— Mais quand même ce qu'il vous a fait est dégueulasse... Et puis, ça n'aide pas la cause des femmes.

— Mon prochain roman sort dans quelques semaines, Drury va mettre toute la gomme. Je ne suis pas pour tout bousiller juste parce que j'ai fait une petite crise de conscience à retardement ou que vous me demandez de défendre la cause des femmes ! La cause des femmes, je sais ce que c'est, ma mère me l'a enseignée. Et je sais aussi qu'il y a des dizaines de romancières débutantes qui seraient prêtes à prendre ma place et à faire des choses encore plus dégoûtantes que moi dans son donjon, si Drury le leur demandait. Et puis il a beau être un gros dégueulasse, il a la bosse des affaires. Il est en train de vendre les droits cinématographiques de mon livre : deux cent cinquante mille dollars.

— Deux cent cinquante mille ?

— Oui, deux cent cinquante mille. Bon, évidemment, comme Drury m'a fait signer ce qu'il voulait parce que c'était mon premier livre, il en gardera la moitié, mais quand même, il me restera cent vingt-cinq mille dollars... C'est une somme, je n'ai pas les moyens d'être aussi scrupuleuse que vous... Vous, vous gagnez combien par année, à la librairie ?

La méchanceté de la question surprit mademoiselle Marple, qui resta muette, humiliée. Mais ce que la romancière dit tout de suite après l'étonna peut-être encore plus :

— Excusez-moi, je n'aurais pas dû vous demander ça, je... je commence à parler comme un homme avec ce stupide étalage d'argent.

Mademoiselle Marple esquissa un sourire. Julie Cranberry avait de la sensibilité même si elle était de toute évidence une femme dure. Mais sans doute l'aurait-elle été autant à sa place.

— Pour tout vous dire, et en même temps pour conclure, même si je n'avais pas ma carrière en tête, je suis menottée, je ne peux pas dénoncer Drury, et vous allez comprendre tout de suite pourquoi : mon fiancé est étudiant en théologie. Il est fou de moi. Moi aussi je l'aime, même si nous n'avons rien en commun. Enfin, rien en commun, j'exagère un peu. Mais c'est un grand idéaliste, et moi, comme vous pouvez le constater, je suis une idéaliste hum… comment dire… modérée. Imaginez, nous n'avons pas encore fait l'amour, il veut attendre que nous soyons mariés, il ne sait rien de mon enfance, il croit même que je suis encore vierge...

Mademoiselle Marple comprenait.

Elle comprenait qu'il était inutile d'insister.

Les deux femmes se séparèrent. Mais juste au moment où mademoiselle Marple montait dans la Coccinelle, un mot de la conversation qu'elle avait eue avec Julie Cranberry lui revint.

Le mot donjon.

L'auteure de *La Cérémonie des démons* lui avait parlé d'un donjon.

Le donjon de Gaspard Drury.

Dans lequel l'éditeur salace lui demandait de faire des choses dégueulasses.

Sur le coup, mademoiselle Marple n'avait pas réagi, elle n'avait pas demandé d'éclaircissements à la célèbre romancière. Il faut dire que Julie Cranberry était un véritable moulin à paroles et qu'il n'était pas facile de l'interrompre, qu'elle avait glissé le mot comme ça, à toute vitesse, sans s'y attarder, sans y accorder une importance particulière, comme si elle avait parlé de la pluie et du beau temps...

Le donjon de Gaspard Drury.

Tiens, pensa mademoiselle Marple, ça pourrait être le titre d'un roman !

Julie Cranberry avait-elle utilisé ce mot métaphoriquement, parce que Gaspard Drury, qui n'avait ni femme ni enfants, était un bourreau de travail notoire, qui ne vivait que pour l'édition – et ses petits à-côtés, aussi ! – et que, par conséquent, son bureau était pour lui un donjon, une prison ?

Mais non, ce n'était pas son style, les métaphores ! Elle nommait les choses par leur nom, ne se gênait pas pour être crue. Oui, il s'agissait probablement d'un véritable donjon, comme elle en avait découvert avec étonnement l'existence en faisant ses recherches sur les prédateurs sexuels...

Un lieu où ces désaxés se livraient à leurs petits rituels orgiaques, torturaient leurs victimes...

Si c'était le cas, alors elle avait une piste...

Mais encore fallait-il qu'elle découvre où se trouvait ce donjon, et ensuite qu'elle puisse le visiter !

25

Tout de suite, mademoiselle Marple choisit la pièce de la maison où elle travaillerait : ce serait la bibliothèque, une véritable bibliothèque de rêve, surtout pour une romancière. Elle ne put résister à la tentation de gravir l'escalier en colimaçon qui menait à la passerelle, d'où l'on pouvait consulter les livres des rayons supérieurs, tous garnis de magnifiques éditions reliées.

De là, excitée, elle regarda par la vaste fenêtre qui couvrait tout un mur, du plancher au plafond, haut de six mètres au bas mot : la vue sur la ville, la même que celle du living, était vraiment spectaculaire.

On voyait les gratte-ciel du centre-ville, le fleuve, le pont Champlain...

Ça lui faisait drôle de se trouver là, dans cette bibliothèque luxueuse.

Ça lui avait fait drôle, aussi, quelques minutes plus tôt, de garer devant la maison cossue de Westmount cette voiture qui ne lui appartenait pas, puis d'introduire la clé dans une serrure qui n'était pas sa serrure...

Mais avait-elle vraiment le choix?

Sa mère l'avait pour ainsi dire mise à la porte...

Et de toute manière, c'était mieux ainsi.

L'homme à la Gitane ne pouvait savoir qu'elle avait déménagé – du moins provisoirement – à Westmount, et il ne viendrait certainement pas la pourchasser là...

Devant la grande fenêtre de la bibliothèque, il y avait une belle table de chêne, avec une chaise, une lampe et un téléphone. Idéal pour une romancière, surtout pour une romancière qui, depuis quelques jours, devait vivre à l'étroit et dont la chambre servait aussi de bureau! Elle y installa son portable, son manuscrit et, avec un verre de Brouilly trouvé commodément dans le frigo, elle se mit à travailler en attendant le retour de Simon, souvent distraite, il est vrai, par le souvenir de l'étonnante conversation qu'elle venait d'avoir avec Julie Cranberry.

Quelle femme étonnante, tout de même! Elle avait beau être cynique, provocatrice, il y avait quelque chose d'attachant en elle. Peut-être parce que c'était une femme authentique qui vivait en accord avec ses principes, aussi discutables fussent-ils.

N'était-ce pas elle qui avait raison au fond? La fin ne justifiait-elle pas les moyens, même s'il fallait piétiner ses valeurs les plus fondamentales pour arriver à son but?

Non!

Mademoiselle Marple ne voulait pas de cette compromission, même si, au fond, elle ne la reprochait pas vraiment à Julie Cranberry : celle-ci avait ses raisons, cette douleur qui s'était transformée en rage, et qui la définissait.

Elle était si absorbée dans ses pensées qu'elle sursauta lorsque le téléphone sonna.

Elle hésita à répondre. Elle n'était pas chez elle après tout. De quel droit...

Puis elle pensa que ce pouvait être Simon.

Elle répondit. Au bout du fil, personne.

— Allô ? répéta-t-elle.

Elle raccrocha, pensant d'abord qu'elle avait peut-être trop tardé à répondre, car elle avait attendu après la troisième sonnerie.

Puis une ride traversa son front...

Et si...

Et si c'était l'homme à la Gitane ou Drury qui lui avait téléphoné ?

Mais non, c'était absurde, comment aurait-il pu obtenir le numéro de Simon et savoir qu'elle se trouvait chez lui ?

Elle se remit au travail mais n'avait pas relu une page de son manuscrit que la sonnerie du téléphone se fit de nouveau entendre.

Cette fois-ci, elle ne tergiversa pas et répondit tout de suite. Il y eu un nouveau silence, qui cependant fut bientôt rompu, car il était de toute évidence dû à la surprise de son interlocuteur, en fait une interlocutrice, qui demanda d'une voix belle et jeune :

— Est-ce que Simon est là ?

— Euh… non, je regrette...

— Vous... vous êtes la femme de ménage ?

— Non, je...

Elle n'osa pas dire qu'elle était sa petite amie. Premièrement, ça ne regardait pas cette femme au bout du fil. Et puis, ils avaient couché ensemble seulement une fois, enfin deux fois et demie, mais dans la même nuit, ça compte pour une fois...

De toute manière, elle n'eut pas le temps de répondre, car son interlocutrice raccrocha sans même dire bonsoir. La vraie classe, quoi !

Mademoiselle Marple pensa alors, tout naturellement, que ce devait être une ex, ou encore une des maîtresses de Simon. Ce dernier devait tout de même avoir une vie lorsqu'elle l'avait rencontré !

Comme tout le monde.

Peut-être un peu plus que tout le monde.

Avait-elle commis une erreur en venant camper chez ce play-boy ? Mais comment refuser à sa mère la faveur que celle-ci lui avait demandée, d'autant qu'elle n'était pas vraiment chez elle et que sa mère avait droit à sa vie, surtout qu'elle n'en avait pas depuis trois ans et cherchait justement à en retrouver une !

Bien sûr, elle aurait pu se réfugier chez Gigi, toujours prêt à se fendre en quatre pour elle. Mais comme il dépensait presque tout son argent en livres et en restos (sous prétexte que cuisiner lui faisait perdre de précieuses minutes qu'il pouvait consacrer à la lecture), il n'avait jamais un sou et avait dû prendre un coloc beaucoup moins romantique que lui : amoureux compulsif, le gars prenait un nouvel amant pratiquement tous les soirs. Elle aurait donc dû coucher dans le salon, se taper les grincements du sommier, croiser un nouvel étranger toutes les nuits à la salle de bains, le matin dans la cuisine...

D'ailleurs, autre avantage à vivre chez Simon, elle s'y retrouvait seule avec son manuscrit et ses personnages : le bonheur pour une romancière, en tout cas pour elle, car elle n'avait jamais été du type à aller écrire dans les cafés.

Elle était de nouveau absorbée dans ses pensées lorsqu'elle entendit derrière elle :

— Coucou !

Elle sursauta. C'était Simon, qu'elle n'avait pas entendu entrer.

— Oh, finalement, tu as pu régler tous tes trucs.

— Non, mais je n'ai pas pu résister à l'envie de venir te rejoindre… les problèmes attendront.

Elle le trouva plus beau que leur première nuit.

Il lui demanda, sans qu'elle sût s'il était sérieux ou badinait :

— On parle ou on fait l'amour ?

— *First things first.*

Il la prit au mot.

Ou, en tout cas, interpréta à sa manière sa réplique.

Elle ne le contredit pas.

Une seconde après, elle était dans ses bras.

Et une minute après, dans son lit.

— Tu m'as manqué, dit-il après l'amour.

L'amour, qui avait ressemblé plus à l'amour que la première fois.

Qui avait ressemblé plus à de la gymnastique.

Mademoiselle Marple n'avait rien contre la gymnastique en soi.

Mais comme elle se sentait… comment dire… un peu émotive ces derniers jours, elle n'avait rien non plus contre le romantisme.

— Je ne m'en serais pas doutée… dit-elle en faisant allusion à leur séance amoureuse.

Il sourit.

Il aimait faire l'amour avec elle.

Il aimait parler avec elle.

Il aimait la regarder.

Il aimait la manière dont elle s'habillait.

Il aimait la manière dont elle se déshabillait.

Et la manière aussi dont elle l'avait déshabillé.

Il aimait ses yeux, ses yeux parfois bleus, parfois verts, toujours troublants.

Il aimait ses cheveux.

Ses longs cheveux roux, et ça aurait été banal de dire qu'ils étaient comme une forêt, mais c'est à ça qu'il avait pensé, dans ses bras, une forêt enchantée parce qu'en plus ils étaient de parfum et de soie, d'ombre et de lumière...

Et il aimait la manière dont elle s'en était servie pour caresser, pour torturer son sexe furieusement dressé.

Il aimait son visage d'ange qui ne l'empêchait pas de lui faire des choses pas très angéliques...

Il aimait ses seins.

Ses seins doux et opulents et roses et blancs entre lesquels elle l'avait sommé de mourir, à la fin.

Comme si sa vie en dépendait!

En somme, ça faisait beaucoup de choses qu'il aimait d'elle!

Et il se fit la réflexion, un peu malgré lui, que ce n'était pas étonnant que son père en fût épris, si du moins c'était vrai qu'elle avait été sa maîtresse en Europe, et pas simplement son infirmière...

Mais si elle avait été sa maîtresse, pourquoi avait-il rompu, surtout qu'il était libre maintenant que le cancer avait emporté sa mère?

Peut-être, justement, parce que le mariage était l'excuse commode, comme elle l'est pour tant d'hommes, pour ne pas s'engager avec sa maîtresse! À présent que son père était veuf et par conséquent libre, il lui avait fallu trouver une autre excuse.

Ou une autre femme.

Logique d'homme qu'il comprenait parfaitement puisque, à l'aube de la quarantaine, il n'était toujours pas marié, n'avait même jamais vécu longtemps avec une femme.

Après l'amour, ils eurent faim.

Ils se préparèrent des sandwichs, et, en les mangeant, Simon demanda :

— Et pour ton manuscrit, qu'est-ce que tu vas faire?

— Je ne sais pas, je suis un peu découragée; je me dis que si tout le monde juge que c'est de la merde, c'est peut-être que c'en est.

— Erreur majeure. Il ne faut jamais se dire ça. Tu y crois en ton manuscrit, oui ou non?

— Oui.

— Alors, il faut que tu te dises que ce sont les autres qui ont tort, et toi qui as raison. Sinon, tu es morte et tu ne réussiras jamais rien. Moi, en tout cas, si j'avais écouté les autres, je n'aurais jamais rien acheté. Et maintenant, je pourrais racheter tous ceux qui ont ri de moi à mes débuts.

Elle ne dit rien.

Mais elle aimait ce qu'il lui avait dit.

C'était de la musique à ses oreilles.

Peut-être encore plus que les compliments plutôt précis, plutôt osés qu'il lui avait murmurés à l'oreille pendant qu'ils faisaient l'amour.

— As-tu une copie de ton manuscrit ici? lui demanda Simon.

— Oui.

— Laisse-moi le lire. Je ne suis pas un expert, comme Balzac, mais je vais être comme sa femme de ménage... (Il avait feuilleté la préface de *La Comédie humaine* et y avait découvert cette habitude du grand romancier) si j'aime ça, tout le monde va aimer ça...

Cette suggestion un peu savante épata mademoiselle Marple, qui s'empressa de lui remettre son manuscrit.

Le lendemain, Simon la réveilla avec deux agréables surprises.

Trois en fait...

Parce que d'abord, il ne put résister à la tentation de la prendre, à la sauvette...

Et pendant qu'elle s'étirait paresseusement dans le lit, après l'amour, l'œil clair et le teint rose, il revint avec un plateau sur lequel il avait mis, pour lui donner l'embarras du choix...

... une coupe de fraises.

Deux flûtes de champagne.

Et du café.

Et des croissants.

Elle choisit le café.

Et les croissants.

Le champagne, au lieu de le boire, elle s'en versa sur les cuisses, puis un peu plus haut, sur la toison lumineuse de son sexe, et elle dit :

— Ce matin, c'était bien, mais tu n'as pas fini le travail, je vais te donner l'occasion de te reprendre.

Il ne se fit pas prier.

Il n'y avait jamais aucune femme qui lui avait parlé ainsi.

Qui avait eu cette audace.

Qui avait la manière de le faire rire.

De le rendre grave aussi.

Et fou de désir.

Car en l'entendant gémir de plaisir, il eut sa seconde érection de la matinée et ne put résister à la tentation de la prendre encore une fois.

Et juste avant de jouir, il ne lui dit pas qu'il l'aimait, mais il lui jura qu'elle le rendait fou.

Elle ne répondit rien.

Mais elle avait écouté.

Et elle écouta encore plus, peut-être, lorsqu'il lui fit la troisième surprise du matin.

— J'oubliais de te dire, commença-t-il en reprenant son souffle, pendant que la jeune libraire lui épongeait aimablement le front avec une serviette de table parce que, franchement, il avait livré la marchandise. J'ai lu ton roman, cette nuit. C'est le meilleur roman que j'aie lu de toute ma vie.

Et il ajouta :

— Bon, d'accord, c'est seulement le deuxième roman que je lis, mais quand même...

Elle rigola tout doucement.

Il disait probablement vrai, parce que les hommes, les romans, à moins d'être des homosexuels, des intellectuels ou, encore mieux, des homosexuels intellectuels...

Le seul autre roman qu'il avait lu, c'était sans doute *L'amour dure trois ans*, et il ne l'avait lu que parce qu'elle ne lui en avait pas donné le choix.

— Oui, sérieusement, j'ai adoré, je n'étais pas capable de le lâcher, et avec ce qui m'attendait dans mon lit, il fallait vraiment que le livre soit prenant. Ce Drury est un con, en plus d'être un dépravé.

Il était gentil, là. Presque trop gentil. Et pourtant, non, il avait l'air sincère.

— Le seul petit défaut que je lui trouve, et je peux me tromper parce que je ne suis pas un expert, c'est que l'intrigue traîne un peu au milieu... Mais j'imagine que ça doit être facile à réparer, non?...

«Réparer», elle aima le mot. C'était comme s'il parlait d'une auto. Ne disait-on pas d'un polar réussi que c'était une mécanique bien huilée?

— C'est facile à réparer, en effet.

— Et aussi, oui, un dernier point, mais c'est secondaire, probablement, c'est au sujet des descriptions érotiques, si elles ressemblaient un peu plus à nous deux, je veux dire à ce qu'on fait, si c'était moins… comment dire… poétique et plus réaliste, je pense que j'aurais envie de le relire tout de suite.

C'était gentil, ça aussi. Vraiment gentil, et elle sourit, attendrie. Comme si elle tombait déjà amoureuse du petit prodige, qui en plus était loin d'être con en littérature même s'il n'y connaissait rien, comme quoi Molière avait peut-être raison : «Les gens d'esprit savent tout sans avoir jamais rien appris!»

Malgré ces critiques, ou disons ces suggestions, la romancière était ravie.

Parce qu'ils étaient l'un et l'autre pressés – en tout cas, c'était leur excuse! –, ils prirent leur douche ensemble.

Mais ils se contentèrent de se frotter réciproquement le dos.

Sagement.

Pendant qu'ils s'enlaçaient sous les chauds jets d'eau et se regardaient dans les yeux, en se demandant peut-être s'ils resteraient amants ou deviendraient amoureux, Simon décrivit à mademoiselle Marple tout ce qu'il lui ferait le soir même dans cette douche.

Si du moins elle revenait chez lui.

Au volant de la jolie Coccinelle, en suivant Simon dans sa Jaguar, elle pensa, comme le premier soir, que les choses se passaient trop vite.

Parce qu'elle pensait encore à son loup.

Ce n'était pas dans ses plans, de refaire tout de suite sa vie, de sauter sans attendre dans un autre lit.

Surtout si c'était juste pour... sauter dans un lit.

Parce que, les *fuck friends*, ce n'était pas sa *cup of tea*, pour parler comme les Parisiens, farouches défenseurs de la langue de Molière, qui font reposer leur *standing* sur le *building* de l'anglais.

Non, les *fuck friends*, elle avait essayé une fois et elle était tombée sur un *fucké* qui l'avait mal *fuckée*, alors très peu pour elle : trop de mensonges, trop de déceptions et, surtout, trop de bibites à la clé de ces fausses mélodies du bonheur. Et puis au fond, avait-elle conclu non sans une certaine perspicacité, c'était juste une expression à la mode, de toute évidence une invention d'hommes dont ça avait toujours été le rêve (ou l'infirmité, c'est selon) de laisser leur cœur à la maison lorsqu'ils baisaient à l'hôtel!

Non, ce n'était pas dans ses plans de se précipiter dans un autre lit, même un lit de satin, avec, comme bonus, des croissants le matin.

Mais ce n'avait pas été dans ses plans, non plus, de se faire larguer sans avertissement.

Sa mère avait peut-être raison.

Un homme comme Simon, elle n'en rencontrerait probablement pas tous les jours.

Ni toutes les nuits.

Aussi se promit-elle qu'elle reviendrait le soir, pas pour la vie, juste pour voir si son amant aurait le courage de lui faire tout ce qu'il avait dit.

Dans la douche.

26

Un dieu veillait sur les amours de l'adorable Gigi, mais ce n'était pas le dieu de l'inversion, c'était celui, plus traditionnel, des amours conjugales.

Ce dieu semblait vouloir à tout prix déjouer ses desseins.

Il faut dire que son amant, Claude Bach, lui avait singulièrement facilité la tâche.

Stratège professionnel sur la glace, il avait fait une erreur d'amateur avec sa femme. Au lieu de continuer à l'honorer, au moins sporadiquement, en pensant à une autre (dans son cas, à un autre !), il avait commis la faute qu'évitent sagement les maris infidèles quand ils veulent garder leur femme : il avait complètement cessé d'accomplir son devoir conjugal, dont il s'acquittait depuis des années deux fois par jour.

Or, selon le subtil Beigbeder, une femme pas niquée est une femme... paniquée !

Et, c'est connu, la panique donne aux femmes, surtout aux femmes trompées, non pas un sixième sens (elles l'ont déjà !) mais véritablement un septième sens qui leur fait comprendre qu'elles ne sont plus pour leur mari la septième merveille du monde, loin de là !

Pour découvrir la vérité, sa femme lui avait menti.

Prétextant un long voyage chez sa sœur, elle était rentrée plus tôt à la maison, le matin en fait (Gigi avait passé la nuit dans les bras de son dieu !), juste à temps, non pas pour prendre son mari en flagrant délit d'adultère homosexuel, mais pour le voir filer vers la ville au volant de sa Ferrari, avec à ses côtés un jeune homme d'allure douteuse. Elle les avait suivis, les avait vus s'embrasser furtivement.

Furieuse, ne se souciant guère du prix de la rutilante Ferrari, ni de celui de la jolie Audi décapotable qu'elle conduisait, joliment gantée du cuir le plus fin, elle avait embouti le bolide de son mari. En entendant le bruit fracassant de l'accident qui n'en était pas un, Gigi, en train de s'éloigner, avait compris d'emblée ce qui se passait : il avait reconnu la femme de son amant, pour l'avoir vue en photo sur tous les murs de sa maison. Et il avait préféré s'éloigner prudemment, le cœur brisé pourtant, pressentant évidemment ce qui allait se passer.

La femme trompée avait su tout de suite que son mari était coupable parce qu'il avait commis l'erreur de ne pas l'engueuler pour son geste. De toute manière, dès qu'elle l'avait mis au pied du mur, il avait tout avoué. Il faut dire qu'elle le menaçait de tenir séance tenante une conférence de presse pour révéler à toute la population les dégoûtantes frasques de son mari avec un homme. Oui, le grand, le viril Claude Bach, l'idole de millions d'admirateurs, était un homosexuel, un gai, une tapette ! Fifi fini, il préférait coucher avec des hommes que de baiser sa femme, une femme qui aurait pu avoir autant d'amants qu'elle le voulait ! Et il est vrai qu'elle était plutôt sexy avec ses cheveux blonds, son teint bronzé, sa bouche gourmande, ses longues jambes...

Au lieu de se satisfaire de ses aveux complets, elle était entrée dans une colère encore plus grande, avait parlé de divorce, voulait sa maison, ses millions, la garde de ses deux enfants, et exigeait tout par écrit sinon elle convoquait la presse. Dans les journaux du lendemain, cet accident automobile allait faire la une et susciter des commentaires tendancieux. Dans *La Presse,* on allait montrer la magnifique Ferrari de l'athlète, sérieusement amochée, comme la fringante Audi, avec le titre ironique : Le choc amoureux.

— Qu'est-ce que tu vas faire ? lui demanda Loulou après que Gigi lui eut résumé la triste situation, à la librairie, où elle l'avait trouvé d'une pâleur fantomatique.

— Je ne sais pas, mais ce que je sais, c'est que si Cruella parle, alors c'est la fin, parce que s'il y a une chose qu'ils ne veulent pas dans la grande ligue, c'est que les gens pensent que c'est une ligue de grandes !

Dans le jargon du Village gai, une grande, c'était bien sûr une grande folle, une catégorie de gais plutôt efféminés qui ne correspondaient pas du tout au viril Claude Bach. Mais Gigi avait dit ça sans penser, parce qu'il paniquait et que la détresse n'avait pas paralysé chez lui le démon si fécond des jeux de mots.

Sur ce, il s'appliqua une triple dose d'huile de saint Joseph !

Vers onze heures, Roxanne appela mademoiselle Marple pour lui dire qu'elle tenait absolument à manger avec elle.

Elle vint rapidement la retrouver au travail et l'entraîna chez Schwartz, le fameux « déli » du boulevard Saint-Laurent, à deux pas de chez Gallimard.

Chez Schwartz, la salle à manger est minuscule, malgré un succès qui perdure depuis 1929, année de sa fondation.

Ce qui fait que, peu importe si vous êtes assis à l'un des onze tabourets du comptoir ou aux tables, vos voisins entendent tout de votre conversation.

Surtout si vous vous appelez Roxanne et que vous n'avez pas la langue dans votre poche !

À côté des deux grandes amies, assises à l'une des tables de la première section, se trouvait un couple d'habitués, des clients de la première heure, septuagénaires et roumains d'expression, ce qu'avait remarqué Roxanne, qui se sentait encore plus à l'aise de se confier.

Mais ce qu'elle n'avait pas remarqué, c'est que sa voisine de table avait immédiatement dressé l'oreille quand Roxanne avait commencé à bavarder avec sa copine, car si elle parlait le roumain, elle parlait aussi cinq autres langues, dont le français. Son mari parlait également une demi-douzaine de langues, mais il était à moitié sourd.

— Qu'est-ce qu'il y a? demanda Loulou lorsqu'elles furent devant un odorant *smoked meat* et une grosse portion de frites. Est-ce que tu vas finir par me dire pourquoi c'était si urgent de me voir?

Roxanne avait préféré jusque-là faire durer le suspense.

— Oui, oui, patiente, dit Roxanne, en agitant la main : elle voulait finir de jouir de sa dernière bouchée, sublime s'il en fut.

— Tiens, pas besoin de me le dire. Je viens de deviner. Tu as lu le livre que je t'ai vendu l'autre jour et Paul n'a pas eu le choix : il a finalement décidé de t'épouser?

— Non, je suis enceinte!

— Oh! Roxanne, je suis contente pour toi, ça faisait tellement longtemps que tu voulais avoir un enfant! Tu le sais depuis quand?

— Ce matin. J'étais en retard depuis au moins une semaine, et étant donné que je suis régulière comme une horloge suisse, j'ai décidé de passer un test et c'était positif!

— Génial!

— Hum, je ne suis pas certaine...

— C'est Paul?

— Oui, c'est Paul.

— Il n'a pas bien pris la chose? questionna Loulou.

— Non. Il m'a donné un ultimatum : si je ne me fais pas avorter, il me quitte.

Grimace de la voisine à qui son mari demanda en roumain si son sandwich n'était pas bon ou si elle avait mal à l'estomac comme il lui arrivait souvent.

Elle le rassura et prit une bouchée timide de son sandwich pour lui prouver qu'elle disait vrai.

— Mais qu'est-ce que tu vas faire?

— Je vais l'envoyer promener.

La voisine souriait d'aise. Le mari se réjouissait : il pourrait ramener sa femme plus souvent, elle qui hésitait depuis quelque temps à venir célébrer avec lui les vertus grandioses du *smoked meat*. Roxanne poursuivait sa confidence :

— Je ne peux pas me faire avorter, je...

Avant de poursuivre, elle jeta un regard furtif vers ses voisins :

— Je ne te l'ai jamais dit, mais... ce serait mon troisième avortement.

— Hum, en effet, c'est pas la joie.

Sursaut de la voisine, qui avala de travers une bouchée et s'empressa de boire une grande gorgée de Black Cherry. Et son mari aussitôt lui demanda si elle était tombée sur un morceau un peu trop dur.

— Quand j'ai dit à Paul que je ne pouvais quand même pas me faire avorter une autre fois, reprit Roxanne, tout ce qu'il a trouvé à me dire, c'est : jamais deux sans trois.

— Très drôle!

— Mais moi, j'en ai assez, je... je ne veux pas courir le risque de... je me dis que si un jour je veux tomber enceinte dans les conditions idéales, et que je ne peux plus, alors je vais penser à cet avortement et je ne serai plus capable de me regarder dans le miroir... Non, ma décision est prise, je veux le garder. Même si Paul me quitte. Même si je dois élever mon enfant toute seule. Après tout, je ne serai pas la première à qui ce sera arrivé.

— Et pas la dernière.

Une pause, et Roxanne, décidément en appétit malgré ses emmerdes avec le père de son futur enfant, engloutissait quelques bouchées de sandwich, des frites aussi, alors que mademoiselle Marple touchait à peine son *smoked meat*, dédaignait ses frites, dont pourtant elle raffolait habituellement. Peut-être était-elle plus amoureuse qu'elle ne voulait bien se l'avouer...

Et puis, bien entendu, il y avait tout ce qui se passait dans sa vie, cette invraisemblable histoire avec Drury, l'homme à la Gitane qui la suivait...

Qui la suivait d'ailleurs au même moment.

Qui avait décidé de s'asseoir au comptoir, tout à fait au fond, pour être certain qu'elle ne le reconnaîtrait pas.

Du reste, comment aurait-elle pu?

Il était déguisé, de manière surprenante, en prêtre, avec un large chapeau noir, rond, comme en portent les curés italiens, un complet également noir et un collet romain. Il avait aussi gardé ses lunettes fumées, même pour manger, et il avait l'air un peu curieux, ainsi attifé… Mais qui ose questionner les manières d'un prêtre, même un peu excentrique? D'ailleurs, il mangeait comme tout le monde, non pas un sandwich mais une abondante assiettée de viande, avec une généreuse portion de frites, qu'il honorait un peu plus timidement.

Il faut dire qu'il portait son déguisement avec une certaine élégance. En fait, c'était un de ses préférés. Il en avait plusieurs à la vérité, car son premier métier était celui de comédien.

Mais vu que ce métier ne lui permettait pas de vivre et que depuis qu'il était sorti de l'École nationale, dix ans plus tôt, il n'avait jamais pu décrocher que de petits rôles au théâtre, pas très lucratifs et pas très réguliers, il exerçait d'autres métiers.

Par exemple la filature de gens, comme Mademoiselle Marple.

Qui s'émouvait des contrariétés de Roxanne, enceinte d'un homme qui ne voulait pas d'enfant d'elle...

Roxanne avala de gaillardes bouchées, puis, les yeux humides, elle avouait :

— J'ai toujours tout fait pour ne pas ressembler à ma mère, et je pense que j'ai réussi. Mais des fois, je me dis que c'était moins compliqué dans son temps. Ils faisaient les choses dans le bon ordre. Ils se mariaient avant de coucher ensemble. Bon, c'est sûr que des fois ça devait être *freakant* la nuit de noces. J'ai une cliente à La Cafétéria, elle m'a raconté que le premier soir avec un Noir, elle a eu la surprise de sa vie quand il s'est déshabillé ; elle était jeune, elle ne savait pas qu'ils étaient membrés à faire rêver, et elle, elle a un vagin qui est une vraie anomalie, elle ne peut rien se taper qui dépasse quatre pouces. C'est plate mais c'est comme ça, alors imagine si elle s'était mariée avec son Noir à l'époque de nos parents, ç'aurait été un mariage blanc, ou bien un mariage rouge parce qu'elle se serait retrouvée en sang à l'urgence. Maintenant, elle mange des sushis et elle sort avec des Asiatiques. Qu'est-ce que tu veux, c'est la vie...

— Quand tu es née pour un petit pain... plaisanta mademoiselle Marple.

La voisine s'étouffa, et son mari parut très préoccupé. Il lui tendit un verre d'eau.

— Mais je ne vois pas pourquoi je te disais ça, reprit Roxanne. Ah oui, je veux dire, à l'époque de ma mère, ils se mariaient, ils avaient leurs enfants. Aujourd'hui, lorsqu'on tombe enceinte, le premier réflexe des types, c'est de nous faire des menaces ou de nous plaquer... C'est le monde à l'envers, non?

La voisine opinait du bonnet. C'est vrai que leur époque n'avait pas été parfaite, mais dans leur temps, c'était plus simple. Les hommes devaient se marier pour faire l'amour avec une femme. Bon, c'est sûr qu'il y avait des exceptions, qu'ils se mariaient parfois parce que leur fiancée était enceinte, mais quand même! Et les femmes, elles, elles se mariaient pour avoir des enfants, ou parce que c'était la seule manière de partir de la maison – avant de tomber enceinte de leur père!

Les femmes modernes, elles devraient faire comme avant et se laisser marier avant de se laisser déshabiller. Comme disait sa mère : «Quand un homme peut avoir son lait pour rien, il n'achète jamais la vache!»

— Mais je suis là à te raconter mes trucs comme une égoïste, poursuivit Roxanne, et je ne t'ai même pas demandé comment tu allais. Est-ce qu'ils ont retrouvé le fou qui a essayé de te foncer dedans?

— Non, je suis allée à la police, mais tu sais comment c'est : si tu n'arrives pas sur une civière ou le crâne défoncé à coups de marteau, tu ne les intéresses pas.

— J'aimerais bien les voir, eux, s'ils se faisaient suivre par un maniaque! Ils pisseraient dans leur petit uniforme de merde! Et ils nous trouveraient peut-être un peu moins hystériques!

— En effet...

— Et le type du Latini, est-ce que tu l'as revu ?

— Euh… oui, admit mademoiselle Marple avec un petit sourire coupable.

— Allez, raconte ! Ça va me rappeler le bon vieux temps, quand je n'avais même pas le temps de me déshabiller avec Paul. Est-ce que c'était comme la première nuit ? Est-ce qu'il t'a fait plein de trucs ?

La voisine prêtait une oreille vraiment attentive.

— Encore pire...

Elle consulta alors sa montre et ajouta :

— Mais je n'aurai pas le temps de te raconter, j'ai juste une demi-heure pour le lunch. Et tu sais comment est mon patron !

— Ah zut ! Ce n'est pas juste, moi, je te dis tout...

— Une autre fois. Mais toi, finalement, tu le gardes, l'enfant ?

— Oui...

— Je pense que tu fais le bon choix.

Mademoiselle Marple demanda l'addition.

Lorsque l'homme à la Gitane vit la libraire lever le bras en direction d'un serveur, il ne s'empressa pas de l'imiter mais tira discrètement de sa poche une petite boîte métallique circulaire, de ces boîtes qu'utilisent les prêtres pour transporter les hosties quand ils vont administrer les derniers sacrements.

Il souleva aussitôt le couvercle, qui était décoré d'une croix joliment ouvragée. Il en examina le contenu, en prenant soin de garder la boîte près de lui pour que son unique voisin de droite ne pût la voir. Il y avait quatre ou cinq insectes morts, deux mouches bien poilues, bien noires et bien grasses, une coquerelle géante, deux araignées de familles différentes, dont l'une ressemblait quasiment à une tarentule tellement elle était velue. Après une brève hésitation, le faux prêtre arrêta son choix.

Il regarda à gauche et à droite pour bien s'assurer que personne ne le voyait, prit de sa main droite la coquerelle – l'effet ne ratait jamais avec semblable bestiole ! – et, de sa main gauche, referma lestement le couvercle de la boîte, qu'il rangea dans sa poche. De nouveau, il vérifia que personne ne le regardait à ce moment-là, et déposa la coquerelle entre deux frites, mais bien en vue.

Puis il appela le garçon qui l'avait servi et, sans rien dire, comme si, par égard pour la direction, il ne voulait pas ébruiter l'affaire, il lui montra l'insecte.

Embarrassé, le garçon ne dit rien mais s'empressa de retirer l'assiette du comptoir.

— Est-ce que je peux vous servir autre chose, votre...

Il ne savait pas comment on devait appeler un prêtre. Et d'ailleurs, ce n'était peut-être pas un simple prêtre mais un évêque, sait-on jamais...

— Non, mon fils, dit avec condescendance l'homme à la Gitane. Combien je vous dois ?

— Oh, rien du tout, monsieur le curé.

— Je... vous remercie, mon fils. Dieu vous récompensera au centuple de votre honnêteté.

Et il se leva. Mais il ne voyait plus mademoiselle Marple ni sa copine et il parut contrarié. Alors, il se hâta vers la porte, persuadé que la libraire était déjà sortie. Le vestibule était passablement encombré, car il était presque midi, mademoiselle Marple ayant convaincu son amie d'arriver tôt pour éviter les sempiternelles queues à la porte, vers l'heure du lunch comme du reste le soir.

Mais à la vérité, mademoiselle Marple était à la caisse et achevait de payer ; quand elle se dirigea enfin vers la porte, elle se fit bousculer par l'homme à la Gitane, qu'elle prit tout naturellement pour un prêtre, un peu curieux cependant avec ses lunettes fumées. L'homme à la Gitane s'excusa, puis détourna aussitôt la tête, de crainte d'être reconnu malgré son déguisement, car il lui sembla que la libraire avait sourcillé.

C'est que, pendant une seconde, mademoiselle Marple crut qu'elle avait déjà entendu cette voix un peu nasillarde.

Mais elle ne put pas vraiment y réfléchir, parce que Roxanne, qui avait acheté des boules de gomme à mâcher dans la machine près de la caisse, lui demandait, en lui tendant une paume multicolore :

— Tu en veux une ?

— Oui, et elle en choisit une rouge, tandis que sa copine s'envoyait goulûment le reste dans la bouche, quatre ou cinq au bas mot.

L'homme à la Gitane marcha d'un pas vif en direction de Gallimard – où il se doutait que mademoiselle Marple retournerait – pour prendre de l'avance sur les deux femmes. Tout à coup, il s'immobilisa. Il avait oublié quelque chose d'important, qu'il s'empressa de faire : noter dans un calepin l'endroit et la date où il avait mangé à l'œil, détails essentiels au succès à long terme de sa martingale ; il ne pouvait évidemment faire le même coup deux fois à la même place le même mois, encore moins la même semaine !

Juste avant d'entrer à la librairie, mademoiselle Marple repensa au prêtre qui l'avait involontairement bousculée chez Schwartz.

Non seulement sa voix lui était-elle familière, mais son haleine, un peu forte, mêlée de viande fumée et de moutarde dégageait aussi une odeur âcre : celle du tabac brun !

Et aussitôt elle se demanda : était-ce possible que ce fût l'homme à la Gitane ?

Mais non, c'était insensé !

Ce devait être un simple hasard, et puis ce n'était peut-être pas une odeur de Gitane qui empestait l'haleine de l'ecclésiastique mais celle du cigare...

De retour à la librairie, en apercevant un Gigi encore très pâle et pas du tout remis de ses émotions du matin, elle eut une pensée tendre à son endroit.

Il était son ami, un véritable ami, un grand ami, comme Roxanne d'ailleurs.

Elle était contente de les avoir comme amis, de les avoir dans sa vie.

Parce que le véritable ciment de la vie, avec la famille bien entendu – si du moins on en avait une ! –, n'était-ce pas eux, les amis ?

Le sec Aristote avait dit que c'était une même âme dans deux corps, ce que mademoiselle Marple avait trouvé joli et se répétait souvent lorsqu'elle pensait à Gigi ou à Roxanne.

Les amis, ça pouvait vieillir, ça pouvait être malade, ça pouvait être fauché ou déprimé, ça restait des amis, qui t'aidaient quand tu étais en difficulté et ne te laissaient pas cruellement tomber lorsque tes seins commençaient à tomber.

Comme faisaient trop communément les hommes avec les femmes.

Peut-être parce que, contrairement à elles, ils ne prenaient pas la précaution de vérifier si elles pouvaient être leurs amies avant de les prendre pour maîtresses.

D'où le drame.

D'où tant de séparations.

Après trois ans.

28

Le soir, elle rentra chez Simon pour voir s'il tiendrait sa promesse, au sujet de la douche, ou si c'étaient juste des paroles en l'air.

Elle dut se rendre à l'évidence : Simon était un homme de parole.

— J'ai faim, dit-elle au sortir de la douche, épuisée.

— On commande une pizza ?

— Génial !

En attendant la pizza, ils bavardèrent un peu.

— J'ai passé des coups de fil pour Drury, dit Simon. Ce ne sera pas facile. Il est quasiment intouchable. Il a publié deux ex-premiers ministres, deux ministres, et à peu près tout ce qui compte comme personnalité au Québec.

— Je vois, je te remercie. De toute manière, j'ose espérer qu'il va me foutre la paix maintenant que je suis allée lui rendre visite avec la police.

— S'il a le moindrement une tête sur les épaules, c'est ce qu'il va faire.

Quand la pizza arriva, quelques minutes plus tard, mademoiselle Marple, absolument charmante dans une des sorties de bain de Simon, trop grande pour elle mais d'une couleur parfaite pour ses cheveux puisqu'elle était noire, parlait dans son cellulaire avec un Gigi qui faisait la pire crise d'angoisse de sa vie.

Il avait un mauvais pressentiment au sujet de son amant ; il avait même fait un peu de numérologie, et ce que les chiffres lui avaient révélé l'affolait.

Ce fut Simon qui alla répondre au livreur, mais il revint quelques secondes plus tard pour demander à mademoiselle Marple si elle avait de l'argent. Elle s'étonna silencieusement. Ne gardait-il pas toujours mille dollars dans son portefeuille ? Simon lut sa brève hésitation et expliqua :

— Il n'a pas son appareil pour les cartes de crédit et il n'a pas de monnaie pour un billet de cent.

Ah ! tout s'éclairait ! Elle avait oublié que la spécialité de Simon, c'était les billets de cent ; il semblait jeter toute autre coupure de moindre importance...

Elle éloigna le cellulaire de sa bouche et tendit le doigt vers une table :

— Dans mon sac, là...

Simon se contenta de le lui rapporter : ils étaient intimes, certes, mais pas au point... de fouiller dans son sac ! Et puis il avait déjà entrevu ce qu'elle y rangeait : des choses de bonnes femmes...

Elle termina donc sa conversation avec Gigi et fourragea dans son sac, ce qui n'était pas une sinécure. Il y avait deux tubes de rouge, un de nuit, l'autre de jour, un étui à fard, une brosse, méduse tout embarrassée de ses longs cheveux roux, des stylos, son carnet de romancière, un trousseau de clés, des factures, sa rondelle de contraceptifs, une serviette hygiénique, l'annuaire de l'Uneq, une bouteille d'aspirines, un tube d'huile de saint Joseph, la clé du casier au terminus d'autocars, et un livre pour tromper l'attente, toujours le même, non pas son baise-en-ville, mais son lit-en-ville, *Le Livre de ma mère*, d'Albert Cohen.

C'est Gigi – qui d'autre! – qui le lui avait fait découvrir...

Gigi qui l'avait appris par cœur, exploit peu banal en cette ère amnésique. Il le récitait parfois, comme un gamin une fable de la Fontaine, pour se remémorer les joies de l'enfance, seul avec sa maman. Pour oublier la laideur du monde. Pour se rappeler que la beauté est possible, en tout cas dans les livres, dans les livres de génies du moins : tout le reste n'est que littérature...

Ce livre, elle l'aimait tant, cette petite marchande de prose, qu'elle avait bien dû en vendre trois cents dans sa brève carrière de libraire, promettant à chaque client un remboursement en cas de déception! Les seuls qui étaient revenus pleurer, c'étaient ceux qui n'avaient pas été capables de s'arrêter après avoir refermé le livre : c'est vous dire...

Avant de pouvoir mettre la main sur son portefeuille, plus souvent vide qu'à son tour, elle découvrit autre chose.

Une chose inattendue, bizarre, inquiétante, qu'elle n'avait jamais mise dans son sac.

Mais elle fit comme si de rien n'était et donna à Simon un billet de vingt dollars.

Et pendant tout le temps qu'ils dégustaient leur pizza, avec un bon rouge, elle parut préoccupée.

— Tu penses à ton roman? finit par lui demander Simon, qui ne lui trouvait pas son air habituel.

— Oui, se contenta-t-elle de dire.

Mais elle mentait : elle pensait en fait à ce sur quoi elle avait mis la main dans son sac et se demandait surtout comment l'objet avait pu aboutir là...

29

C'était une grosse boîte de préservatifs de marque Ramsès, lubrifiés et de format extra grand.

Qui avait pu lui faire cette mauvaise plaisanterie ?

Ce n'était pas très drôle, non ?

Tout de suite, elle pensa que c'était Gigi, à qui elle avait reproché d'avoir fait l'amour sans protection à son amant, et qui voulait lui jouer un tour pour se venger...

Elle n'avait pu lui en parler au téléphone, parce que Simon était à côté d'elle.

Mais le lendemain, son premier soin fut d'affronter Gigi, même s'il n'avait pas l'air dans son assiette.

— J'ai quelque chose à te montrer, lui dit-elle dès qu'elle fut seule avec lui à la librairie.

Et elle tira la boîte de Ramsès de son sac, mais elle se rendit compte alors qu'il y avait un détail qu'elle n'avait pas vu, la veille, car elle n'avait regardé que le dessus de la boîte.

Au dos étaient tracés, en rouge, le chiffre cabalistique 666 et dessous le mot : JÉSUCE, ainsi que deux petites croix noires placées l'une avant le mot, l'autre après.

Spontanément, mademoiselle Marple avait lu : JESUS, parce que ça ressemblait à « JE SUCE », bien sûr, et aussi à cause des deux petites croix.

Ce qui l'avait choquée, car elle avait beau ne pas être très religieuse, enfin pas très pratiquante, c'était un geste d'iconoclaste, irrévérencieux.

Elle réalisait en même temps que la plaisanterie ne pouvait être l'œuvre de Gigi, que le chiffre 666 la signait en fait : elle venait de ce malade de Drury, qui n'avait pas renoncé à la harceler !

Son air accusateur se transforma aussitôt et elle devint muette ; Gigi dut prendre la boîte de ses mains et la considéra, inquiet, dégoûté :

— Merde ! Encore lui ! Il est complètement malade, ce type ! Je pensais pourtant qu'il se calmerait après la visite de la police...

— Moi aussi, dit-elle, et elle était au bord des larmes, sur le point d'exploser, elle en avait vraiment assez.

— Tu as trouvé ça où ?

— Dans mon sac...

— Dans ton sac ? Mais comment a-t-il fait pour mettre ça là ?

— Je ne sais pas...

Et au moment même où elle prononçait ces mots, elle se rappela ce qui s'était passé la veille chez Schwzartz.

Ce prêtre un peu bizarre qui l'avait bousculée à la sortie...

Et qui avait une haleine de tabac brun...

Si ç'avait été effectivement l'homme à la Gitane ?

N'aurait-il pas pu glisser la boîte de préservatifs dans son sac, son sac très grand, qui bâillait ?

Mais oui, c'était évident !

C'était ce qui s'était passé !

Elle en eut une confirmation un peu plus tard, lorsqu'elle reçut un nouvel appel obscène.

C'était une voix d'homme, la même que celle de l'appel précédent.

Et la voix demandait simplement :

— Est-ce que vous sucez avec ou sans capote, mademoiselle ?

Elle raccrocha, tremblante.

Son enfer se poursuivait !

Et elle ne pouvait rien faire.

Rien !

Elle fit pourtant une chose : le midi, pendant sa brève demi-heure de lunch, elle courut au terminus Voyageur pour y ranger dans le même casier, avec la lettre et la boîte contenant la poupée et le rat, cette nouvelle pièce à conviction qui lui servirait peut-être un jour.

Le soir, elle ne put parler de ce nouvel incident à Simon ni trouver du réconfort dans ses bras, car il était reparti en voyage d'affaires.

Heureusement, dans l'après-midi, un appel inattendu, reçu sur son cellulaire, était venu égayer sa journée si mal entamée.

— Mademoiselle Marple ?

— Oui, elle-même.

— Jean Moustache à l'appareil. Je suis directeur des Éditions Leméandre...

— Oh, enchantée !

— Écoutez, un de mes collègues m'a refilé votre manuscrit la semaine dernière. Je l'ai lu d'une traite. J'ai vraiment aimé. Brillant ! Nous serions prêts à le publier tel quel, si bien entendu les droits sont encore disponibles...

— Oui, ils le sont, bien sûr, j'ai été approchée mais je n'ai rien signé... balbutia mademoiselle Marple, qui n'en croyait pas ses oreilles.

— Tant mieux ! Bon, eh bien, j'aimerais vous rencontrer pour en discuter. Comme nous voudrions le publier pour la rentrée et que les délais sont un peu courts, est-ce que ce serait possible qu'on se voie rapidement ? Par exemple demain midi pour le lunch ?

— Euh... hésita-t-elle.

Elle avait juste une demi-heure pour le lunch. Mais elle pourrait se faire remplacer. Son patron comprendrait.

— Oui, pas de problème.

— Alors je vous attends demain, disons à midi quinze, aux jardins du Ritz.

— Aux jardins du Ritz... Daccord. Un seul détail... comment vais-je vous reconnaître ?

— Vous ne m'avez jamais vu à la télé, pour la promo de mon roman ?

— Mais oui, c'est vrai, où avais-je la tête ? Je vous ai vu à l'émission de Guy A. Lepage... En passant, félicitations pour votre prestation ! D'ailleurs, votre titre a beaucoup de punch, en tout cas du point de vue d'une femme : *Mon enfant, ce monstre*, c'est quand même trouvé.

— Je vous en remercie. Mais pour être honnête avec vous, mademoiselle, ce n'est pas moi qui l'ai trouvé, c'est ma mère.

— Votre honnêteté vous honore, et la lucidité de votre mère... Enfin, je veux dire... à demain donc.

— À demain.

Alors là, pour une bonne nouvelle, c'en était une ! Un éditeur qui non seulement la publiait, mais la publiait telle quelle.

Sans lui demander de rajouter du cul.

Ou d'ôter des pages.

Ou d'ôter son slip.

Et pas n'importe quelle maison d'édition, de surcroît.

Les Éditions Leméandre n'étaient peut-être pas aussi prestigieuses que Globe, mais c'était une bonne maison avec de bons auteurs. Et puis il faut bien commencer quelque part, non ?

Mais le lendemain, aux jardins du Ritz, Jean Moustache n'était pas là quand elle arriva. D'accord, elle était arrivée avec une dizaine de minutes d'avance. Mais à midi trente, il brillait toujours par son absence.

Confuse, mademoiselle Marple appela aux Éditions Leméandre, demanda à parler à Jean Moustache qui, curieusement, n'avait pas encore quitté son bureau. Elle lui rappela leur rendez-vous. Il la rabroua sans ménagement en lui disant qu'il n'avait jamais entendu parler d'elle et qu'il n'avait surtout pas rendez-vous avec elle, que ce soit aux jardins du Ritz ou ailleurs... Elle n'insista pas ; de toute manière, il avait raccroché, homme occupé s'il en était !

Elle n'en revenait pas !

Elle n'était pas folle quand même : ce coup de fil, elle ne l'avait pas inventé !

Heureusement que, par superstition, elle n'en avait parlé à personne, ni à Gigi ni à Simon...

Alors, ce ne pouvait être que ce malade de Drury qui lui avait joué ce mauvais tour juste pour lui rappeler que, si elle voulait être publiée, il faudrait qu'elle passe par lui, qu'elle accepte de faire les saloperies qu'il lui proposait.

Un instant, elle eut une hésitation et pensa : n'était-ce pas Julie Cranberry qui avait raison au fond ?

Ne devait-elle pas se résoudre à l'imiter ?

À accepter un petit sacrifice qui lui ouvrirait enfin les portes de l'édition ?

Faire tourner trente secondes une cacahuète dans sa bouche puis la cracher pour enfin tenir son premier roman publié entre ses mains ?

30

Gigi ne lisait pour ainsi dire jamais les journaux : il réservait presque tout son temps libre aux livres. Même si
son idole Albert Camus avait été journaliste, comme du
reste bien des grands écrivains, il prétendait que l'encre des
journaux salissait autant l'esprit que les mains. Les livres,
eux, – les grands livres, s'entend ! – l'élevaient car, comme
chacun sait, ils sont une conversation avec les meilleurs
esprits de toutes les époques.

Ce matin-là, pourtant, Gigi n'eut pas vraiment le choix
de lire le journal, puisque la photo géante de Claude Bach
faisait la une de tous les quotidiens de Montréal : l'idole de
millions d'amateurs de hockey avait tenté de se suicider la
veille, peu avant minuit, en se pendant à un arbre, dans un
parc de l'île des Sœurs !

C'est un Gigi assommé par la surprise et la douleur qui
dévora comme jamais dans sa vie le journal, lequel lui pro-
cura un répit inattendu et une lueur d'espoir : heureux dans
sa malchance, si on peut dire, le divin Claude n'irait pas tout
de suite au ciel, car la branche de l'arbre, trop fragile, en tout

cas trop fragile pour un joueur de hockey de plus de quatre-vingt-dix kilos, avait cédé avant qu'il ne suffoquât mortellement.

Mais en tombant, il avait subi une commotion – ou peut-être son cerveau avait-il été privé trop longtemps d'oxygène –, si bien qu'il se trouvait encore dans le coma au moment où l'on était allé sous presse. Et, inconvénient mineur, mais pas si mineur pour un joueur de hockey, il s'était brisé la jambe gauche dans sa chute.

Ce qui était particulièrement cruel pour Gigi, c'est qu'il ne pouvait absolument rien faire, qu'il était totalement menotté. Pas question évidemment de rendre visite à son amant, ni même de se présenter à l'hôpital pour questionner les médecins et savoir si le suicidé raté se réveillerait rapidement de son coma et, surtout, dans quel état...

Son premier soin fut d'appeler mademoiselle Marple sur son cellulaire.

— Il a tenté de se pendre ? demanda-t-elle, éberluée, incrédule.

Elle croyait rêver ou faire un cauchemar, à nouveau. Gigi avait rarement eu de la chance en amour, mais là, ça dépassait toutes les bornes...

— Oui, ils ne disent pas pourquoi dans les journaux parce qu'ils ne savent pas, bien entendu, mais je suis sûr que c'est à cause de moi. Il a dû paniquer et a voulu prendre les devants avant que sa femme ne dise tout...

Il savait que, cette fois-ci, c'était un cas de force majeure ; les frictions à l'huile de saint Joseph, même abondantes, même extrêmes, ne suffiraient pas : il fallait recourir à une médecine plus puissante.

— Est-ce que tu veux venir avec moi à l'Oratoire ? demanda-t-il sans se rendre compte qu'il avait adopté un ton suppliant ; c'est sa seule chance...

31

— Oh, monsieur le curé, est-ce que vous seriez assez gentil pour surveiller notre fils pendant que nous allons nous garer ?

— Avec plaisir, madame, dit le curé.

Qui en fait était l'homme à la Gitane.

La scène se passait au célèbre oratoire Saint-Joseph de Montréal, juste passé la première volée de marches que gravissent à genoux les pèlerins pour obtenir des faveurs du frère André ou de saint Joseph, sur une allée asphaltée où les voitures peuvent circuler mais non se garer.

Le fils de ce respectable couple de sexagénaires était un jeune homme de trente ans, un sportif remarquable qui avait subi un terrible accident. Cette bête chute à cheval l'avait privé de l'usage de ses jambes. Ayant subi une grave fracture de la colonne vertébrale, il ne ressentait plus aucune sensation dans le bas de son corps. Les médecins l'avaient condamné à passer le reste de sa vie en fauteuil roulant.

Ses parents, pieux s'il en était, espéraient un miracle du bon frère André. De son vivant, et même longtemps après sa mort, il avait guéri des centaines de paralytiques, des enfants, des adolescents, des adultes.

Le fils paralysé, lui aussi, espérait un miracle.

Mais ce n'était pas le même miracle que celui de ses parents.

C'était même un miracle qui leur briserait le cœur.

Il le savait.

Et pourtant, il ne pouvait s'empêcher de le souhaiter.

De tout son cœur.

Parce que sa vie, c'était le sport.

Et passer sa vie dans un fauteuil roulant, ce n'était pas un sport pour un homme comme lui !

Enfin pour l'homme qu'il avait déjà été.

Aussi, comme tous les pèlerins autour de lui, priait-il.

Comme certaines personnes âgées, il priait Dieu de venir le chercher.

L'homme à la Gitane, lui, n'avait jamais espéré de miracle de Dieu.

Ou plutôt il en avait espéré un longtemps auparavant : celui de devenir un grand comédien.

Pas de le devenir – parce qu'il était persuadé qu'il en était un –, mais d'être enfin reconnu.

Quand il vit le service que lui demandait le vieux couple pour son fils paralysé, il se dit qu'il devait quand même y avoir un Dieu.

En effet, quelle aubaine inespérée que celle qui consistait à se retrouver les mains comblées par les deux poignées de ce fauteuil roulant juste au sommet de l'escalier que gravissaient à genoux mademoiselle Marple et Gigi !

Ce dernier priait si fort pour la guérison de son amant que lorsque sa compagne se tourna vers lui pour suggérer de passer à la marche suivante – il semblait perdu dans ses prières ! –, elle se rendit compte qu'il saignait du nez !

Ça lui arrivait lorsqu'il avait une trop grosse émotion. D'autres font une crise d'asthme ou ont des palpitations, lui saignait du nez, et abondamment. La jeune libraire sortit illico un mouchoir de papier de son sac et lui tapota l'épaule.

— Ton nez... Tu saignes...

— Ah... fit-il, contrarié mais pas vraiment surpris.

Mademoiselle Marple, qui était encore infirmière même si elle ne pratiquait plus, lui pinça les narines avec le mouchoir pour stopper le flot de sang, plaça sa main derrière sa nuque et l'incita à baisser la tête.

Au bout de quelques secondes, elle lui redressa la tête, retira le mouchoir et demanda à son ami comment il se sentait.

Mais, au lieu de se tourner vers elle pour répondre, il regardait droit devant lui en écarquillant les yeux, étonné, effrayé.

Bizarre, pensa mademoiselle Marple.

C'est qu'elle ne voyait pas ce qu'il voyait.

Un homme qui fonçait vers elle dans un fauteuil roulant !

Un homme qui ne criait même pas.

Comme s'il n'avait pas peur.

Comme s'il était heureux de son sort.

Dans un mouvement brusque et efficace, Gigi tira vers lui son amie – qui décidément ne comprenait rien –, juste à temps pour éviter le fauteuil roulant.

Lequel passa à quelques centimètres d'elle ; une de ses roues frappa son pied gauche dans les airs, si bien qu'elle perdit un soulier.

Allongée sur Gigi, elle se retourna en même temps que lui et vit, consternée, le paralytique qui poursuivait sa course fatale et s'écrasait enfin contre un monument, y trouvant la mort immédiate qu'il avait tant espérée, devant ses parents stupéfaits.

Mademoiselle Marple et Gigi grimacèrent de douleur, comme bien d'autres pèlerins témoins du drame.

Puis, par un réflexe tout naturel, la jeune femme et son ami se tournèrent vers le haut de l'escalier pour tenter de comprendre comment ce terrible accident avait pu se produire.

Mademoiselle Marple réalisa tout de suite que ce n'était pas un accident, car elle aperçut aussitôt l'homme au sommet de l'escalier.

C'était le même prêtre bizarre à lunettes fumées que celui qui l'avait bousculée chez Schwartz !

Si elle avait eu des doutes à ce sujet, ils se seraient immédiatement envolés lorsqu'elle le vit prendre la fuite comme un voleur.

Ou comme un assassin.

32

Elle compléta son maquillage en retouchant une dernière fois au pinceau le dessin de ses lèvres.

Puis elle examina le résultat dans la glace de la salle de bains des maîtres chez Simon.

Ce n'était pas elle, cette femme...

Une femme grimée à l'excès, pas comme une putain mais presque. Très provocante en tout cas.

Et pas seulement par son maquillage outrancier, mais aussi par sa jupe de cuir très courte et par son chemisier, qu'elle avait attaché très haut, si bien qu'on voyait son ventre, son nombril. Et, en plus, elle avait détaché les deux premiers boutons, pour montrer la naissance de ses seins.

Elle en déboutonna un troisième et comme elle ne portait pas de soutien-gorge...

Ainsi, pensa-t-elle, même un homosexuel va se retourner sur mon passage !

Enfin, elle mit des lunettes fumées, de jolies lunettes noires avec de faux diamants parsemés sur la monture.

Maintenant, elle en était sûre, ça ferait le travail.

Lequel ?

Elle n'en était pas encore certaine.

Elle improviserait rendue sur les lieux.

Heureusement que Simon – parti de nouveau en voyage d'affaires – ne pouvait la voir ainsi attifée, car il ne l'aurait pas reconnue.

Elle fourra dans son sac la biographie d'Agatha Christie, qu'elle n'avait pas encore terminée, un appareil photo, une bouteille de Brouilly vide – elle se félicitait que son sac fût géant ! – et sauta dans la Coccinelle.

Quinze minutes plus tard, elle se garait rue Saint-Denis, presque devant la porte des Éditions Globe !

Et elle attendit.

Patiemment.

Résolument.

Que le dégoûtant Drury sorte.

Elle savait que, bourreau de travail, il ne quittait jamais son bureau tellement avant vingt heures.

Aussi entama-t-elle sa vigile à dix-neuf heures quarante-quatre, pour être certaine de ne pas le rater...

À dix-neuf heures cinquante-trois, son cellulaire sonna.

Mauvais *timing* ! pensa-t-elle, car y répondre la distrairait de sa garde.

Mais c'était peut-être Simon qui l'appelait de New York, et elle avait envie de lui parler.

Elle avait toujours envie de lui parler.

Il lui manquait déjà, même s'ils se connaissaient depuis quelques jours à peine.

Elle répondit enfin.

Ce n'était pas Simon : c'était sa mère.

Elle eut envie de lui dire qu'elle ne pouvait pas lui parler, qu'elle était occupée.

Mais quand sa mère lui demanda : « Je ne te dérange pas ? », elle n'eut pas le courage de lui dire la vérité et elle répondit :

— Mais non, maman...

— Où étais-tu ? On n'entend plus parler de toi. Les amoureux sont toujours seuls au monde, à ce que je peux voir dans ta conduite.

— Ben oui, et j'ai beaucoup de travail, et puis je voulais te laisser du temps avec monsieur Dunhill, enfin avec Roger...

Elle ne s'habituait pas à appeler son patron par son prénom, même s'il était le petit ami de sa maman.

— Oui, je voulais justement t'en parler. Les dés ne se sont pas roulés à terre pour moi...

— Comment ça ? Il t'a fait faux bond ?

— Non, non, il est venu souper et tout et tout, il est même revenu presque tous les soirs depuis. Il adore mon manger. Il dit que je suis un cordon encore plus bleu que son ancienne qui était une grande fine bouche. Je sais pas si tu le sais, mais ça fait plaisir au lego quand tu te fais dire des choses comme ça, surtout par un vrai Français. Bon, pour faire une histoire courte, après le dessert, comme je savais pas trop ce que je devais faire, puis lui non plus, je lui ai dit d'attendre une minute, parce que j'avais chaud, à cause du grand vin de France – en fait, c'était pas du grand vin mais un vin du dépanneur, mais je l'avais mis dans une grande bouteille que j'avais bue avec ton père, la seule qu'on a jamais bue, une vraie Bouilli, et il s'en est même pas rendu compte. En tout cas, pour continuer à faire une histoire courte, je suis allée me changer. Je me suis mis un petit déshabillé. Quand

Roger m'a vue, il s'est levé pour venir m'embrasser, mais il a été obligé de se rasseoir tout de suite parce qu'il a fait une autre crise d'angine comme l'autre jour à la librairie...

— Ah, bon, qu'est-ce que tu veux, ce n'est que partie remise...

— Partie remise, partie remise! Ça fait cinq soirs qu'il vient me voir et puis rien. Bon, c'est vrai, des fois on est allés au restaurant et il pouvait pas me sauter dessus en public, mais quand même il veut peut-être prendre son temps.

— En tout cas, si ça peut te rassurer, il a l'air en forme ces temps-ci, du moins je n'ai rien remarqué de spécial...

— C'est ça qui m'inquiète, justement.

— Tu ne devrais pas t'inquiéter, voyons, puisque je te dis qu'il est en forme...

— Écoute, c'est pas parce que je veux me plaindre de lui, parce que dans mon livre à moi, il est parfait aux pages des restaurants et des cadeaux, il est vraiment gâteux, mais la luxure dans les reins, je suis pas prête de l'attraper. Je sais pas qui a arrangé les choses comme ça, mais des fois je me dis que c'est mal fait, la vie. Ton père, il était rat côté portefeuille, c'est sûr, et les cadeaux qu'il aimait le plus, c'est ceux que je lui donnais, mais au moins, il était généreux de sa personne une fois par semaine, enfin jusqu'à tant que sa Barbie de l'Est arrive dans le décor, après ça, j'ai pris le nord. Oui, Roger, il est bien parfait et tout et tout, mais des fois je commence à trouver ça long. Chaque fois qu'on s'assoit sur le divan pour faire les adolescents, il a des papillons dans le cœur. Je lui ai dit de se faire passer des tests sanguinaires, parce que peut-être il a le sang trop épais à cause de tous les restaurants français, mais il veut pas, il a peur de l'hôpital. Non, des fois, je me dis que je devrais lire *La Prophétie des glandes*.

— *La Prophétie des glandes?*

— Mais oui, Loulou! Le livre d'horoscope que tout le monde a lu! Dis-moi pas que t'en as pas vendu à ta librairie! C'est fait par un astrologue américain, il paraît qu'il a trouvé des manuscrits, dans une montagne juste en arrière de sa maison, c'est des manuscrits de l'ancien temps, ils te prédisent l'avenir, tu as juste à les lire. Puis tu peux savoir si tu es compatissante avec l'homme de ta vie, c'est pour ça qu'il y a le mot glande dans le titre, il fallait quand même y penser, non? Tu lis ça puis tu vois tout de suite si tes glandes sexuelles ont de l'avenir avec celles de ton homme, tu comprends?

— Oui, je comprends, répondit un peu distraitement mademoiselle Marple, qui ne crut pas bon de reprendre sa mère au sujet du titre du livre : elle était trop occupée à guetter la porte des Éditions Globe.

— Quoique... reprit madame Marple, je ne sais pas si je vais le comprendre, le livre, il y a une fille qui a essayé de le lire à la *shop,* puis elle s'est même pas rendue à la page dix, et finalement elle a rien appris, elle était pas contente, elle a voulu qu'ils la remboursent chez Costrop, mais ils ont dit non, c'est pas garanti. *Anyway,* je serais peut-être mieux de faire comme elle, je veux dire pas d'acheter le livre mais d'aller chez une liseuse de bonne aventure... Dans le fond, quand tu y penses, c'est plus simple, elle le lit à ta place, ton avenir. Bon, il paraît que c'est cher, trente piastres pour une heure, et puis elle te rembourse pas si t'es pas contente, mais par exemple, il paraît qu'elle est psychiatre en plus d'être liseuse de bonne aventure, alors elle te dit toujours ce que tu veux entendre, dans le fond, c'est comme une sorte de garantie.

— Oui, c'est vrai...

— Mais dis-moi ce que tu en penses, Loulou. Des fois, je me dis que si Roger, il n'est... il ne peut... enfin il n'a pas encore, en tout cas tu me comprends, s'il me respecte tant que ça, même s'il m'a dit que je suis la femme de sa vie à cause du petit papier que sa femme a écrit avec mon nom dessus, c'est peut-être à cause de moi ?

— À cause de toi ?

— Oui, parce que même si je suis la femme de sa vie, je suis peut-être pas la femme pour son lit, je ne sais pas si tu me suis.

— Mais maman, voyons, si tu es la femme de sa vie, tu es forcément la femme de son... enfin son genre de femme, il a envie de toi, il n'est pas fou, quand même !

— Il n'est pas fou, mais c'est un homme. Et les hommes, des fois, du côté sexuel des choses, ils sont durs à suivre. Des fois, je me dis que peut-être étant donné que j'ai cinquante ans bien sonnés, même si notre histoire est comme un grand film d'amour, eh bien, ça sera jamais un film trois X. Peut-être que ça arrive jamais ensemble, ces deux genres de film, dans une vie humaine, parce que de toute façon dans les cinémas, quand tu y penses, ils pourraient pas savoir s'ils doivent mettre pour tous ou pour dix-huit ans, je sais pas si tu me suis sur cette pente glissante...

— Maman, je suis sûre qu'il te trouve ravissante...

— Peut-être, mais pas assez pour oublier son ancienne femme.

— Mais elle est morte depuis cinq ans !

— Peut-être, mais il m'en parle presque tous les jours comme si elle était pas vraiment morte, ça fait drôle des fois, j'ai même l'impression qu'elle est encore vivante et qu'il est juste en insistance de divorce. Et les hommes, quand ils te disent qu'ils vont divorcer, souvent c'est juste des histoires à dormir avec toi. Après, quand ils ont pas plus envie de coucher avec toi qu'avec leur femme, comme dans le livre que tu m'as donné, ils aiment mieux continuer avec leur femme, alors ils t'éliminent comme dans *Star Académie*. Puis ils te cherchent tout de suite une remplaçante, parce qu'ils sont pas plus capables de se faire cuire un œuf le matin que d'attendre trois jours entre deux femmes, moi ça me fend en quatre. Est-ce que tu penses que je suis paranormale de penser comme ça ou que c'est normal et qu'avec Roger je devrais être très patiente encore un jour ou deux?

— Patiente, maman, patiente, ça va finir par arriver...

Et là, tout à coup, elle dut s'excuser et raccrocher, parce que Gaspard Drury sortait enfin des bureaux des Éditions Globe.

33

Suivi à distance par l'incendiaire libraire, Drury descendit la rue Saint-Denis, tourna à gauche dans la rue Sainte-Catherine.

En direction du Village gai.

Il ralentit à l'approche de la terrasse du Café européen, coin Alexandre De-Sève.

Un jeune homme blond d'une vingtaine d'années, très beau, très tatoué et très troublé, y était assis, avec pour seul compagnon une valise noire, comme son blouson de cuir, devant un verre de bière presque vide, depuis longtemps. Mais comme il était fauché, il préférait ne pas boire la dernière gorgée, malgré l'impatience visible du serveur : ce n'était pas un organisme caritatif, le Café européen. Bon, d'accord, le jeune était plutôt décoratif, avec sa belle gueule d'aryen, mais quand même...

Enfin s'éclaira le visage angélique mais torturé de Karl Krupp – c'était le nom de ce mouton noir, exilé à Montréal, de la célèbre famille de banquiers allemands. Il venait d'apercevoir la luxueuse BMW 540 de Gaspard Drury, preuve s'il en était que l'édition, ça pouvait être payant, sinon pour les auteurs, du moins pour les éditeurs !

Karl jeta cinq dollars sur la table, avala enfin sa dernière gorgée de bière, se leva d'un bond et, valise en main, attendit que la berline de l'éditeur s'immobilisât juste devant la terrasse. Il mit sa valise dans le coffre, puis s'assit aux côtés de Drury, qui l'accueillit de la sorte :

— Comment vas-tu, mon petit K.K. d'amour ?

Le jeune homme ne parlait pas le français le plus parfait mais le connaissait assez pour savoir que ce diminutif, formé de ses simples initiales, avait un sens désobligeant pour lui. Toutefois, Drury était Drury. Un gentil vieux monsieur un peu pervers, qui l'hébergeait gratuitement lorsqu'il était de passage à Montréal, lui prêtait même sa voiture, à l'occasion. Il accepta son baiser – sur les lèvres – avec une joie mitigée.

« Julie Cranberry avait raison, il est à voile et à vapeur », pensa mademoiselle Marple, qui avait assisté à toute la scène.

Elle les suivit, jusqu'à la belle résidence de Mont-Royal de Drury.

Au bout d'une dizaine de minutes, la jeune libraire s'apprêtait à laisser tomber sa surveillance et à repartir bredouille chez elle, quand les deux hommes ressortirent.

Drury, un bonheur aux lèvres, paraissait détendu.

Krupp, une lueur aux lèvres, paraissait écœuré.

Il avait une valise en main, comme lorsqu'il était entré chez Drury.

Mais cette valise était plus grosse et brune, au lieu d'être noire.

Drury verrouilla la porte de sa résidence, se tourna vers le jeune éphèbe blond et lui lança son trousseau de clés.

Krupp mit la valise de son protecteur dans le coffre et prit le volant.

Mademoiselle Marple les suivit, jusqu'à l'aéroport Trudeau.

Le jeune Krupp laissa son vieil ami devant la porte d'Air France, lui donna sa valise, un ultime baiser et repartit non sans soulagement au volant de la BM, débarrassé pour cinq jours de son tyran à qui il avait payé son dû.

Inutile pour mademoiselle Marple de suivre Drury dans l'aéroport.

Mais Karl Krupp devenait tout à coup fort intéressant.

Car il avait les clés de la résidence de Drury !

Ces clés, elle parvint à les obtenir en suivant Krupp, qui retourna où Drury l'avait cueilli, c'est-à-dire au Café européen, mais pas sur la terrasse cette fois-ci, à l'intérieur.

Sa tenue provocante, qui devait servir à séduire Drury avant de le prendre en photo, de préférence pantalon baissé pour son grossier rituel de *pussy diving*, puis de l'assommer à coup de Brouilly, lui servit avec Krupp.

Car il était aux deux.

Comme Drury.

Il était en fait à tout ce qui bougeait.

Et surtout à tous ceux qui, victimes de son charme de beau ténébreux – et ils étaient nombreux –, lui offraient à boire ou à manger.

Elle l'aborda avec une « ligne » fort usée, qu'elle s'était fait servir à profusion, en lui demandant s'il n'était pas acteur, car elle avait l'impression de l'avoir déjà vu dans un film.

Flatté, il entama la conversation avec elle.

Pour hâter les choses, elle lui proposa un concours de *shooters*.

Il hésita trois secondes et demie.

Parce que, au bout de trois secondes et demie, elle précisa que c'était elle qui régalait, ce qui serait une bagatelle pour elle, un véritable plaisir, puisqu'elle venait de gagner une somme rondelette à la loterie.

Il la trouva tout de suite sympathique.

Il trouvait sympathiques tous ceux qui l'aidaient à exercer son métier de parasite.

Après neuf *shooters*, expédiés en cinquante-trois secondes, ils déclarèrent match nul.

— Si tu danses comme tu bois, j'aimerais te faire faire un tour d'essai sur la piste, dit mademoiselle Marple.

Il accepta.

Il la trouvait drôle, rafraîchissante, audacieuse et plutôt sexy avec sa minijupe, son chemisier à moitié déboutonné et son maquillage un peu criard qui lui donnaient vaguement des airs de pute. Il n'avait rien contre, lui, les airs de pute, surtout de pute qui payait pour lui. Les autres, elles ne l'intéressaient guère. Il avait encore l'âge, et il avait le charme ravageur, d'être celui pour qui l'on paye.

Oui, appétissante, la rousse apparition qui n'avait pas froid aux yeux. Elle était sûrement une affaire au lit, il pourrait lui demander des choses que la plupart des femmes ne font pas.

La première fois.

Après, ça dépend de leur sentiment pour toi.

Il n'avait pas tort de croire que mademoiselle Marple serait sans doute l'affaire du siècle au lit parce que déjà sur la piste de danse, elle lui offrait des hors-d'œuvre pas banals...

Car il n'y avait pas que ses pieds qui s'en donnaient à cœur joie, il y avait aussi ses mains.

Sur lui.

Sur ses cuisses d'abord.

Musclées à souhait.

Puis sur ses fesses.

Qu'il avait fermes et athlétiques.

Pour la braguette, ce fut d'abord un effleurement mais qui ne resta pas longtemps timide : les *shooters* faisaient leur œuvre, et elle n'avait pas toute la soirée !

À la droite de sa braguette, il y avait son sexe.

Dur.

Car K.K. portait à droite.

À gauche, dans la poche de son jean noir, il y avait ce que mademoiselle Marple cherchait.

Le trousseau de clés.

Qu'elle soutira à Krupp sans qu'il s'en rende compte, car juste avant d'agir, elle prit sa main droite et, malgré la présence des autres danseurs, amusés et étonnés par son audace, la mit sur son sein gauche en lui demandant :

— Est-ce que tu aimes mes seins ?

— Beaucoup, balbutia-t-il.

— Et est-ce que tu aimes la poudre ?

— Beaucoup.

— Alors, va m'attendre dans les toilette des hommes. Je te rejoins dans une minute avec tout ce qu'il faut...

Elle le laissa là, sur la piste de danse.

Il alla docilement l'attendre dans les toilettes des hommes où déjà quelques fêtards se poudraient le nez pendant que, son trousseau de clés en main, mademoiselle Marple filait à l'anglaise.

34

Vingt minutes plus tard, la libraire se garait non loin de chez Drury, marchait jusque chez lui, parvenait sans difficulté, mais non sans nervosité, à y entrer, avec la troisième clé essayée.

Elle pensa à ce que Julie Cranberry lui avait dit au sujet d'un donjon...

Julie Cranberry était une littéraire, certes, mais ça ne devait pas être seulement une image.

Il devait vraiment y avoir un donjon.

Et où sont les donjons en général dans une maison?

Au sous-sol.

Où elle descendit.

Elle trouva effectivement une porte.

Qui était verrouillée.

Mais la clé de la porte principale l'ouvrait.

La chance souriait à la jeune femme.

Lorsqu'elle pénétra dans la pièce, elle comprit qu'effectivement Julie Cranberry n'avait pas employé une image.

C'était réellement un donjon, du moins à ce qu'elle pouvait en juger par son expérience relativement limitée en la matière.

Les murs étaient tapissés d'affiches géantes.

Du Marquis de Sade.

De Charles Manson.

De Hitler.

De Karl Krupp.

Debout, nu.

De Drury aussi, en pied, habillé comme une espèce de grand prêtre de cérémonies orgiaques, avec une cape de satin noire – en tout cas, elle était fort luisante –, retenue à son cou par une agrafe d'or où figurait le chiffre 666.

Et sous laquelle il était visiblement nu, car la cape était entrouverte, et l'on pouvait voir le poil de son torse, celui de son ventre et celui de son pubis.

Sur sa tête, un curieux diadème avec des cornes qui étaient en fait des pénis d'or courbés symétriquement l'un vers l'autre.

De quoi vous donner des frissons dans le dos...

Mademoiselle Marple esquissa une moue de dégoût.

Et dire que ce Drury, qui présidait aux destinées de la prestigieuse maison Globe, était le pape de l'édition au Québec !

Édifiant !

Il y avait des affiches de femmes nues aussi.

Certaines connues, d'autres inconnues.

Mais la photo la plus terrible, la plus troublante, elle la découvrit en s'avançant dans le donjon, alors que la porte insonorisée se refermait automatiquement derrière elle avec un déclic qu'elle n'entendit même pas tant elle était sidérée par ce qu'elle voyait : une immense photo d'elle !

Pas nue, bien sûr.

Mais avec une petite robe de coton vert un peu décolletée.

Et comme elle se penchait dans la rue pour ramasser son cellulaire lorsque le cliché avait été pris, on voyait presque tout de ses seins.

Elle eut une grimace de colère et de haine, eut envie d'arracher la photo.

Mais ce serait une erreur.

Drury devinerait son passage.

Et puis c'était beaucoup plus compromettant pour lui qu'une photo d'elle soit sur un mur de son donjon, quand la police viendrait... Au centre de la pièce, suspendus à des poutres, des harnais de cuir, des courroies, des cagoules, des menottes, un martinet, tout l'attirail du parfait sadomaso, en somme.

Il y avait aussi un appareil télé géant avec écran plat.

Devant un vieux canapé de cuir noir, se dressait un lutrin sur lequel il y avait un livre.

Mademoiselle Marple s'en approcha, non sans défiance : c'était une fort ancienne édition des *Cent vingt journées de Sodome*, de Sade.

Elle osa ouvrir le livre, à la page qu'un signet de soie ivoirine marquait.

Y était écrit, en haut de la page, en lettres rouges : journée de Loulou !

Elle referma aussitôt le livre, incapable de tolérer la vue de son nom, sans doute tracé de la main de ce malade de Drury ! Ce détail ne faisait que confirmer pour elle ce qu'elle avait déjà deviné, entre autres en raison du prénom Loulou dont Drury l'avait affublée ironiquement lorsqu'elle quittait son bureau avec Dimitri : c'était l'éditeur pervers qui lui avait envoyé les lettres avec les dessins et les bizarres chiffres 666, la poupée avec le rat mort...

C'est lui aussi qui lui avait fait les appels obscènes ou avait demandé à quelqu'un de les faire !

Elle ne pouvait plus en douter maintenant !

Son étonnement premier passé, son sens pratique lui revint.

Des photos !

Il lui fallait prendre des photos.

Comme preuve.

Pour convaincre la police de venir perquisitionner chez Drury.

Dans ce donjon invraisemblable dont ils mettraient en doute l'existence tant et aussi longtemps qu'ils n'en verraient pas les saisissantes photos.

Ou ne le visiteraient pas, *of course*.

Elle s'empressa de tout photographier.

Mais le crépitement de son appareil photo provoqua, selon toute apparence, un autre son.

Une sorte d'agitation, de bruissement furtif.

Elle cessa de prendre des photos et aperçut, dans un coin de la pièce auquel elle n'avait pas prêté attention, une... cage à rats.

Elle s'approcha, dégoûtée, et vit au moins cinq ou six rats dodus, en tout point similaires à celui qu'elle avait trouvé mort dans le colis à côté de la poupée !

Elle prit d'autres photos, malgré sa répugnance naturelle pour ces rongeurs...

Cette fois-ci, Drury ne s'en tirerait pas.

Il était fait... comme un rat !

C'était beaucoup plus de coïncidences que le seul hasard pouvait en prendre dans sa valise!

Restait la télé.

Elle s'en approcha, car sous l'appareil, il y avait un magnétoscope.

Et une collection de cassettes.

Chacune portait des initiales ou des noms.

Lorsqu'elle vit J.C., elle pensa que c'était peut-être celle de Julie Cranberry.

Elle alluma la télé, mit la cassette.

Ce qu'elle vit était pire que ce qu'elle avait jamais pu imaginer et lui arracha tout de suite des larmes.

Elle interrompit immédiatement le visionnement, retira la cassette et la rangea dans son sac.

Elle en avait assez vu.

Et elle avait assez de preuves maintenant pour convaincre la police d'agir.

Mais lorsqu'elle vint pour sortir, elle se rendit compte que la clé qu'elle avait utilisée pour entrer ne lui servait plus à rien!

En fait, le déclic qu'elle n'avait pas entendu tandis que la porte se refermait derrière elle avait été produit par la serrure d'une poignée munie d'une combinaison à numéros!

Que faire?

Bien sûr, elle avait son cellulaire, elle pouvait appeler à l'aide...

Mais appeler qui?

Pour lui dire quoi?

La police tout simplement!

Elle n'avait pas le choix...

Elle prit son cellulaire, mais sur l'afficheur il y avait ce dessin numérique et mouvant d'un phare qui éclairait la nuit.

La nuit de son impossibilité à communiquer avec l'extérieur!

Le donjon devait être si bien insonorisé que les cellulaires y étaient inefficaces.

Il lui fallait essayer quand même.

Inutile!

Aucune communication possible!

Elle était affolée.

Elle était prise, enfermée dans ce donjon.

Drury était en voyage, pour elle ne savait combien de temps au juste, et son jeune compagnon ne pouvait plus entrer, puisqu'elle lui avait volé ses clés!

Elle regarda la serrure à combinaison, qui comportait dix numéros.

Elle n'avait pas d'autre solution que de trouver cette combinaison.

Mais comment?

Elle n'était quand même pas pour essayer toutes les possibilités!

Elle serait encore là dans une semaine, elle aurait le temps de mourir de soif ou de faim...

Elle s'empara de la poignée et tenta de l'ouvrir de force.

On verrait bien...

Elle fit une, deux, trois tentatives, tira de toutes ses forces sur la poignée, utilisa même son pied droit comme levier en l'appuyant contre le mur, mais sans résultat!

La satanée poignée résistait!

Découragée, mademoiselle Marple reprenait son souffle en tentant de trouver une nouvelle idée lorsqu'elle entendit un bruissement étrange derrière elle, sentit une présence.

Elle se tourna lentement, inquiète, et poussa un cri d'horreur!

C'est que cinq des six rats de la cage se tenaient à environ deux mètres derrière elle, et la regardaient avec une curiosité menaçante!

« C'est impossible, je fais un cauchemar », pensa-t-elle et elle regarda en direction de la cage. Elle comprit tout de suite comment les rats avaient pu s'en échapper, car le dernier rat, plus vieux et plus gras que ses congénères, en sortait, tranquillement, simplement en poussant la porte à battant de la cage!

Les rongeurs n'y étaient pas vraiment prisonniers!

À moitié apprivoisés, ils pouvaient aller et venir à leur guise dans le donjon mais ne le faisaient guère, car ils trouvaient dans leur cage nourriture et eau, ainsi qu'un gîte douillet...

Mais pas de la chair aussi fraîche, aussi parfumée et aussi frémissante que celle de la jeune étrangère qui visitait pour la première fois leur donjon!

Le sixième rat rejoignit bientôt la bande qui s'approcha lentement de la femme rousse.

Affolée, la libraire maintenant n'avait plus le choix, il lui fallait trouver cette foutue combinaison! D'abord elle frappa du pied devant elle, en direction des rats, pour les effrayer. Cela eut l'air de marcher. Certains s'immobilisèrent, d'autres reculèrent.

Profitant de ce répit, elle se tourna vers la porte, se pencha vers la poignée, l'examina et se rendit compte que la surface autour d'un des chiffres était sale ou plutôt un peu plus terne qu'autour des autres chiffres.

Comme si c'était le chiffre le plus souvent utilisé de la combinaison ! Bien entendu !

Et ce chiffre, c'était le chiffre 6 !

Elle se frappa le front.

Elle aurait dû y penser avant !

Le chiffre fétiche de Drury, 6.

Mieux que 6, 666 !

Elle appuya trois fois sur le chiffre 6.

Attendit.

Rien !

Elle se retourna, vit les rats qui s'étaient remis en marche, qui n'étaient plus qu'à un mètre d'elle !

L'un d'eux, le plus jeune, plus audacieux ou plus affamé que les autres, s'était détaché de la bande et n'était plus qu'à un demi-mètre d'elle.

Elle fit un autre pas bruyant dans sa direction, en criant.

Il recula, pendant que ses comparses s'immobilisaient.

Mademoiselle Marple se tourna de nouveau, tapa le foutu chiffre 6 comme une vraie folle.

Sans compter.

Désespérée.

La porte s'ouvrit.

Le chiffre 6 était bon, mais c'était une combinaison à 4 chiffres : non pas 666 mais 6666 !

35

De sa voiture, elle appela tout de suite Julie Cranberry, lui déclara qu'elle devait absolument la voir, qu'elle avait trouvé une cassette qui pouvait perdre à jamais Drury.

— Mais vous n'avez rien compris ! Je vous ai expliqué que je ne voulais rien savoir de ça !

Et elle lui raccrocha au nez.

Déçue, mademoiselle Marple se dit qu'elle avait tout de même les photos.

Qu'elle savait maintenant qu'il y avait un donjon chez Drury.

Avec une photo d'elle.

Avec des rats dans une cage.

Que faire avec la précieuse cassette ?

Aussi bien aller la ranger dans le casier au terminus Voyageur.

Mais une surprise de taille l'attendait.

Quand elle voulut ouvrir le casier, elle n'avait plus la clé.

Elle eut beau tourner sens dessus dessous son sac, elle ne la trouva pas.

Elle ne se découragea pas pour autant, mais convainquit l'employé du terminus de lui ouvrir le casier.

Contre toute attente, le casier était vide! L'employé haussa les épaules, tourna les talons : une autre femme névrosée ou droguée…

« Mais c'est impossible! pensa mademoiselle Marple. J'avais pourtant tout mis ici, la boîte avec la poupée et le rat, la lettre de Drury, tout… »

Les larmes lui montèrent aux yeux.

Elle joignit Simon sur son cellulaire.

— Oh, c'est gentil de m'appeler comme ça... mais il est quelle heure, au juste?

— Est-ce que je t'ai réveillé?

— Euh… non, je m'étais juste assoupi… Mais dis-moi, est-ce que ça va, il y a quelque chose dans ta voix, on dirait. Est-ce que tu as eu un autre appel obscène?

— Non, mais je suis allée chez Drury.

— Tu es allée où?

— Chez Drury, l'éditeur.

— Mais pourquoi tu as fait ça?

— Il le fallait. Je l'ai suivi, j'ai pu entrer chez lui. Il a un donjon dans son sous-sol. C'est un fou, comme je pensais, il élève des rats, comme celui dans la boîte qu'il m'a envoyée. J'ai pris plein de photos. Et j'ai aussi réussi à mettre la main sur une cassette de Julie Cranberry.

— Julie Cranberry?

— Oui, la romancière dont il a abusé, comme il a fait avec moi. Mais quand j'ai voulu aller la ranger, le casier était vide.

— Le casier? Excuse-moi, mais là, je ne te suis pas…

— Le casier au terminus Voyageur. Où j'avais tout mis…

Et sur ces mots, elle se mit à pleurer.

— Mais ma chérie, ne pleure pas, je… je vais être de retour demain…

— Des fois, je pense que je suis en train de devenir folle, Simon, il m'est arrivé trop de choses en même temps…

— Mais non, voyons, ne dis pas des choses pareilles. S'il y a quelqu'un qui est équilibré, c'est bien toi. Il doit plutôt s'être passé quelque chose. Es-tu certaine que tu as regardé dans le bon casier?

— Non, c'est vrai, je… j'ai perdu la clé, et j'ai peut-être demandé à l'employé de regarder dans le mauvais casier…

Et elle pensa que si c'était le cas, elle ne pourrait certes pas convaincre l'employé d'ouvrir les autres casiers jusqu'à ce qu'elle tombe sur le bon. Il lui faudrait pour ça un mandat de la police, et là…

— Ce que tu devrais faire, suggéra Simon, c'est rentrer tranquillement à la maison, prendre un bon bain chaud, un petit verre de rouge, puis te coucher. Demain je serai là et on pourra discuter tranquillement de la meilleure stratégie à adopter…

— Tu es gentil, toi. Pourquoi tu es si gentil avec moi?

— Parce que je sais que tu vas devenir une romancière célèbre et j'essaie de placer mes pions pendant qu'il en est encore temps. Est-ce que tu vas continuer à me parler quand ton livre va être un best-seller?

— Non. Mais je vais continuer à faire l'amour avec toi si tu continues à le faire comme tu as commencé.

Simon rit.

— Je vois que ma petite romancière n'a pas encore perdu son sens de l'humour. Ça me rassure.

Elle raccrocha.

Elle se sentait mieux.

Simon était vraiment adorable.

Rassurant.

Logique.

Bon.

Alors, que faire avec la cassette maintenant?

La mettre dans un autre casier…

Non, tout de même…

La garder chez elle, c'est-à-dire chez Simon?

C'était trop risqué.

Si l'homme à la Gitane, qui était de toute évidence à la solde de Drury, découvrait où elle habitait – et ce n'était qu'une question de jours sans doute, peut-être même d'heures, d'ailleurs il le savait peut-être déjà –, elle risquait de se la faire voler…

Alors, où la mettre?

À qui la confier pour dormir sur ses deux oreilles?

À Gigi!

À qui, quinze minutes plus tard, elle fit promettre sur la tête de sa mère – c'était le serment suprême pour lui! – de ne pas la visionner.

Sous aucun prétexte.

Parce que c'était la chose la plus laide, la plus triste, la plus haineuse qu'elle avait vue de toute sa vie.

En sortant de chez lui, peut-être parce qu'elle avait pu non seulement lui confier la cassette mais se confier, elle éprouvait du soulagement.

Qui fut de courte durée.

Car lorsqu'elle se retrouva au volant de la Coccinelle, un doute horrible l'assaillit.

Elle pensa, avec un haussement de sourcils : « Et si c'était Gigi qui était allé vider mon casier au terminus ? Mais oui, je lui avais dit, à lui, que j'étais allée remiser les pièces à conviction dans ce casier... Et il avait accès à mon sac à main, où j'en gardais la clé, puisque nous travaillons ensemble et que je ne me méfie jamais de lui... »

Et puis, comme si son cerveau ne pouvait plus s'arrêter, elle se rappela alors que c'était Gigi qui lui avait apporté la curieuse boîte avec la poupée et le rat mort...

Jamais elle n'avait vu le messager, ce qui était plutôt curieux, non ?

Et, tout de suite, elle songea à la première lettre avec les chiffres mystérieux...

Comment Gigi avait-il pu la déchiffrer aussi rapidement, presque sur-le-champ ?

Bon, d'accord, il était supposément versé en numérologie, mais quand même, l'énigme demandait réflexion, non ?

Puis un autre événement lui revint aussitôt en mémoire, cette agression sur le trottoir alors qu'elle était déguisée en homme et lui en femme...

Comment se faisait-il que l'agresseur eût échappé un signet, un signet de *La Cérémonie des démons*, publié comme par hasard par les Éditions Globe ?

Le signet ne venait-il pas de la poche même de Gigi ?

Elle ne se souvenait pas de l'avoir vu se pencher sur le trottoir pour le ramasser …

Et il y avait autre chose...

Les coups de fil obscènes, Gigi n'était jamais à côté d'elle lorsqu'elle les avait reçus.

Du moins, il lui semblait.

N'était-ce pas un autre hasard un peu étrange?

Un peu accablant pour Gigi...

Mais pourquoi aurait-il voulu lui faire ça?

Alors, elle se rappela la petite conversation qu'elle avait eue avec Gigi lorsque, tout excitée, elle lui avait parlé de son rendez-vous aux Éditions Globe. Il l'avait félicitée, bien entendu, mais il lui avait dit aussi qu'il avait déjà rencontré Drury, dans un lancement, et que le directeur était un homme imposant, charismatique, mais également un peu bizarre...

Donc, il le connaissait...

Et donc, Drury lui avait peut-être demandé d'être son complice pour la terroriser.

Mais pourquoi?

Pourquoi Gigi aurait-il accepté de la trahir, elle, sa meilleure amie, en acceptant pareil mandat?

La libraire avait lu un livre américain sur la scénarisation, quelques semaines plus tôt, dans lequel l'auteur expliquait qu'il y a toujours deux grandes motivations chez les personnages (du moins chez les personnages de films américains, nuança-t-elle dans son esprit!) : l'argent et le sexe.

Avec Drury, le sexe, ce n'était pas évident, mais l'argent...

Gigi était toujours fauché, alors…!

Et dire qu'elle venait de remettre à Gigi la cassette. La cassette qu'il vendrait à prix fort à Drury.

Quand elle la lui réclamerait, dans trois jours, dans une semaine, il lui dirait qu'il était désolé, vraiment désolé, mais qu'il l'avait perdue.

Mais elle se rebiffa.

Pas Gigi...

Gigi si pur, Gigi si idéaliste, supposément son grand ami, qui se serait lui aussi laissé corrompre ?

Par l'argent ?

Non, ce n'était pas vrai, c'était impossible...

Si Gigi lui avait fait ça, alors jamais plus elle ne croirait en rien. Elle eut envie de retourner chez Gigi, de lui demander la cassette. Sous prétexte qu'elle avait changé d'idée ou un truc du genre.

Puis elle se dit que non, ça ne se pouvait pas, et elle démarra.

Mais en arrivant chez elle, qui était chez Simon, elle songea : « Et si c'était vrai... »

36

Le soir, même s'il était tard et qu'elle était fatiguée, pour ne plus penser que peut-être Gigi l'avait trahie, elle se dit qu'elle travaillerait à son roman.

Elle avait effectué, depuis deux semaines, de très nombreux remaniements dont elle était fière, elle avait en fait réécrit au moins une centaine de pages sur son portable.

Mais elle fut incapable de trouver le sous-répertoire de son roman.

Le fichier n'existait plus !

Il avait été effacé !

C'était invraisemblable !

Elle essaya de nouveau, plus lentement, en tapant précautionneusement le nom du fichier.

Rien !

Impossible même de trouver dans le répertoire de son disque rigide la moindre trace de son roman, comme si elle n'avait jamais utilisé son portable pour l'écrire.

Elle était atterrée.

Elle pensa : « la disquette de sauvegarde ».

Elle la glissa dans le lecteur, s'empressa d'y entrer. Rien. Le vide. Tout avait été effacé...

Elle se rappela alors que, quelques jours plus tôt, comme si elle avait eu l'intuition de ce drame, elle avait sagement remisé une deuxième disquette de sauvegarde dans la boîte à gants de la Coccinelle ! Elle était sauvée !

Elle courut la récupérer.

Mais rien, il n'y avait plus de disquette ; pourtant, elle n'était pas folle, elle était prête à jurer qu'elle l'avait rangée là quelques jours plus tôt...

Dans un élan de désespoir, elle se mit à vider toute la boîte à gants, regarda partout dans l'auto...

Puis elle s'arrêta, découragée : il n'y avait nulle trace de la disquette, ni dans la boîte à gants, ni sous les banquettes, ni sur le tapis de la Coccinelle !

Disparue !

Et puis, comble de malchance, elle avait négligé d'imprimer ce travail, ce qui voulait dire qu'au moins la moitié du manuscrit – qu'elle avait patiemment réécrite – était perdue !

Tout homme qui a perdu dix pages, ou même une seule page de sa prose, et sait qu'il ne les retrouvera jamais dans le labyrinthe de son ordinateur, et sait que le fil d'Ariane de sa mémoire ne lui permettra pas de les réécrire comme à l'aube exaltante de leur création, tout homme ainsi dépossédé a envie de se livrer pieds et poings liés à quelque terrible Minotaure pour en finir avec la vie et sa plus belle folie, qui est d'écrire...

Mademoiselle Marple ne faisait pas exception à la règle.

Elle était effondrée.

Tout ce travail perdu, au moment précis où elle croyait atteindre le but, où elle le sentait si proche, n'était-ce pas un signe du destin, pour la réveiller de sa torpeur littéraire, pour lui faire comprendre que sa vocation était vaine ?

Il lui sembla alors qu'il venait de se passer quelque chose dans sa tête, quelque chose de quasiment physique, de nerveux, de tangible, il lui sembla qu'elle avait craqué, parce que c'était trop, oui, simplement trop, c'était le mot, et si plus tard on lui demandait de mettre une date précise, de nommer un fait à l'origine de sa dépression nerveuse, elle choisirait assurément ce soir maudit et cet événement : l'inexplicable perte de cette disquette, mémoire de son roman nouveau, tapis magique vers un destin glorieux qu'elle ne connaîtrait jamais...

37

L e surlendemain, en lisant *La Presse* pendant qu'elle sirotait son premier café matinal – vers dix heures, car c'était une noctambule –, Julie Cranberry apprit que Gaspard Drury venait de vendre les droits d'adaptation cinématographique d'un roman.

Mais ce n'étaient pas ceux de son roman.

C'étaient ceux d'un livre pas encore publié, commis par une jeune femme dont il disait le plus grand bien.

Une demi-heure après, la romancière ulcérée franchissait en furie la porte des Éditions Globe, faisait fi des avertissements de la réceptionniste qui la prévenait que son patron était en réunion et entrait dans son bureau pour le découvrir avec une jeune merveille assise sur ses genoux, fort dévêtue.

Une heure plus tard, elle appelait mademoiselle Marple.

Elle lui dit qu'elle avait réfléchi et que, finalement, elle acceptait d'aller trouver la police avec elle.

Il fallait que justice soit faite, que les femmes soient solidaires.

À la vérité, elle voulait imiter Sophie Renard, la chanteuse qui, lorsque sa carrière s'était mise à stagner, avait décidé de dénoncer et de poursuivre, sur le tard, le producteur véreux qui abusait d'elle depuis son enfance.

Le scandale ne lui avait peut-être pas redonné son enfance volée, mais au moins il l'avait rendue riche, car son livre avait été un des plus grands succès de librairie de la saison.

Julie Cranberry ferait la même chose.

Drury la rendrait riche, même s'il avait décidé d'enrichir une autre romancière qu'elle.

Il fallait qu'il paye pour sa trahison !

Mademoiselle Marple, encouragée par ce coup de fil inattendu, se disait : « Pourvu que Gigi ne m'ait pas trahie, pourvu qu'il ait encore la cassette ! »

Car c'était la seule preuve qui lui restait !

Il l'avait !

Et ne se fit pas prier pour la lui remettre.

Lorsque, une heure plus tard, les deux romancières rencontrèrent l'inspecteur Robbe-Grillet et son assistant Dimitri et leur expliquèrent qu'elles désiraient porter plainte contre Drury, les deux hommes hésitèrent.

Mais il leur suffit de visionner trois minutes de la cassette pour être convaincus que c'était la seule chose à faire.

C'est que les premières images étaient insoutenables.

On voyait, dans le donjon de Drury, Julie Cranberry ligotée, vêtue d'un t-shirt blanc dans lequel avaient été découpés deux ronds qui découvraient ses mamelons.

Au-dessus de ses seins était écrit en rouge : JE SUCE.

Mais ce n'était pas cette image qui était insoutenable, ce petit fantasme de la folie ordinaire de Drury.

C'est que défilaient, sur l'écran plat du grand téléviseur du donjon, des images bien plus cruelles, bien plus troublantes.

On voyait, allongée sur un lit au beau milieu d'une pièce, une fillette nue d'une douzaine d'années qui, par quelque transformation numérique dont Drury, ou l'un de ses protégés, avait le secret, affichait le visage de Julie Cranberry à vingt ans.

Et trois hommes nus d'un certain âge, d'un âge certain même – le plus âgé devait bien avoir soixante ans –, s'avançaient vers elle.

Et se masturbaient grossièrement sur son visage.

Le sadique Drury voulait faire revivre à sa jeune romancière les innombrables abus de son enfance !

Et ça marchait.

Ça marchait parce que, dans son petit t-shirt troué, Julie Cranberry pleurait.

Elle pleurait, et il y avait des rivières de rimmel sur ses joues, et toute la tristesse du monde dans ses yeux.

Grand prêtre de cette pitoyable cérémonie, Drury, vêtu de sa cape noire, la tête tristement couronnée de son diadème aux deux pénis d'or crochus, la poitrine ornée d'un inattendu soutien-gorge rose, s'avançait lentement vers la romancière.

Jouissant plus de sa détresse que du spectacle de ses seins dénudés, ou de celui qui se déroulait sur le grand écran, il écartait dans un geste qu'il croyait majestueux un pan de sa cape sous laquelle il était nu.

Le grand éditeur fut arrêté le jour même.

Comme elle l'avait prévu, le scandale valut à Julie Cranberry une publicité considérable !

Mais elle dut en payer le prix.

De manière aussi terrible qu'imprévue.

Lorsqu'il apprit son passé, lorsqu'il découvrit qui elle était vraiment, son fiancé se suicida en laissant tourner le moteur de sa voiture dans le garage de ses parents.

Julie Cranberry, que tout le monde croyait froide et arriviste, eut envie de le suivre dans la mort. À quoi bon vivre, si c'était sans lui, le seul homme pur qu'elle eût jamais connu, le seul homme qui l'eût vraiment aimée ?

Pour sa part, quand elle comprit à quoi – même si c'était indirectement – son geste avait conduit, le suicide d'un étudiant en théologie, mademoiselle Marple fut bouleversée.

Plus que bouleversée, complètement effondrée.

C'était plus, beaucoup plus qu'elle ne pouvait en supporter, surtout qu'elle était déjà passablement amochée.

Aussi lorsque Simon, devant le spectre d'une dépression nerveuse imminente, lui suggéra d'aller consulter son bon ami le docteur Vic Molson, elle dit simplement : « Oui, je crois que c'est une bonne idée, mon chéri. »

Et elle le remercia d'être là pour elle, dans des circonstances si pénibles, si dramatiques de sa vie...

38

Le lendemain même, à la suite d'un coup de fil de Simon, le docteur Molson recevait mademoiselle Marple à sa clinique de la rue Beaumont, en début d'après-midi. Il lui posa aimablement quelques questions, la fit parler et conclut :

— Je ne dis pas que vous faites une dépression nerveuse, que ce soit bien clair, mais vous en présentez tous les signes précurseurs. D'ailleurs, je vous l'affirme et c'est un compliment, toute autre personne que vous aurait probablement déjà craqué avec le régime que vous vous imposez. Vous faites combien... vous m'avez dit, cinquante heures par semaine à la librairie ?

— Parfois plus...

— Et vous travaillez une vingtaine d'heures à votre roman ; bon, alors ça donne soixante-dix heures, presque le double de ce que la plupart des gens travaillent dans une semaine normale. C'est trop. Beaucoup trop. Il faudrait que vous ralentissiez un peu. Du moins pendant un certain temps. D'ailleurs, honnêtement, et sans vouloir lui adresser le moindre reproche, vous ne trouvez pas que Simon, avec tout l'argent qu'il a, devrait vous aider un peu et ne pas vous obliger à faire tant d'heures ?

— Ce n'est pas lui qui m'oblige à travailler toutes ces heures, c'est moi qui le veux. Il m'a même offert de ne pas travailler du tout et de me concentrer sur mon roman, mais je ne veux pas, je désire conserver mon indépendance...

— Ce souci vous honore, mademoiselle Marple, mais il faut aussi que vous pensiez à votre santé ; si vous tombez malade, vous ne serez pas plus avancée...

— Je sais, je... je vais y penser...

— Bon, je le souhaite. En attendant, je vais vous donner quelque chose, un nouveau médicament, vraiment efficace.

Il se leva, se dirigea vers une étagère et revint avec un flacon, qu'il lui remit.

— J'ai rapporté ça d'un congrès à San Diego, expliqua-t-il. Il n'y a pas la petite étiquette habituelle avec la posologie parce que ça ne vient pas d'une pharmacie, mais ce n'est pas sorcier : vous avalez un comprimé avant chaque repas et un au coucher.

Il prit ensuite, sur son bureau, dans un petit étui métallique doré, une carte de visite et la lui tendit.

— S'il y a quoi que ce soit, évidemment, n'hésitez pas à m'appeler.

Elle ingéra religieusement ses comprimés, mais l'état de ses nerfs fut loin de s'améliorer. Elle se mit de surcroît à éprouver des maux de ventre. Elle les attribua à ses excès de caféine, conséquence de son admiration immodérée pour Balzac. Elle coupa le café de moitié, mais ses maux de ventre persistèrent, devinrent même plus aigus, lui causant souvent des indigestions dont elle sortait épuisée.

À la vérité, elle avait de plus en plus de difficultés à garder quoi que ce soit, même si elle mangeait comme un oiseau. Aussi, elle maigrissait à vue d'œil et elle était de plus en plus faible, de plus en plus nerveuse. Un matin, elle s'aperçut qu'elle avait vomi du sang. Alors elle paniqua et s'empressa de téléphoner au docteur Molson.

Il eut la gentillesse de la recevoir immédiatement. La description de ses symptômes le fit sourciller. Il prit sa pression, lui demanda de s'étendre, exerça quelques pressions (douloureuses) sur son ventre, et devant ses réactions et la pâleur de sa mine, déclara, l'air préoccupé :

— Il est préférable que vous passiez des tests.

— Vous ne savez pas ce que j'ai...

— Je sais seulement que je vais vous faire passer des tests le plus rapidement possible.

Et, devant elle, il appela le docteur Charcot, un éminent confrère. Il lui précisa qu'il s'agissait d'une grande amie de la famille : elle avait besoin de passer une batterie de tests, pour l'estomac et les intestins. Lorsqu'il raccrocha, l'air satisfait, il expliqua :

— Vous avez rendez-vous demain matin à neuf heures.

Une semaine après, il avait en main les résultats, qu'il ne voulut pas lui communiquer par téléphone. Il la convoqua plutôt à son bureau – ce qui n'était pas de nature à la rassurer –, où elle dut se rendre seule, car Simon était une fois de plus à l'étranger.

Le docteur Molson alla droit au but :

— Les résultats de vos tests m'ont pris un peu au dépourvu. Je n'ai pas de bonnes nouvelles...

Une petite hésitation, car il ne s'était jamais tout à fait habitué à être le messager d'une aussi terrible vérité.

— Nous avons trouvé une tumeur cancéreuse.

— J'ai... j'ai le cancer ?

— Oui.

Son visage se décomposa.

Elle avait déjà utilisé dans son manuscrit la simple phrase : « Son visage se décomposa. » Mais si elle avait pu se voir à ce moment-là dans un miroir, elle aurait compris qu'elle avait toujours utilisé ces mots non pas à mauvais escient, mais pour ainsi dire à la légère.

Parce que c'était exactement ce qui se passait chez elle.

C'était un effondrement total et incontrôlable de la bouche qui s'ouvrait, de la lèvre et de la mâchoire inférieures qui tombaient, en même temps que ses beaux yeux verts s'écarquillaient, incrédules, et s'emplissaient de larmes...

Oui, son visage se décomposait, que ne semblaient plus soutenir ni son cou ni ses épaules qui s'affaissaient en même temps, comme si le poids du monde venait de s'effondrer sur elle.

— Un cancer des ovaires qui s'est aussi propagé aux intestins, poursuivit le docteur Molson, c'est pour cette raison que vous aviez tant de douleurs abdominales...

Elle était infirmière de métier, elle savait ce que c'était, un cancer des ovaires. Elle avait vu, elle avait soigné, elle avait accompagné jusqu'à la fin des patientes qui en étaient atteintes. C'était un des cancers les plus sournois, les plus virulents, les plus dévastateurs.

— Avec métastases, précisa le docteur Molson qui, bien involontairement, semblait ménager ses effets, s'élevait encore plus haut dans l'échelle Richter des mauvaises nouvelles.

Elle savait aussi ce que cela voulait dire, «avec métastases»...

Des métastases...

En grec, «qui se tient à distance», ce qui ne serait pas si terrifiant si c'était juste une petite grippe qui se tenait à distance de son nid, mais quand ce sont les tentacules d'une tumeur cancéreuse qui sont partis faire un voyage dans votre corps, vous pensez tout de suite au grand voyage!

Des métastases, ce sont des nazis qui envoient partout dans votre corps les trains de la mort, ce sont les chevaliers de l'Apocalypse, qui ne sont pas seulement quatre mais qui sont dix, qui sont cent, et vont partout dans votre sang, dans vos lymphes, dans votre chair...

Mademoiselle Marple ne disait rien, mais elle n'en pensait pas moins. Elle pensait à tout ce qui l'attendait, l'opération, la chimio... La chimio qui vous fait vomir à plein et ne vous rassure qu'à moitié, car même si on est censé vous avoir enlevé le mal que vous préférez ne pas nommer, il faut juste qu'il vous reste une petite cellule qui fait sa maligne, et le cirque risque de recommencer.

Et puis bien sûr, comme bonus, la calvitie galopante, et c'est pire pour une femme, parce que les hommes, on le sait, ils peuvent tomber les dames avec le crâne de Yul Brynner, et même avec du ventre! Mais pour une femme, le crâne lisse, ça ne fait pas saliver les hommes, parce que c'est un aveu. Alors, la femme se confectionne en secret de Polichinelle une perruque, pour ne pas avoir l'air de la cantatrice chauve dans son théâtre de l'absurde...

Mais personne n'est vraiment dupe, et presque tous ses amis, ses parents, ses collègues, dans la rue, au bureau, au resto ont un drôle de sourire quand ils la rencontrent parce que ça leur fait penser que peut-être eux aussi ils pourraient l'attraper, ce mal vilain. Pour peu, ils souhaiteraient qu'elle porte une clochette au cou, comme une pestiférée des temps passés, pour les avertir de changer de trottoir quand ils la croisent, même s'ils lui disent : « Tu as l'air bien, vraiment bien ! » Mais ils s'empressent d'ajouter : « Tu m'excuseras, je suis vraiment débordé ces temps-ci. » Et la malade de répondre, philosophe : « Pas de problème. » Et de penser : « Moi aussi, je suis débordée, je viens d'avoir un traitement, il faut que j'aille vomir dans cinq minutes ! »

— Mais qu'est-ce que... qu'est-ce qui va m'arriver ? finit par demander mademoiselle Marple.

— Le pronostic n'est pas très bon, je le crains. En fait, il est vraiment... Pour vous dire toute la vérité, vous êtes au stade quatre ; vous êtes infirmière, vous savez ce que ça veut dire...

— Le stade quatre, dit-elle, complètement assommée.

Car elle savait fort bien ce que cela voulait dire, le stade quatre, parce que, dans le cancer, il n'y en avait pas cinquante-six, de stades, il y en avait seulement quatre, alors elle était forcément rendue au dernier, et ça sonnait comme dernière heure...

Quelle bizarre et douloureuse progression dans l'annonce faite à mademoiselle Marple !

D'abord : le cancer.

Ensuite : avec métastases.

Puis : de stade quatre.

Est-ce qu'il y avait autre chose ?

Oui, et le docteur allait le lui apprendre sans autre forme de procès.

— On ne peut pas opérer, c'est... c'est trop avancé. Je vais être honnête avec vous...

Il s'interrompit, car il avait les yeux humides, et il se détourna un instant comme pour lui dissimuler son émotion. Il ajouta alors :

— Préparez-vous... Mettez vos choses en ordre...

— Il me reste combien de temps ?

— Trois mois, six avec de la chance. Mais je ne le crois pas.

Chacun sait qu'il va mourir un jour, mais quand vous savez le jour où vous allez mourir, à quelques semaines près, ça vous fait drôle, ça vous... tue !

Mademoiselle Marple ne dit rien, mais sa tête tomba en avant, comme celle d'une condamnée sous le couperet de la guillotine.

39

Existe-t-il une expression autre que « état second » ?

Du genre état troisième, ou quatrième, ou infini ?

Car c'est cette expression sans doute qui aurait été idoine pour décrire l'état dans lequel se trouvait mademoiselle Marple quand elle sortit de la clinique du docteur Molson.

Tous ces passants autour d'elle, qui bavardaient sur leur cellulaire, se disputaient avec leur compagnon, marchaient, insouciants, traînant leurs peines, leurs joies, leurs problèmes, importants pour eux, certes, mais ô combien insignifiants à ses yeux à elle, sur qui le monde venait de s'effondrer...

Elle eut un haut-le-cœur et, juste avant de monter dans la Coccinelle, elle vomit sur le trottoir ; elle eut honte de le faire devant les gens qui marchaient dans sa direction et parmi lesquels personne ne s'offrit à l'aider.

On aurait dit qu'ils lisaient en la romancière comme dans un livre ouvert.

Qui ne serait jamais d'elle, car elle ne serait jamais publiée.

On aurait dit qu'ils savaient qu'elle était cancéreuse : ça ne fait pas vraiment *winner*, et les gens, les *losers*...

Déjà que les vieux, ils les mettent à la poubelle, ils appellent ça la retraite anticipée, alors les mourants...

Elle monta dans sa voiture, enfin, trouva un mouchoir dont elle s'essuya la bouche, le menton. Et elle vérifia dans son rétroviseur qu'il ne restait plus de vomissure sur elle. En voyant son visage, elle se dit : « C'est vrai, j'ai une tête de cancéreuse, seulement, je ne le savais pas, comme une " deux de pique " que la vie a complètement déjouée. »

Mais comme elle le savait maintenant, elle se mit de nouveau à pleurer.

Elle se demanda alors ce que se demandent presque tous ceux qui sont frappés par la terrible maladie : « Pourquoi moi ? Oui, pourquoi moi, je n'ai même pas trente ans ? Qu'ai-je donc fait ? Quelle faute ai-je commise ? De quel mal le Ciel veut-il me punir ? »

Elle allait mourir, mourir, mourir...

D'ailleurs, peut-être allait-elle mourir plus vite et plus tragiquement qu'elle ne le croyait, car elle conduisait sa voiture comme une véritable somnambule (c'était un effet secondaire de l'état second !) ; elle grilla deux feux rouges, se fit arrêter au deuxième (encore l'état second !) par deux policiers qui ne lui donnèrent pas de contravention lorsqu'elle leur révéla par quel choc elle venait d'être secouée : il y en avait qui avaient du cœur dans la profession. Le policier qui était venu lui exposer son délit lui recommanda pourtant de conduire plus prudemment, mieux encore de ne pas conduire du tout et de rentrer plutôt chez elle se remettre de ses émois.

Mais pour se débarrasser gentiment de lui puisqu'il avait été gentil avec elle, elle lui dit qu'elle avait un rendez-vous important. Elle avait menti parce que des rendez-vous importants, elle n'en aurait jamais plus : le seul qui lui restait, c'était son rendez-vous avec la mort.

Elle reprit la route et constata qu'elle ne savait plus où elle allait...

Elle avait pris Papineau vers le sud, comme on prend une cinquième bière sans y penser, et maintenant elle s'engageait sur le pont Jacques-Cartier, où elle se rappela, fort à propos, qu'il y avait le virage de la mort à portée de la main, la courbe la plus dangereuse, la plus hideuse de la Belle Province. Peut-être que ce serait une idée de se mettre à la fréquenter, cette courbe, jusqu'à ce que mort s'ensuive, jusqu'à ce qu'un camionneur qui avait fait trop d'heures l'envoie six pieds sous terre avec son cinquante-trois pieds. Ou peut-être qu'elle pourrait aider le destin, même s'il n'avait rien fait pour elle, et donner un petit coup de volant brusque vers la gauche, et du coup elle ferait l'économie de toutes les honteuses et tristes explications qu'elle devrait donner à ceux qu'elle aimait...

Les idées de mort qui vous passent par la tête quand votre vie ne tient plus qu'à un fil, surtout si c'est celui du cancer !

Mais elle ne put s'y résoudre, même si elle faillit le faire involontairement *because* Thanatos le *bandido* veillait au grain, car elle prit le fameux virage un peu généreusement, ce que le conducteur d'en face trouva mesquin et dangereux, si bien qu'il la klaxonna copieusement. Elle eut juste le temps de donner vers la droite un coup de volant qui faillit lui causer d'autres ennuis, car elle passa près de toucher à la voiture qui roulait dans le même sens qu'elle dans la voie d'à côté : quand ça va mal, ça va mal ! Ce qui lui valut une autre salve de klaxons et un doigt d'honneur auquel elle aurait normalement répondu par un bras d'honneur mais qui, en l'occurence, la fit simplement pleurer de nouveau : quand votre système immunitaire est à terre...

Son cœur se mit à palpiter, ce dont elle se serait inquiétée en d'autres circonstances mais là, elle ne mourrait pas de ça, hélas...

Elle reprit peu à peu son calme, repassa sur le pont Jacques-Cartier, dans l'autre direction, pour retourner vers Montréal, vers son destin, avec son secret, qu'elle devrait transformer en mauvaise nouvelle, elle le savait, car elle ne pouvait faire ça à ceux qu'elle aimait, partir sans rien leur dire ; de toute manière ils l'apprendraient par le docteur Molson ou par Simon, à qui il le dirait, et elle aimait mieux l'annoncer elle-même.

Mais à qui devait-elle révéler en premier la chose que l'on ne veut nommer, question cruciale s'il en est ?

À Simon, bien sûr...

Elle tenta de le joindre sur son cellulaire, mais tomba sur sa messagerie vocale et préféra ne pas laisser de message, parce que ça ne se faisait pas de dire : « Salut ! Bon, je t'appelais seulement pour te dire que je viens d'apprendre que j'ai le cancer et que je serai morte dans trois mois. Rappelle-moi quand tu auras le temps, avant trois mois si possible, parce qu'après c'est pour moi que ce ne sera plus possible... »

Alors à qui parler, auprès de qui se libérer du poids terrible de cette nouvelle ?

Sa mère ?

Mais non, c'était impossible, sa pauvre mère mourrait de chagrin...

D'ailleurs, elle mourrait sans doute à cause d'elle, oui, à cause d'elle, et ça lui donnait un terrible sentiment de culpabilité, comme si elle avait besoin de ça !

Oui, sa mère en mourrait, parce que même si sa Loulou ne lui disait rien, quand elle serait morte, ça se saurait, non ?

Pauvre petite maman, ça lui ferait un beau bilan pour ses cinquante ans...

Elle qui avait déjà été abandonnée par son mari qu'elle adorait, et qui maintenant serait abandonnée par sa fille, et définitivement ! Quant à son autre fille, sa sœur Catherine, il y avait longtemps qu'elle n'existait plus pour elle, parce que, comme qui dirait, elles s'étaient reniées réciproquement, alors il lui resterait quoi ?

Seulement son chagrin, seulement son chagrin...

Ah oui, elle l'oubliait, il y avait Roger Dunhill, mais est-ce que ça finirait par marcher entre eux ?

Elle n'était pas devin, ou « liseuse » de bonne aventure comme aurait dit sa maman, mais il lui semblait, simple déformation professionnelle de romancière, qu'il y avait un monde entre eux, et que l'amour, tu peux lui demander beaucoup de choses, mais les miracles, ce n'est pas toujours son rayon, ce serait peut-être une trop grosse commande, même pour le grand amour ; quand le fou désir des débuts aurait pris congé, son patron ne lui trouverait peut-être plus autant de poésie, il s'ennuierait de Paris et de tous ses fastes, et il dirait : je m'en vais.

Et ce serait le drame à nouveau, pire que le premier avec son mari, parce que... euh... ce serait le deuxième : ce serait l'état second ! Comme pour elle, juste un petit peu moins noir, mais elle ne le saurait pas, parce qu'elle ne pourrait comparer, elle saurait seulement que ça fait mal.

Sa mère...

Tout à coup, elle sentit un redoublement de culpabilité : elle donnerait la mort à celle qui lui avait donné la vie.

Alors, à qui confier sa détresse ?

Roxanne...

Oui, Roxanne, sa grande amie...

C'était à elle qu'elle devait se confier en premier. Ensuite, ce serait à Gigi bien entendu.

Roxanne la comprendrait, elle saurait trouver les mots pour la consoler...

D'ailleurs, elle s'en souvenait soudainement, Roxanne lui avait laissé un message la veille, deux messages même, en spécifiant qu'il fallait absolument qu'elle la rappelle...

Mais elle ne l'avait pas rappelée à cause de son rendez-vous chez le médecin qui l'inquiétait au plus haut point : on dit qu'on a toujours tort de s'inquiéter, pourtant, elle avait eu raison cette fois-là... Non, elle ne l'avait pas rappelée malgré l'urgence des messages et malgré qu'elle lui ait trouvé une drôle de voix.

Elle s'empressa de l'appeler sur son cellulaire, la joignit à La Cafétéria.

— Oh ! fit Roxanne, je suis si contente de te parler. Mais où étais-tu ?

— Je... j'avais un truc important...

— Ton roman ? Tu as trouvé un éditeur ?

— Oui... enfin non, je t'expliquerai. Tu m'as appelée ?

— Écoute, j'ai une faveur spéciale à te demander, je ne voulais en parler à personne, mais à la dernière minute, j'ai craqué ; est-ce que... est-ce que tu peux prendre ton après-midi ?

— Oui, pas de problème.

— Bon, génial, parce que j'aimerais que tu m'accompagnes à la clinique...

— À la clinique ?

— Oui, finalement, j'ai...

Et elle baissa la voix parce qu'il y avait du monde autour d'elle :

— J'ai décidé de ne pas le garder...

Elle n'avait pas eu besoin de dire « l'enfant » pour que la jeune libraire comprît.

— Hein ?

— Oui, je ne veux pas t'expliquer au téléphone, c'est une trop longue histoire. Est-ce que tu peux venir me prendre dans une demi-heure au resto ?

— Oui...

Ça l'arrangeait au fond. Ça créerait une diversion. Et ça lui permettrait de voir tout de suite celle qu'elle voulait justement voir, comme quoi la vie parfois (mais pas souvent) faisait bien les choses !

40

Lorsque les deux femmes se retrouvèrent, elles s'embrassèrent comme d'habitude sur les deux joues et, au lieu de se dire qu'elles avaient l'air bien, elles eurent l'honnêteté de se dire que, au contraire...

Normal, les deux femmes vomissaient : l'une parce qu'elle était enceinte, l'autre, on le sait...

— Tu as maigri, toi ; est-ce que ça va ? demanda Roxanne.

— Oui, oui...

Même si elle travaillait ce jour-là, mais seulement le matin, Roxanne portait une tenue plus sobre, moins suggestive que d'habitude, une robe toute simple et toute noire, pas décolletée pour cinq sous : normal, tu n'as pas envie d'aller te faire avorter dans la tenue qui t'a sans doute valu les ennuis que tu as !

— Tu es pâle... fit-elle remarquer gentiment.

— Je... Je travaille trop à mon roman. Heureusement que j'ai cent cinquante pouces de maquillage, parce que tu verrais ce que c'est d'être vraiment pâle ! Mais toi non plus, tu n'as pas l'air dans ton assiette. Ça va ?

— Euh… oui…

— Alors, allons-y !

Lui annoncer la terrible nouvelle, elle ne pouvait pas, en tout cas pas tout de suite. Une chose (épouvantable) à la fois. Mieux valait attendre après l'avortement. Ça devait être déjà bien assez stressant de se faire cureter…

Cureter, quel mot…

Romancière, elle aimait connaître le sens exact des mots, ne serait-ce que pour pouvoir les déformer comme Picasso faisait savamment avec les yeux, le nez, les seins des femmes. Elle avait lu un jour la définition du mot curetage dans *Le Petit Larousse*, qui décidément ne s'était pas surpassé dans ce cas : « opération consistant à enlever, par grattage avec une curette, des corps étrangers ou des produits morbides »…

Des corps étrangers, des produits morbides…

Un bébé, son bébé…

Bon, juste à l'état de fœtus, mais quand même…

Cureter…

C'est son cancer qui aurait dû être cureté !

Mais ça, ça ne se curetait pas, c'était… incurable, « incure-table » et incurable !

Elle garda pour elle-même ce mauvais jeu de mots et pensa plutôt à l'extraordinaire ironie de la vie, dont elle avait un autre exemple sous les yeux.

Sa meilleure amie allait supprimer une vie, comme si elle en avait de trop, et elle, elle allait perdre la sienne…

Dans la petite Coccinelle de mademoiselle Marple, qui avait insisté pour prendre sa voiture vu l'état fragile de sa copine qui ignorait tout du sien, terminal, les deux femmes préférèrent demeurer silencieuses.

Mais à la porte de la clinique, comme elles croisaient par hasard une ribambelle d'enfants de trois ou quatre ans, retenus les uns aux autres par une cordée et guidés par deux jeunes filles, mademoiselle Marple ne put retenir ses larmes, car elle pensa spontanément qu'elle ne connaîtrait jamais cette joie, que jamais elle ne serait mère, que jamais elle ne serrerait un nouveau-né dans ses bras, que jamais elle ne se promènerait avec lui sur le boulevard Saint-Joseph, où se trouvait la clinique : elle serait morte dans trois mois.

— Mais voyons, Loulou, ne pleure pas comme ça, je… je ne viens pas de t'annoncer que j'ai le cancer ! fit Roxanne.

Si elle avait su…

À la clinique gynécologique, Roxanne donna son nom à la réceptionniste, s'informa de la durée de l'attente et fut rassurée d'apprendre que ce ne serait pas long du tout, une dizaine de minutes peut-être, parce que les rendez-vous du matin, ça avait été à merveille, tout le monde était à l'heure, un vrai charme…

Les deux femmes s'assirent dans la salle d'attente où se trouvaient trois autres personnes. Il y avait une quinquagénaire visiblement avec sa fille, d'une vingtaine d'années, très enceinte, sans doute de six ou sept mois, et qui, la peau rose, les seins gonflés et prêts pour leur futur office, se frottait instinctivement le ventre comme pour dialoguer avec son enfant à venir.

Et il y avait aussi un type de vingt-huit ou trente ans, qui avait l'air un peu voyou, avec ses nombreux tatouages sur les bras, son t-shirt serré et son jean savamment déchiré. Il avait quand même une bonne gueule, à la Johnny Depp, avec un air dangereux, du genre que les femmes aiment parce qu'elles aiment avoir des ennuis, en tout cas quand elles sont jeunes, ensuite elles préfèrent dormir dans des draps de satin, c'est meilleur pour le teint.

Il paraissait fort nerveux, jouait avec une cigarette éteinte qu'il brûlait de toute évidence d'allumer, mais comme c'était écrit partout en grosses lettres que c'était interdit de fumer, il se contenait...

Loulou voulait respecter la volonté de son amie, d'autant que c'est à elle que Roxanne avait demandé de l'accompagner pour cette délicate opération, et pourtant ce fut plus fort qu'elle, elle lui dit, après quelques minutes de difficiles délibérations avec elle-même :

— Écoute, Roxanne, tu vas peut-être me dire que ce n'est pas de mes affaires, mais je ne te suis pas : pourquoi est-ce que tu as changé d'idée ?

— Parce que j'ai compris que Paul avait raison. Ça n'a pas de bon sens, avec le travail que j'ai, d'avoir un enfant.

— Mais le travail, le travail, qu'est-ce que c'est ?

— C'est mon assurance. Je ne veux pas me retrouver comme ma mère qui a été toute sa vie à la merci de mon père. Je sais que Paul est fou de moi et tout et tout, mais il était aussi fou de son ancienne amie, c'est elle qui me l'a dit, et il l'a quand même plaquée quand il m'a rencontrée.

— Mais il y a plein de femmes qui ont des enfants et qui travaillent.

— Oui, mais elles ne travaillent pas dans un bar.

— Mais as-tu pensé à la valeur d'une vie humaine ? As-tu pensé au privilège que tu as d'être tombée enceinte ? Il y a des milliers de femmes qui donneraient tout pour être à ta place, qui sont obligées d'aller en Chine pour avoir un enfant. As-tu pensé que tu avais peut-être charge d'âme, que peut-être, au ciel, ou je ne sais pas trop où, il y a un petit être qui t'a choisie pour être sa mère ? Quelqu'un qui te trouvait bien, qui te trouvait parfaite ? Et maintenant, il va devoir attendre encore, se contenter d'une mère de deuxième ordre, parce que tu étais son premier choix, parce qu'il t'aimait déjà avant même d'être dans tes bras.

— Si tu penses que je n'y ai pas réfléchi, avoua Roxanne qui était restée de marbre jusque-là mais qui à présent avait les yeux emplis de larmes. Je ne fais que ça, y réfléchir, c'est un job à temps plein. La nuit, je me réveille même pour y penser quand j'ai réussi à m'endormir. Mais Paul a raison, je ne peux pas avoir cet enfant.

— Et tu l'aimes encore, Paul ?

— Oui.

— Et lui, il t'aime au moins ?

— Oui.

— Alors comment se fait-il qu'il ne soit pas avec toi ?

— Il travaillait.

— Il ne pouvait pas prendre une demi-journée de congé ? Pourtant, il a lui aussi quelque chose à voir avec cet enfant.

— Il le pense, en tout cas.

Mademoiselle Marple rigola. Sa copine conservait son sens de l'humour, même en pareille circonstance.

L'homme aux tatouages, qui jouait de plus en plus nerveusement avec sa cigarette éteinte, entendit ce que les deux femmes venaient de dire et plissa les lèvres, se sentant sans doute un peu coupable lui-même pour sa copine, selon toute vraisemblance en train de se faire avorter.

— Paul, reprit Roxanne, il vient d'une famille divorcée, son père est parti quand il avait trois ans, et sa mère s'est mise en ménage avec un homme qui le battait ; alors la famille, pour lui, c'est juste une machine à te briser le cœur...

Speaking of the devil...

— Paul ? dit Roxanne, hébétée.

Loulou se tourna, vit que la question de sa copine, qui s'empressait d'essuyer ses larmes, n'était pas une question en l'air, ou hypothétique, parce que Paul faisait son entrée dans la salle d'attente, l'air nerveux, pour ne pas dire affolé. Lorsqu'il aperçut les deux femmes, il parut un peu soulagé, ce qui en disait long sur la raison de sa visite inopinée.

Il salua un peu froidement mademoiselle Marple, dont il n'avait jamais été vraiment l'ami, même si c'était la meilleure amie de son amie : ce sont des choses qui arrivent, il paraît. C'est qu'il trouvait les deux femmes trop proches et craignait que ça n'éloigne Roxanne de lui.

Chaque bibi a ses bibites, ou sa manière d'aimer, pour être plus poli !

N'empêche, et même s'il arrivait comme un cheveu sur la soupe, il était beau, plus beau encore que d'habitude, ce qui n'était pas peu dire, parce qu'il était intense, comme souvent les héros dans les films, et c'est pour cette raison qu'on aime tant aller les voir, parce que dans notre vie parfois il se passe moins de choses qu'au cinéma.

Après une hésitation, Roxanne préféra ne pas se lever pour se laisser embrasser par Paul, ce qui créa un petit malaise, mais on n'en était pas à un malaise près dans cette matinée hors du commun. Elle lui demanda plutôt :

— Qu'est-ce que tu fais ici ? Je pensais que tu ne pouvais pas laisser ton travail.

— Viens, dit-il en lui tendant la main, on s'en va à la maison.

— Mais ce n'est pas fini... je ne suis pas encore passée.

— Je ne veux plus que tu te fasses avorter !

Mademoiselle Marple, qui pendant quelques minutes avait oublié son propre drame, esquissa un sourire. Bref, toutefois, car la réplique de sa copine l'étonna :

— Il est trop tard maintenant, Paul.

— Comment, trop tard ? Tu viens de me dire que tu n'es pas encore passée. Allez, viens...

Paul avait parlé si fort que la quinquagénaire qui accompagnait sa fille l'avait entendu, de même qu'elle avait entendu Roxanne qui avait haussé le ton.

Déception et réprobation se peignirent sur son visage. Ah ! les jeunes femmes de cette génération : elles ne savaient décidément jamais ce qu'elles voulaient ! Heureusement, sa fille était différente ! Sa fille qui elle aussi semblait chagrinée par l'obstination de Roxanne.

— Mais Roxanne, puisque Paul le veut, maintenant, se permit de surenchérir Loulou.

— Il est trop tard, trop tard, fous-moi la paix, Paul ! dit-elle sans même daigner répondre à sa copine. Quand on a brisé son jouet en le jetant de toutes ses forces contre un mur de ciment, on peut plus le réparer, Paul, il n'y a pas de *Crazy Glue* pour ça.

Alors Paul devint comme fou.

Il se précipita vers le comptoir de la réception et Roxanne pensa tout naturellement qu'il voulait porter plainte (si la chose se faisait) ou faire annuler toute l'affaire, mais à la place, à son étonnement, il revint vers elle avec une longue paire de ciseaux.

Roxanne eut un mouvement de recul, se leva, prête à s'enfuir, imitée en cela par mademoiselle Marple, résolue à intervenir pour défendre son amie si Paul passait aux actes.

— Paul, qu'est-ce que tu fais, tu es fou? questionna Roxanne.

— Oui, je suis fou, dit-il en lui montrant la paire de ciseaux...

Aussitôt, l'homme aux tatouages mit sa cigarette sur son oreille et se leva, s'approcha d'un pas lent, pas du tout intimidé (car il s'était battu plus d'une fois dans sa vie) mais les yeux fixes, comme un fauve prêt à bondir pour séparer la proie... de sa proie, car il y avait visiblement péril en la demeure.

Oui, ça sentait l'histoire qui allait se retrouver en première page du *Journal de Montréal*!

Mais la suite des événements le dérouta, comme elle dérouta Roxanne et son amie, ainsi que les deux autres femmes assises dans la salle d'attente.

Car au lieu de s'en prendre à son amie, Paul se déshabilla complètement.

La maman de la femme enceinte jusqu'au cou, qui n'avait rien raté de ce *strip-tease* inattendu et savait apprécier les belles choses de la vie, esquissa un sourire léger, même si la situation était plutôt cocasse et empreinte de danger, car l'énergumène tenait quand même une paire de ciseaux.

Sa fille aussi eut un sourire de connaisseuse, même si la taille n'a pas vraiment d'importance (supposément!), car elle avait donné une note à Paul, un beau gros dix, vu qu'il était bien pourvu.

Sa mère vit sa joie, et tout de suite lui dit :

— Hey! ne regarde pas ça, toi, tu es déjà enceinte.

Et la femme enceinte baissa la tête, déçue : il n'y a pas de justice...

Mademoiselle Marple, elle, ne savait plus quoi penser, déjà qu'elle était passablement vidée par son rendez-vous matinal chez le médecin.

Alors Paul s'empara de son sexe, le tira vers l'avant, en approcha les ciseaux et se livra à ce chantage peu commun :

— Si tu te fais avorter, moi, je me coupe le zizi et je meurs au bout de mon sang ; est-ce que tu me comprends ?

La réceptionniste l'aperçut mais, émue par sa virilité, mit quelques minutes avant de composer le 911.

Jamais homme n'avait paru plus sérieux que Paul.

Et pourtant, Roxanne ne sembla pas le prendre au sérieux. Il faut dire qu'il y eut alors une diversion, car au moment où Paul avait proféré sa menace, la patiente qui était passée juste avant Roxanne sortit de la salle d'opération, puis s'immobilisa et fondit en larmes. Pas parce qu'elle était ébranlée par la scène : elle s'en foutait royalement, de la nudité de Paul, elle ne voyait rien, en fait, aveuglée par son malheur.

Elle venait de se faire avorter contre son gré.

Son copain, l'homme aux tatouages, s'avança vers elle tout en gardant un œil sur Paul.

Il voulut serrer sa copine éplorée dans ses bras, mais il n'en eut pas le temps, car elle se mit à lui marteler la poitrine.

À ce moment-là, Roxanne entra dans la salle d'opération.

Paul laissa tomber son arme, s'agenouilla et prit sa tête dans ses mains.

Mais, à peine dix secondes plus tard, la porte de la salle d'opération se rouvrit et, dans l'encadrement, une femme en larmes apparut : c'était Roxanne.

Paul, qui avait encore la tête dans ses mains et sanglotait, dut sentir sa présence, car il se redressa et demanda, fou de douleur :

— C'est déjà fini ? Ils me l'ont tué, ils me l'ont tué ?

— Mais non, espèce d'idiot, le rassura Roxanne, qui ne pouvait s'empêcher de sourire à travers ses larmes. Ils ne te l'ont pas tué. Il est ici, ajouta-t-elle en portant la main vers son ventre encore plat, j'ai changé d'idée ! Le médecin avait une tête d'avorteur !

Mademoiselle Marple éclata de rire pendant que Paul se levait d'un bond et s'empressait d'aller embrasser la future maman.

Au grand ravissement de la mère et de sa fille.

Émue, mademoiselle Marple, qui continuait malgré elle à être romancière, même dans ces bizarres circonstances, pensa que l'étreinte de son amie et de Paul serait une bonne scène à mettre dans un roman, puisque, en général, c'était la femme qui était nue et le mec habillé !

Le trio sympathique se retrouva bientôt à la porte de la clinique.

— Qu'est-ce que je ferais si je ne t'avais pas, toi ? dit Roxanne à Loulou.

Puis elle se rendit compte que son amie pleurait et elle la connaissait assez pour savoir que ce n'étaient pas des larmes de joie. Il y avait autre chose...

Paul se permit de dire :

— On y va maintenant, ma chérie ?

— Non, je vais rester avec Loulou. De toute manière, je n'ai plus besoin de toi : tu m'as fait l'enfant et tu m'as promis que tu serais son père, alors...

Il esquissa un sourire, mais elle lui donna un prix de consolation : elle lui colla un gros baiser plein de promesses nocturnes sur les lèvres en même temps qu'elle lui prenait de manière coquine la fesse gauche, ce qu'elle n'avait pas fait depuis longtemps. Rassuré, il partit d'un pas heureux.

Roxanne le regarda un instant s'éloigner, puis regarda Loulou qui, inexplicablement, continuait à verser des larmes :

— Loulou, c'est fini, dit-elle en la secouant. Je suis correcte, je le garde, l'enfant, tiens, si tu veux, j'ai une idée, je te nomme tout de suite marraine...

— Tu ne peux pas...

— Mais oui, je peux, j'ai une amie qui a fait ça, tu n'as pas besoin d'être ma sœur ou ma cousine.

— Tu ne peux pas parce que... parce que... j'ai eu le résultat de mes tests ce matin, j'ai le cancer, je vais mourir.

41

Lorsque l'hypersensible Gigi apprit la nouvelle de la maladie de Loulou, il se précipita le jour même à l'oratoire Saint-Joseph.

Il n'en revenait pas, il ne pouvait le croire : il allait perdre son amie, la musique de sa vie, le reste, il le savait trop, c'était juste du bruit, à part Claude Bach peut-être. Car même les amants les plus prometteurs qui, le premier soir, vous jettent de la poudre d'or aux yeux, le lendemain matin, bien souvent, vont offrir leur verge de plomb au premier venu : c'est le drame des amours où seul règne le désir.

Oui, il allait la perdre, sa fiancée littéraire, sa sœur en esprit, comme il risquait de perdre son hockeyeur qu'aucun spécialiste, même le plus éminent, ne paraissait capable de sortir de son interminable coma.

C'était là un cas de force majeure : ni l'huile de saint Joseph dont il se frottait quotidiennement, ni les marches des pèlerins, ni la petite et poétique chapelle blanche du frère André, ne semblaient opérer, alors il se dirigea d'un pas vif vers la chapelle votive, qu'on appelle aussi la chapelle des ex-voto, parce qu'on y expose les objets que les miraculés y ont laissés une fois leurs vœux exaucés.

Là on peut voir, suspendus entre de hautes colonnes, des centaines de béquilles, petites et grandes, et quelques chaussures orthopédiques jadis portées par des enfants, avec des tiges de métal dont la vue émeut chaque visiteur, qui ne peut s'empêcher de penser : « Si c'était mon bambin qui soudain, alors que tout allait bien jusque-là, ne pouvait plus mettre un pied devant l'autre, c'en serait fini de l'âge d'or, c'est l'âge de fer qui commencerait...»

Ces béquilles émouvantes, qui vous font penser à une toile d'El Greco, montent vers le ciel comme un poème de remerciements pour les grâces accordées par saint Joseph ou le frère André.

En pénétrant dans la chapelle à l'éclairage tamisé surtout assuré par les milliers de lampes votives qu'on appelle plus communément lampions, Gigi trempa les doigts de sa dextre dans l'un des quatre vieux bénitiers de marbre dressés aux deux portes principales. Puis il se signa et marcha vers la crypte du frère André, où il posa la main sur un imposant tombeau de granit noir, comme le faisaient spontanément bien des pèlerins. Il s'y recueillit quelques instants, fit une prière préparatoire dont lui seul avait le secret, pour se rendre ensuite là où il voulait vraiment aller : le prie-Dieu où se récitait la *prière pour les malades.*

Mais en arrivant devant, il eut une hésitation, parce que juste de l'autre côté, il y avait le prie-Dieu réservé à la *prière pour une bonne mort.*

Les lampions, plus petits et moins glorieux, s'enlevaient pour un modeste dollar, tandis que ceux pour la guérison

des malades, plus gros, exigeaient un don de cinq dollars :
il n'y a pas de petite économie, non, surtout lorsqu'on est
fauché comme l'était Gigi.

Mais tout de suite il se hérissa et se dit : « Non, qu'est-ce
que je vais penser là ? Si je fais brûler des lampions pour une
bonne mort, c'est que je baisse les bras, c'est que j'admets
que Loulou va mourir, et ça, je ne le peux pas, non, même
si elle se dit, même si elle se croit condamnée, moi, je n'y
crois pas ! Je ne suis pas médecin, je n'ai pas vu les résultats
de ses examens, mais je n'y crois pas, je ne peux pas y croire,
parce qu'alors tout l'ordre du monde est aboli, rien n'a plus
de sens, même les roses cessent d'être des roses... »

Alors, il s'approcha du prie-Dieu dédié à la prière pour
les malades. La majorité des grands lampions rouges étaient
allumés, contrairement à ceux d'en face : comme quoi guérir
est plus populaire que mourir ! Tout de suite, ce fut clair
pour lui qu'il avait pris la bonne décision, même si ça s'était
passé un peu confusément.

Car aussitôt, il ressentit une émotion mystérieuse : c'est
que le frappait, non pas le vent Paraclet mais celui, invisible
et pourtant vif, de la ferveur des milliers de pèlerins venus
avant lui prier pour la guérison d'un être cher.

Alors sans raison, même s'il avait toutes les raisons du
monde *because* Loulou et Cloclo (le diminutif qu'il avait vite
donné à son amant Claude Bach), il se mit à pleurer.

Il trouva pourtant la force de s'agenouiller sur le prie-
Dieu à la gauche d'une belle vieille dame aux cheveux blancs
tout absorbée dans ses prières, glissa un billet de dix dollars
plié en quatre dans la fente de la boîte métallique réservée
aux dons, ce qui lui permettait d'allumer deux lampions...

Ce que du reste il voulut faire tout de suite, si bien qu'il s'empara d'une des longues allumettes prévues à cette fin, qui n'étaient pas en bois mais plutôt constituées de cire, en alluma l'extrémité noircie à la flamme d'un lampion déjà « acheté » mais se rendit compte alors, à la fois surpris et déçu, que tous les lampions des premières rangées étaient allumés. Il explora ceux des rangées plus éloignées, qui se trouvaient, le déplora-t-il, dans la même situation. Quant à ceux des dernières rangées, certains étaient encore libres mais hélas inaccessibles !

D'abord, il pensa que c'était de mauvais augure, une sorte de signe du hasard pour lui faire comprendre que ses prières, aussi ardentes fussent-elles, ne seraient pas exaucées. Et ses pleurs, qui n'avaient pas cessé, redoublèrent. Mais bientôt il se ressaisit et il se dit que non, ce n'était pas grave, c'était l'intention qui comptait : la pureté est une hirondelle qui monte en droite ligne vers le ciel !

Aussi remit-il sans dépit l'allumette dans le sable blanc d'où il l'avait extraite.

Sur le prie-Dieu, la prière pour les malades était écrite en deux langues, le français et l'anglais. Gigi croisa les doigts et lut : « Bon grand saint Joseph, vous êtes l'espérance des malades, et la toute-puissance de Jésus est entre vos mains. Rien ne vous est alors impossible... Nous vous prions d'adoucir les peines des personnes que nous vous recommandons spécialement aujourd'hui. Obtenez-leur la grâce d'une entière soumission à la volonté de notre Père. »

Ses pleurs s'apaisèrent, il relut la prière, puis il lui sembla que ce n'était pas ce qu'il voulait dire à saint Joseph ou, plutôt, au frère André, avec qui il se sentait plus d'affinités.

Alors, une autre prière lui vint spontanément, son *ecce homo*, pas dans le sens habituel de «voici l'homme», mais dans celui de «voici l'homo», comme ils disent...

Car il avait la certitude coupable que tous les malheurs du monde s'abattaient sur lui en raison de son goût des hommes, bien plus compliqué que celui des jeunes filles. Oui, le châtiment lui venait de ce choix précoce, que pourtant il n'avait jamais vraiment fait parce que, même à douze ans, dans les danses de sous-sol d'école, ce n'était pas la fille qu'il serrait dans ses bras qui l'intéressait, ni la fille qui dansait à côté de lui, c'était le petit blond, c'était le petit brun qui la serrait dans ses bras.

Oui, il entamait en cet instant un *ecce homo* bien singulier, et voici la prière silencieuse s'envolant de ses lèvres, lesquelles, dans l'émotion, et même si c'était un grand liseur, s'étaient remises à bouger comme lorsqu'il apprenait à lire, à l'âge précoce de trois ans :

«Frère André, je t'en supplie, guéris ma Loulou, remets-la-moi toute neuve, comme elle était avant, je veux dire avant son cancer. Je sais bien que je ne peux pas te forcer, parce que tu fais bien ce que tu veux, et que, des matins, du haut des cieux, tu dois regarder d'une bien drôle de manière ce qui se passe sur la Terre...

«Mais Loulou, ça n'a pas de sens ce qui lui arrive, c'est... c'est... comment dire... sa maladie, c'est comme un lépreux qui a osé froisser la robe d'une fée.

«Parce que, au fond, c'est une vraie sainte, comme toi, oui comme toi, avec tout le respect que je te dois, même si elle, elle n'a pas les papiers officiels de Rome, mais toi, tu sais qu'être un saint, ce n'est pas une question de diplôme comme tout le reste dans la vie, c'est entre Dieu et toi que ça se passe, non ?

« Si elle mourait, ce serait une tragédie, pas juste pour moi, mais pour sa mère et pour des centaines de clients à la librairie, qui l'adorent, pour qui elle est bien plus qu'une simple libraire, pour qui elle est la lumière de leur vie, une mère aussi pour tous les petits lecteurs qui découvrent la littérature grâce à elle…

« Je sais, ce que je te demande, c'est pas rien, son médecin dit qu'elle est finie. Mais des gens finis, tu en as guéri tout plein, même que c'était ta spécialité. Les béquilles qui sont là, partout, on ne les a pas inventées, il y en a qui sont venus les porter, non ? qui étaient bien plus condamnés que ma Loulou, qui n'avaient plus que deux semaines à vivre ?

« Je le sais parce que ta vie, je l'ai lue. Tu as même guéri une femme qui venait de Californie, où pourtant ils ont tout inventé, elle avait dans un sein une tumeur plus grosse qu'une orange, et quand ils ont voulu l'opérer après que tu l'as vue, ils n'ont plus rien vu, le mal était disparu. Il y a même eu un cas de gangrène si avancée que toute la chair était devenue noire, mais toi, tu as fait trois frictions d'huile de saint Joseph, et la peau est redevenue comme du satin…

« Alors, un petit miracle de plus, qu'est-ce que c'est, pour toi, surtout que tu as le temps, non, puisque tu as l'éternité devant toi ? Mais en passant, dans le cas présent, on n'a plus que trois mois, et ce serait mieux de ne pas attendre la date limite, parce qu'à la fin, elle va être si maigre, ma Loulou, qu'elle va être mieux morte que vivante. Je le sais parce que mon père, il est mort du cancer, c'était l'estomac, lui, et il pesait juste trente-cinq kilos quand il est parti…

« À propos, si tu es d'accord, ce serait gentil de me faire un signe, pas besoin que ce soit un tremblement de terre, il y en a déjà assez, non, juste un petit signe, un genre de message, comme on dit. C'est pas que je n'ai pas l'intention de revenir te prier, mais c'est pour que je sache que l'affaire est dans le sac et que je puisse le dire tout de suite à Loulou...

« Je sais, tu me diras peut-être : qui es-tu, toi, pour me demander un miracle comme ça, en quatrième vitesse ? Je te le dis tout de suite, je suis rien, au fond, juste un homo, comme ils disent. Bon, j'ai dit le mot, mais tu l'avais déjà deviné, non, juste à me voir pleurer comme ça ? Les vrais hommes, ça ne pleure pas. Oui, au fond, je suis rien qu'un gai qui n'aura jamais d'enfant, qui ne deviendra jamais riche, qui ne deviendra jamais célèbre, qui n'aura même pas de carrière, parce que, même si ça avait été mon rêve, je ne serais jamais Proust ou Camus, ni même un écrivain de troisième ordre, parce que, je l'ai compris l'autre jour, et c'est un autre de mes drames, j'aime trop lire pour écrire. C'est ma vie, les livres. Et c'est la seule vie que j'aurai jamais, parce que quand tu es né comme moi, tu n'as pas de vie, et si tu l'oublies, tous ceux que tu croises dans la rue, sauf au Village bien entendu, ils te le rappellent.

« Écoute, pour te prouver que je pense ce que je te dis, je suis même prêt à faire un marché avec toi, même si tu en as peut-être assez du commerce avec tout ce qui se vend ici. Mais si tu veux, si c'est utile, si le cancer ne veut pas partir de Loulou sans rien en échange, dis-lui de se jeter sur moi, ça m'est égal, il peut même prendre ma vie, je la lui donne, parce que Loulou, elle, elle a du talent, elle écrira des livres, elle aura des enfants, une vraie vie, quoi. Alors, je te le dis,

je te le répète, je suis prêt à tout, à tout, pourvu qu'elle vive !
Je t'en supplie, je t'en supplie ! »

Vers la fin de cette prière, Gigi avait cessé de parler à voix
basse ; d'abord il avait murmuré son invocation puis, les
derniers mots, il les avait sans s'en rendre compte dits à voix
haute, si bien qu'il avait distrait de sa prière sa charmante
voisine septuagénaire.

Elle s'était tournée vers lui et, stupéfaite, avait alors vu
une chose qu'elle n'avait jamais vue de sa longue vie, et qui
était une sorte de récompense peut-être pour la vie pure
qu'elle avait menée.

Elle frappa délicatement Gigi sur l'épaule pour le tirer
d'une prière qui ressemblait à une transe.

Il se tourna vers elle, avec sur le visage l'air effaré d'un
somnambule qu'on vient de réveiller brusquement. Un éclat
mystique brillait dans ses yeux.

— Vous saignez, lui apprit-elle en lui tendant aimablement de sa main droite légèrement tremblante un mouchoir
aussi blanc que son cœur, car elle était près de la sainteté.

Il accepta le mouchoir en plissant les lèvres, crut tout
naturellement que c'était son nez qui faisait à nouveau des
siennes, comme chaque fois qu'une trop grande émotion
l'étreignait.

Il porta le mouchoir à son nez, qu'il s'efforça de son
mieux d'éponger. Il eut ensuite, malgré la dignité des lieux,
le réflexe que tout le monde a et examina le contenu du
mouchoir, vit qu'il était aussi blanc, aussi vierge que lorsque
la vieille dame le lui avait offert. Gigi ne comprit pas, et ses
sourcils se soulevèrent : pourquoi cette dame d'apparence
vénérable lui faisait-elle si inutile plaisanterie ? Il se tourna
vers elle et vit que son visage était maintenant empli d'une

sorte de frayeur religieuse, comme si la crainte de Dieu, qui avait gouverné sa vie, était à son comble.

Elle expliqua, laconiquement, en tendant un doigt frémissant :

— C'est votre front.

Alors Gigi, incrédule, passa le mouchoir sur son front et, l'examinant de nouveau, vit qu'il avait sué des gouttes de sang.

42

Au tout début des *Antimémoires*, Malraux dit ou, plutôt, un aumônier avec qui il converse dit : « Il n'y a pas de grandes personnes. »

Une chose est certaine, il y en a peu chez celles qui viennent d'apprendre qu'elles sont frappées par une maladie grave, car alors elles redeviennent pour un temps un enfant qui a juste une envie : se blottir dans les bras de sa maman, si du moins elle est encore vivante.

La jeune libraire n'échappait pas à cette loi, et le lendemain matin, elle téléphona à sa mère, pas tant pour lui annoncer la mauvaise nouvelle que parce qu'elle ressentait le besoin d'entendre sa voix, de la voir, de baigner dans sa présence rassurante.

Son réveil solitaire, d'autant plus solitaire qu'elle n'était pas parvenue à joindre Simon, avait été un peu curieux, parce que, pendant quelques secondes, une minute tout au plus, elle avait été frappée d'amnésie : elle avait oublié qu'elle avait le cancer !

Quelle curieuse distraction tout de même, comme si sa mémoire avait voulu lui donner un répit. Mais tout de suite, devant le miroir de la salle de bains, en voyant sa mine pâle, elle s'était rappelé sa terrible réalité de cancéreuse condamnée, même si elle n'y croyait pas encore tout à fait.

Elle téléphona à sa mère vers huit heures – c'était un samedi matin –, certaine de ne pas la réveiller, car sa mère n'avait jamais été une dormeuse, mais elle n'obtint pas de réponse ou, plus exactement, la ligne était occupée. Elle rappela à sept ou huit reprises au cours de l'heure et demie suivante, mais comme c'était toujours occupé, elle trouva la chose curieuse. Sa mère ne détestait pas le téléphone, loin de là, mais parlait rarement plus d'une demi-heure d'affilée et en général c'était avec elle... Peut-être la ligne était-elle en dérangement ou sa mère n'avait-elle pas raccroché correctement, ce qui lui arrivait parfois, car elle était distraite...

Comme elle avait encore sa clé, elle décida d'aller voir ce qui se passait.

Elle trouva sa mère, qui venait juste de rentrer, dans un état de bonheur qui confinait à l'euphorie, et ce n'était pas parce qu'elle lui avait apporté des croissants chauds de la pâtisserie du quartier.

— Où étais-tu ? J'ai essayé dix fois de te téléphoner, c'était toujours occupé...

Intriguée, sa mère s'empressa d'aller vérifier le téléphone, dont elle avait effectivement mal raccroché le combiné, ainsi que mademoiselle Marple l'avait pensé. Elle le replaça et dit comme pour elle-même :

— Ça doit être parce que j'étais trop énervée, hier, quand Roger m'a appelée...

Mademoiselle Marple avait posé les croissants sur la table de la cuisine, sortait des tasses, des assiettes, des ustensiles, trouvait un pot de confiture, commençait à préparer du café.

— Tu ne sais pas ce qui m'est arrivé hier ? poursuivit sa mère.

— Euh… non...

— Tu ne peux pas t'imaginer. C'est enfin arrivé.

— Quoi ?

— Bien… ce que tu penses, avec Roger, ç'a enfin été la rumba.

— Mais raconte, raconte ! la pria mademoiselle Marple avec le plus d'enthousiasme qu'elle pouvait, dans les circonstances.

— Imagine-toi qu'hier, pour la première fois depuis qu'on se connaît, Roger m'a invitée chez lui. Et tu sais pourquoi ?

— Ben, pour coucher avec toi.

— Ben non, voyons, Loulou, tu penses juste à ça, j'suis pas une obsédée de la chose, moi. Non, il voulait juste que je l'aide à faire ses boîtes.

— Il déménage ?

— Non, tu comprends rien ! Pas ses boîtes à lui, ses boîtes à elle !

— Ah...

Le café était déjà prêt, parce que c'était du café instantané. Mademoiselle Marple le détestait, mais comme elle adorait le café et qu'il n'y avait rien d'autre, elle le servit.

— Je suis arrivée chez lui à sept heures. Tu devrais voir l'appartement, ma fille, des tapis de Turquie partout, des meubles de style... Le seul défaut, c'est qu'il y a encore toutes ses affaires à elle, son linge, ses portraits, ses bijoux, il y a rien qui a bougé depuis qu'elle est morte de sa belle mort... Alors, pendant que j'aidais Roger à la mettre en boîte, je me suis mise à pleurer, et lui il a pensé que c'était parce que je pensais à elle, ou parce que j'étais triste pour lui, mais c'est parce que je pensais à ton père quand il a déménagé... Alors, il a voulu me consoler, il s'est approché de moi, il m'a serrée dans ses bras et il s'est aperçu que ça y était. Il réagissait enfin comme un homme. Il se passait quelque chose dans son pantalon, et en même temps, et c'est ça la beauté de l'affaire, il n'avait plus de papillon dans le cœur. Pas d'angine, rien. Alors, il a pas été obligé de me tirer le zob de l'oreille pour me déshabiller, ça s'est fait tout seul. Bon, c'est sûr que j'ai été obligée de l'aider avec ma brassière, mais j'aime autant ça : quand un homme connaît tous les modèles de brassière, ça veut juste dire qu'il est pas trop fidèle côté caractère.

— Tu as bien raison...

— Interromps-moi pas ! Parce que le meilleur est à venir, comme ils disent dans les livres de pensée positive. Ensuite, on s'est allongés, et là, c'était le paradis. Bon, c'est sûr que ça aurait pu être plus long, mais un homme, quand ça fait cinq ans qu'il attend après le bonheur, quand ça lui tombe sur la tête, il peut pas attendre ben, ben plus que trois ou quatre minutes de plus... Mais c'est pas grave, il s'en est rendu compte que j'étais restée sur ma faim, mais il m'a dit avec un petit clin d'œil dans le regard : « Tu vas voir, on va remettre ça la semaine prochaine ! » Bon, moi, j'aurais été prête à recommencer tout de suite, mais qu'est-ce que tu veux, c'est ça l'amour, chacun fait des concessions pour l'homme.

— Ah ! pour ça, c'est vrai, maman...

— C'est drôle quand même, tout m'arrive en même temps, c'est comme le gros lot...

— Oh ! maman, je suis si contente pour toi...

Et mademoiselle Marple se leva, serra sa mère dans ses bras. Lorsque l'étreinte prit fin, la jeune libraire pleurait.

— Oh ! pleure pas, ma petite colombe, supplia sa mère.

Cela lui fit drôle, cette expression, « ma petite colombe », en fait cela la fit pleurer encore plus, parce qu'il y avait des années que sa mère ne l'avait pas appelée ainsi ; la dernière fois, ce devait être quand les choses allaient encore, du moins en apparence, entre son père et elle...

Ma petite colombe...

— Mais non, pleure pas, voyons, je suis heureuse, tu vois pas que je crayonne de bonheur ? Non, je te le dis, il faut pas pleurer dans ces cas-là, c'est contre-indiqué, comme ils disent à la pharmacie. Tes larmes, il faut que tu les gardes dans une grande bouteille au fin fond de ton petit cœur, pour que quand tu en as besoin, tu les aies là, à portée de la main, à effusion !

Sa mère n'avait jamais su mieux dire...

Garder ses larmes dans une grande bouteille au fond de son cœur...

Garder ses mots, aussi...

Son terrible secret : la chronique de sa mort annoncée par un médecin, comme ça, entre deux patients, le matin...

Pour ne pas gâcher en une seconde le bonheur de sa mère, qu'elle attendait depuis trois ans.

Depuis bien plus longtemps en fait, parce que, avant le divorce, il y avait eu toutes ces années où son mariage n'en était plus vraiment un.

— Ah oui ! reprit une madame Marple extatique, j'oubliais le plus important, enfin, pas le plus important, mais disons la deuxième chose la plus importante, c'est que pas plus tard que trois minutes après qu'on a fait l'amour, Roger était tellement content de lui qu'il a tout de suite dit qu'on partirait en voyage... Moi, j'étais contente, parce que ça veut dire que pour lui je suis pas juste une poupée gonflable avec qui un homme se vide le premier soir avant de lui donner son congé, excuse mes crudités. En plus, c'est pas juste un petit voyage ordinaire qu'on va faire, c'est une croisière comme à la TV. Il m'a montré la brochure et tout et tout... il va prendre le bateau le plus chic avec trois piscines puis six restaurants ouverts vingt-quatre heures par jour, même la nuit ! Bon, on n'aura pas de balcon dans notre chambre, mais Roger dit que c'est mieux comme ça, à cause des vagues. Dans l'océan, tu sais jamais, t'as juste à penser au *Titanic.* Bon, OK, les icebergs, avec le réchauffement de l'univers, il y en a moins mais quand même, il faut jamais prendre de chance. En tout cas, j'ai jamais été aussi excitée de toute ma vie.

Une brève pause pendant laquelle elle était visiblement en train de rêver, les yeux tout brillants, puis :

— Mais je t'ai pas encore tout dit. D'abord, on prend l'avion le 23 décembre au matin, en fait c'est même pas un avion, c'est un BO-E-ING, dit-elle comme si elle avait dit OU-TRE-MONT, en détachant emphatiquement chaque syllabe. Il peut contenir trois cents personnes assises ! Ensuite, trois heures après, on arrive à Miami, et le jour même on monte sur le bateau et on s'en va directement dans la mer des Caïds. Qu'est-ce que tu en dis ?

— Je... je suis tellement contente pour toi, maman, tellement contente. Tu le mérites, ton bonheur, tu l'as tellement attendu.

— La seule chose qui est plate dans cette affaire-là, c'est que je pourrai pas passer Noël avec toi, j'espère que ça ne te dérange pas trop?

— Mais non, voyons, maman, s'empressa-t-elle de dire, Noël, c'est quoi? C'est juste une fête commerciale au fond...

Mais ce n'était pas vraiment ce qu'elle pensait.

Ce qu'elle pensait, on s'en doutait.

Elle pensait que si elle survivait jusqu'à Noël, elle serait en si mauvaise condition, pour ne pas dire à l'agonie, que sa mère ne voudrait probablement pas partir, et donc raterait la première croisière de sa vie...

43

À plusieurs reprises dans la journée, mademoiselle Marple tenta de joindre Simon pour lui apprendre la nouvelle.

Elle laissa quelques messages, mais sans lui parler de sa maladie bien entendu.

Elle s'inquiétait. Normalement, quand il était à l'extérieur, il l'appelait. Mais là, rien…

Le soir, vers dix-huit heures trente, lorsque son cellulaire sonna, elle fut certaine que c'était lui.

Mais l'interlocuteur demeura muet au bout du fil.

Était-il possible que ce fou de Drury eût obtenu son numéro de cellulaire?

Elle raccrocha aussitôt.

Mais à peine une minute plus tard, nouvel appel.

Elle répondit, furieuse :

— Si c'est encore vous, espèce de malade, vous pouvez aller vous faire foutre!

Et elle allait raccrocher lorsqu'elle entendit le simple mot :

— Loulou…

Elle reconnut immédiatement sa voix.

C'était celle d'un homme de son passé.

Charles Rainier.

Qu'elle avait passionnément aimé.

Et que sans doute elle aimait encore.

Charles Rainier, un bel homme, un homme qui en tout cas plaisait aux femmes.

Qui leur plaisait d'autant plus que, malgré son physique d'homme à femmes, il avait toujours été plutôt sérieux, réservé, presque timide, en fait, et toujours plus occupé, en dépit de ses sous et de ceux de sa famille, à courir après de nouveaux contrats qu'après des jupons.

Il avait un physique à la Brad Pitt, des cheveux blonds coupés court, quasiment en brosse, une bouche lippue aux lèvres bien rouges, des joues creuses qui faisaient ressortir ses pommettes. Ses yeux bleus un peu brumeux dégageaient une sorte de trouble, de tristesse qui contrastait un peu mystérieusement avec sa nature plutôt joyeuse.

Ajoutons qu'il était grand, avec des épaules bien carrées. Et qu'il était mince, car il faisait le contraire de ce que la plupart de ses contemporains faisaient, c'est-à-dire qu'il mangeait peu et bougeait beaucoup, son sport de prédilection étant le jogging, auquel il se livrait trois fois par semaine, à raison d'une demi-heure par séance. Lorsqu'il ne courait pas, il marchait, et vite, comme s'il était toujours pressé.

Malgré ses costumes impeccables et sobres, il avait gardé un air de gamin, pas du tout homme d'affaires, et, à trente-cinq ans, il passait pour un homme d'à peine vingt-sept ou vingt-huit ans.

Ce qui avait dupé mademoiselle Marple lorsqu'elle l'avait rencontré, car si elle avait su tout de suite qu'il avait dix ans de plus qu'elle, elle ne serait peut-être pas sortie avec lui, vu que pareil écart lui semblait trop grand entre un homme et une femme...

Il faut dire que leur rencontre avait été un peu particulière. Un matin, alors qu'elle marchait sur le boulevard Saint-Laurent, à la hauteur de Saint-Joseph (Gigi aurait vu un signe dans le nom de cette rue), un punk lui avait arraché son sac à main (et avait failli lui arracher l'épaule en même temps) et avait pris la poudre d'escampette. Charles, lui, passait justement par là en courant, dans son élégant vêtement de jogging noir qui le faisait paraître encore plus mince.

Il avait tout vu et avait juste eu à presser un peu le pas pour rejoindre le filou et le plaquer, comme si c'était une simple formalité. Il lui avait arraché le sac à main, l'avait remis sur pied en le prenant par le collet et, au lieu de le sermonner ou de le retenir en attendant les policiers, il l'avait fait pivoter et lui avait botté le cul d'un grand coup de son pied droit chaussé de Nike, en lui suggérant de trouver un job.

Puis il avait rapporté (en courant) l'objet volé à mademoiselle Marple, qui avait assisté à la scène avec un mélange de surprise et d'éblouissement. Et en massant son épaule endolorie, qu'elle avait crue un instant déboîtée.

En lui remettant le sac, et tout en joggant sur place pour ne pas perdre le rythme, Charles avait simplement dit, sans le moindre signe d'essoufflement dans la voix : « Soyez prudente, mademoiselle... », il avait tourné les talons et il était aussitôt reparti au pas de course.

Elle avait été charmée.

Il faut dire que c'était en juin, qu'il faisait très chaud et que Charles suait abondamment, et l'odeur de sa sueur se mêlait à celle de sa fragrance très fraîche, très citronnée, exactement le style qu'elle avait toujours aimé...

Pour dire la vérité, elle avait tout simplement eu le coup de foudre pour cette véritable apparition blonde et mince et grande et odorante.

Et puis elle avait aussi été séduite par le côté efficace, expéditif de Charles Rainier, et aussi par le fait qu'il ne s'était même pas attardé une seconde pour se laisser remercier. C'était rafraîchissant, en tout cas différent de bien des hommes qui ne vous donnent rien même quand vous leur avez tout donné...

Après quelques secondes d'hésitation, elle s'était dit : « Mais je suis folle, qu'est-ce que je fais ? Je ne peux pas laisser passer ainsi celui qui est peut-être l'homme de ma vie. Des coups de foudre, on n'en a pas tous les jours, et comme ça fait un an que je suis seule, il est peut-être temps que je le sois avec quelqu'un ! »

Oui, le destin la frappait en pleine face, sans avertissement, comme un voleur ou, plus précisément, par l'entremise d'un voleur, au moment où elle s'y attendait le moins !

Mais c'est toujours comme ça que ça arrive, non ? se dit-elle.

Et elle pensa : « C'est vrai, non ? Tu vas danser quatorze samedis d'affilée dans les boîtes les plus branchées, sapée comme une reine et maquillée comme une *cover-girl* de Lancôme, tu danses comme Madonna, tu souris à tout le monde, tu fais la mystérieuse quand c'est le temps, et le résultat, un gros zéro ! Tu ne rencontres personne, sinon des cons que personne ne veut rencontrer. Et puis un matin vers huit heures trente-trois, tu vas à la buanderie, pas maquillée, mal fagotée, et même tout amochée parce qu'à force de dormir seule tu finis par ne plus dormir du tout, et un homme à côté de toi ramasse galamment le soutien-gorge que tu as échappé par mégarde... Bon, d'accord, il était en fine dentelle noire avec des bonnets vertigineux ! Et bang, tu es frappée par l'uppercut de l'amour fou ! Et ton soutien-gorge, celui que tu portes, tu as tout de suite envie de l'enlever pour ce bel étranger qui t'a remis l'autre avec un sourire qui en dit long. Et lorsqu'il te propose de prendre un café, tu dis oui, et trois semaines après, tu vis avec lui...

« Oui, médita-t-elle, on dirait que le destin, quand tu veux lui forcer la main, il te pose des lapins. C'est peut-être normal. Parce que sinon, la vie serait une agence de rencontres, et comme on sait ce que ça donne et ce que ça coûte, vaut mieux encore le bon vieux hasard ! »

Donc, mademoiselle Marple était immobile sur le trottoir, et tenait son sac à deux mains en tremblant un peu (elle ne savait si c'était à cause du vol de son sac ou de celui de son cœur par cet étranger, nuance capitale !), et se disait que peut-être le destin venait de lui faire un grand signe.

Et pourtant, prudemment, elle se disait : « Si moi j'ai eu le coup de foudre, lui visiblement ne l'a pas eu, parce que sinon il n'aurait pas poursuivi son chemin. Courir après lui, ce serait courir après le trouble : parce que les hommes, c'est connu, quand tu les chasses, ils ont les foies, ils n'aiment pas être la proie. »

Et pourtant...

Une force en elle, une petite voix lui disait que...

Qu'il fallait agir, parce que Charles Rainier s'éloignait de son pas athlétique et vif, et bientôt elle le perdrait de vue, et les chances de retomber sur lui...

Le hasard, il fait parfois bien les choses, mais il fait rarement deux fois la même chose !

Alors...

Même si c'était la dernière chose qu'elle se serait attendue à faire ce matin-là, elle se mit à courir après Charles Rainier et parvint, à sa propre surprise, à le rattraper. Il parut étonné de la voir à ses côtés, mais ravi aussi, car il sourit. Mais peut-être était-il simplement flatté ou amusé...

— Est-ce que je peux vous parler ?

Avant de répondre, il consulta sa montre, une belle montre en or fort mince :

— Si vous pouvez parler en courant. Il me reste neuf minutes à faire avant de terminer ma demi-heure...

Neuf minutes ! Diable, il était précis, le type ! Et indépendant ! Ou, en tout cas, discipliné. Elle hésita. Il ne lui offrait pas un encouragement furieux. Peut-être justement parce qu'il n'aimait pas qu'une femme coure après lui, et comme c'était littéralement ce qu'elle faisait...

— Écoutez, je sais que ça ne se fait pas et que je devrais sans doute vous foutre la paix, mais dites-moi, quand les fascinantes huit minutes quarante-cinq, quarante-quatre, quarante-trois secondes de course que nous exécutons avec une facilité déconcertante (elle commençait à ramer, en fait !) seront écoulées, est-ce que vous accepteriez de prendre un café ?

— Un café ? Non, je ne crois pas, parce que la dernière fois que j'ai pris un café avec une femme pour qui j'avais eu le coup de foudre, ça s'est vraiment mal terminé.

Et il pressa la cadence, la distança.

Elle s'immobilisa. Elle était démontée.

Mais tout à coup, elle se frappa le front. « Je suis bête, pensa-t-elle, il vient en fait de m'avouer qu'il a eu le coup de

foudre pour moi ! Et donc... c'est un coup de foudre réci-
proque ! Le genre de chose qui est rare comme une orchidée
noire. Supposément. »

Elle était déjà un peu essoufflée parce que le jogging, ce
n'était pas son truc, mais elle puisa dans ses réserves, et
comme l'amour donne des ailes, c'est connu, elle parvint à
rejoindre son bel étranger. Qui se tourna vers elle, eut un
sourire imperceptible comme s'il s'étonnait de sa présence
à ses côtés, admirait sa persévérance.

— Après votre course, vous prenez votre douche,
j'imagine ?

— Euh... oui...

— Est-ce que vous aimeriez qu'on la prenne ensemble ?

44

Vingt-deux minutes plus tard, l'eau coulait, et elle coula pendant trente-sept minutes, sur les corps nus étroitement enlacés de mademoiselle Marple et de Charles...

Huit heures quarante minutes plus tard, soit le soir même, sur un coup de tête – la suite logique d'un coup de foudre dans leur cas ! – ils partaient, amoureux fous, pour Venise.

Ils étaient descendus au Gabrielli, un petit hôtel immédiatement voisin du fameux Danieli, sur le Grand Canal. Charles aurait préféré le Danieli parce que, comme dit Nathalie Sarraute au début d'un de ses romans : « Quand on va à Venise, il faut descendre au Danieli. » Encore faut-il avoir les moyens de s'offrir une chambre à neuf cents dollars la nuit ! Charles Rainier en avait certes les moyens, mais mademoiselle Marple avait dit non en mettant les pieds dans le vestibule tout en marbre.

Ce n'était pas parce que le décor était trop rococo, mais parce que l'ennui, avec les grands hôtels, c'est qu'il faut de l'argent pour y descendre, et que pour avoir de l'argent, en général, il faut être vieux...

Mademoiselle Marple n'avait rien contre les vieux, elle les adorait.

Seulement, elle ne trouvait pas exaltant de passer ses trois jours de vacances à Venise (ensuite ils iraient à Rome et à Capri...) avec des gens qui lisaient leur journal du matin avec une loupe, qui se promenaient dans un fauteuil roulant poussé par une infirmière privée (elle voyait déjà ça au travail!) et restaient fixés – du moins si c'étaient des hommes – de longues minutes dans son décolleté parce que celui de leur femme ne les intéressait plus depuis des lunes!

Au début, Charles avait été contrarié, parce qu'il voulait offrir le plus grand hôtel à sa petite fiancée, comme il avait vite commencé à l'appeler. Ils avaient même failli avoir leur première dispute, ce qui aurait été bien malheureux car, avoir sa première dispute d'amoureux à Venise où tu es supposé tout voir en rose vu que tu es toujours en gondole sous le pont des Soupirs, en *vaporetto* vers le Lido, ou sur la terrasse d'un café à siroter des *bellinis,* ce truc exquis avec du champagne et des fraises broyées qui justement a la couleur rose...

Au lieu de cela, Charles avait dit ce qu'on devrait toujours dire si on voulait se simplifier la vie, et aussi la prolonger, surtout celle de notre couple : «Tu as raison, ma chérie. »

Et il avait ajouté :

« C'est mal tenu, le Danieli. »

Et, sourire aux lèvres, le cœur léger, il avait patiemment porté leurs lourdes malles (mademoiselle Marple ne voyageait pas assez souvent pour voyager léger!) jusqu'au Gabrielli, juste à côté.

Là, un hôtelier qui parlait un français exquis leur avait proposé une chambre, miniature, certes, mais au charme immense, toute bleue – meubles, tapis, literie, papier peint aux murs, et même l'espagnolette de la fenêtre qui ouvrait sur le Grand Canal.

— Tu vois, je te l'avais dit, n'avait pu s'empêcher de triompher mademoiselle Marple, c'est beaucoup mieux ici.

— On la prend ! avait tout de suite précisé Charles l'obéissant au garçon d'étage dans la main duquel il avait fourré un billet de dix euros avant de le mettre littéralement à la porte.

Contre laquelle il avait immédiatement plaqué mademoiselle Marple : un geste « spontané » qu'il préparait depuis une demi-heure, car il n'en pouvait plus de voir ses jambes fines donner un sens aux pavés de Venise, dans le froissement de sa robe d'été blanche. Il avait soulevé sa robe, avait vu que son slip était bleu, comme leur chambre, et il en avait été ému, car c'était un signe de plus qu'elle avait eu raison pour l'hôtel.

Et qu'il avait eu raison pour elle.

Mais on doit à la vérité de dire que son slip était léger comme la brume du petit matin et que, par conséquent, Charles pouvait voir au travers cette chose affolante et belle : son sexe rose, qui ne quittait plus sa mémoire depuis qu'il l'avait découvert, depuis qu'il l'avait bu.

Il ne l'avait pas déchiré, son slip, mais retiré avec empressement, parce qu'il n'était pas dans un stupide film américain.

Et il savait ce que ça coûtait, ces sous-vêtements qui montrent presque tout.

Il le savait parce que le slip, c'est lui qui le lui avait offert, avec dix autres babioles affolantes, la veille dans une boutique de l'aéroport, pendant qu'ils attendaient leur vol.

Et malgré la fatigue du voyage, malgré le décalage horaire, il avait été infatigable.

Mais ensuite, ils avaient dormi.

Jusqu'à l'heure du dîner.

Dans le lit bleu.

De la chambre bleue.

À leur retour de voyage, ils étaient plus amoureux que jamais, mademoiselle Marple liquidait son appartement et déménageait ses pénates dans le luxueux condo que Charles habitait à Outremont.

Pendant trois ans, ç'avait été l'entente parfaite, délicieuse.

L'union des âmes.

Et des corps.

Ils aimaient les mêmes films, les mêmes livres, les mêmes restaurants.

Ils riaient, s'attristaient des mêmes choses.

Ils se téléphonaient trois fois par jour, pensaient l'un à l'autre cent fois par jour (les jours tranquilles), se disaient « je t'aime » à tout bout de champ.

Et même, ils se réveillaient souvent, la nuit, pour se le dire.

Ou se le prouver.

En fait, pendant trois ans, mademoiselle Marple avait flotté sur un nuage.

Puis subitement, tout était devenu noir, tout s'était terminé.

Va savoir les intempéries que te réserve le cœur d'un homme.

Surtout lorsqu'il n'en a pas !

Personne bien sûr n'aime être plaqué.

Mais mademoiselle Marple était d'autant plus furieuse de l'avoir été que, sous l'aimable pression de Charles, elle avait quitté, pour pouvoir consacrer plus de temps à son roman, d'abord son poste d'infirmière, puis celui de libraire qu'elle occupait à temps partiel. Et elle se retrouvait pour ainsi dire le bec à l'eau. Bêtement. Pour avoir fait confiance à un homme.

— Comment vas-tu ? demanda Charles.

— Bien...

Elle n'était quand même pas pour lui avouer qu'elle avait un cancer terminal !

— Est-ce que je peux te voir ?

— Pour quelle raison ?

— J'ai besoin de te parler.

— Parle-moi, là...

— Non, il faut que je te parle en personne.

Silence.

Elle se rendait compte, en entendant sa voix, qu'elle l'aimait encore.

Qu'elle ne l'avait pas oublié.

Qu'elle l'avait encore dans le sang.

C'était dommage pour Simon...

Mais Simon n'était pas là où il aurait dû être.

À ses côtés.

Surtout dans cette épreuve terrible.

Les absents ont toujours tort.

— C'est vraiment important... insista Charles.

Elle n'avait pas envie d'être seule, ce soir-là.

Seule avec ses pensées.

Avec la pire de ses pensées.

La pensée de son cancer.

45

Elle l'avait trouvé beau dès le premier jour, et elle le trouva encore plus beau lorsque, une heure plus tard, elle le retrouva à L'Express. Plus beau que jamais, parce qu'il y avait sur son visage toute l'histoire de leur vie à deux, et aussi parce que la pensée de la mort prochaine est une loupe qui magnifie tout.

— Pourquoi est-ce que tu tenais tant à me voir ? demanda-t-elle, devant un simple verre de vin, car elle n'avait pas d'appétit, et lui non plus.

— Parce que je... je me marie dans deux jours...

— Mais tu es fou ! Tu insistes pour me rencontrer, et c'est pour m'annoncer que tu te maries !

Elle se leva, outrée, déçue aussi, car elle avait espéré que peut-être...

Elle ne savait pas ce qu'elle avait espéré...

Elle savait juste qu'elle avait eu envie de le revoir.

Là.

— Loulou, donne-moi au moins une chance de m'expliquer, la supplia-t-il. Cinq minutes ! Je te demande juste cinq minutes !

Elle hésita, se rassit enfin, même si elle était bouleversée. Peut-être simplement n'avait-elle pas envie de se retrouver tout de suite chez elle.

De se retrouver seule.

Elle but une gorgée, demanda :

— Et est-ce qu'on peut savoir le nom de l'heureuse élue ?

— Suzanne Boudrias.

— Évidemment ! Que je suis bête ! J'aurais dû m'en douter. Depuis le temps qu'elle te tournait autour. Alors finalement, elle a gagné. Elle n'aurait pas gagné un concours de beauté, ni un concours d'amabilité, en tout cas avec moi. Mais ça, ce n'est pas grave, elle est la fille du premier ministre du Québec, c'est bien suffisant pour toi. Et d'ailleurs, j'avais raison, tu la voyais en cachette.

— Je ne la voyais pas en cachette. Je la croisais à l'occasion, tout à fait par hasard, dans les réceptions où tu refusais de m'accompagner et où je devais être présent pour ne pas déplaire à mon père. Et de toute manière, toi aussi, tu le voyais parfois dans mon dos, ce vieux monsieur riche dont je me ne me rappelle même pas le nom.

— Je ne le voyais pas en cachette, je te disais toujours où et quand je le rencontrais. Et c'était juste un ami pour moi.

— Un ami qui t'emmenait dans les plus grands restaurants !

— Il n'allait pas dans les autres, il était vraiment riche, lui, l'argent ne voulait rien dire pour lui, sinon pour s'amuser.

– Oui, pour t'acheter des jupes en cuir à mille dollars, des bijoux, et même une bague.

— S'il m'a acheté une bague, c'est peut-être parce que toi, tu ne m'en achetais pas une, je veux dire la vraie bague que je voulais avoir ! Et je comprends maintenant pourquoi tu ne m'en achetais pas une. Tu avais l'intention d'en acheter une à Suzanne Boudrias. Je n'en reviens pas encore. Toi, avec cette chipie ! C'est de la science-fiction ! Je ne comprends pas.

— Elle m'a piégé ! Elle est enceinte de moi.

— Ah ! parce qu'en plus elle est enceinte ! C'est dégoûtant ! Tu m'avais déjà brisé le cœur en cinquante mille morceaux, quand tu m'as quittée, mais là, tu te surpasses franchement !

— Je ne me suis pas rendu compte de ce que je faisais.

— Tu ne t'es pas rendu compte de ce que tu faisais ? Elle est bien bonne, celle-là ! Mais, dis-moi, c'est amusant de baiser la fille du premier ministre, quand ça fait trois ans qu'on est obligé de se taper une petite romancière qui n'a jamais publié ? Est-ce qu'on se sent plus puissant, est-ce que ça donne des sensations fortes ?

— Louise, je t'en prie, tu ironises...

— Comme si j'avais vraiment le choix, après ce que tu m'as fait... Parce que ce que tu as fait, je le sais. Quand elle t'a dit que tu serais papa, quel mot romantique : papa !, tu as paniqué, tu as eu peur que la clique de pourris au gouvernement ne donne plus de contrats à ton père, et donc à toi, étant donné que tu travailles pour lui. Oui, au lieu de m'en parler, tu m'as juste dit : fais tout de suite tes valises, ma chérie, et ce n'est pas parce que je t'emmène à Paris, c'est parce qu'à partir d'aujourd'hui on va avoir chacun notre vie, de toute manière ne pleure pas, les trois dernières années, c'est juste une erreur de ma part, je ne sais pas où j'avais la tête, je ne t'ai jamais aimée. On reste bons amis quand même, n'est-ce pas, ne le prends pas personnel et tout et tout, la pauvre «flushée»! *Ciao!* Et tu n'as même pas eu le courage de regarder ta petite fiancée faire ses valises, ta petite fiancée, ouais, tu es parti en voyage pour te préparer à ton voyage de noces avec une autre.

Petite fiancée...

Les mots avaient porté...

Et Charles était honteux de se faire rappeler sa muflerie.

Il voulut prendre sa main, mais elle la retira :

— Ne me touche pas!

Et elle regardait de côté. Il voulut de nouveau s'expliquer :

— Ce n'est pas comme ça que ça s'est passé, Loulou... C'était le soir de la fête chez mon père, la fête où tu n'as pas pu venir...

— Le soir où tu es resté dormir chez tes parents parce que supposément tu avais trop bu?

— Oui.

— Ah! je me doutais bien aussi que tu me mentais...

— Je... je ne pensais pas que ce qui est arrivé aurait des conséquences...

— Belle mentalité!

— Mais laisse-moi terminer... Je suis allé à cette réception où je n'avais pas envie d'aller parce que sinon mon père m'aurait tué; il y avait trois ministres, le premier ministre lui-même...

— Et la fille du premier ministre aussi...

— Et la fille du premier ministre, oui, admit-il en plissant les lèvres.

Une pause, et il poursuivit, le regard voilé par l'évocation de ce mauvais souvenir :

— J'avais bu. Trop bu pour conduire ma voiture. Vers minuit, j'ai dit au revoir à tout le monde et je suis simplement allé me coucher dans la chambre que j'avais, enfant... Dès que j'ai posé la tête sur l'oreiller, je me suis endormi. Quand je me suis réveillé, une heure ou deux après, je ne sais plus trop, elle était couchée sur moi, nue, je ne comprenais pas ce qui se passait, j'étais encore soûl, et quand j'ai enfin réalisé ce qui m'arrivait, j'ai essayé de la repousser, de la stopper, mais il était trop tard, je...

— Tu lui avais déjà fait un petit dépôt involontaire de ton précieux sperme ! Mais lorsque tu as su qu'elle était enceinte, tu aurais quand même pu lui demander de se faire avorter, non ?

— Qu'est-ce que tu penses que j'ai fait ? Je ne le lui ai pas seulement demandé, je l'ai suppliée, j'ai essayé de l'effrayer, je lui ai dit qu'à trente-huit ans, ses chances de mettre au monde un enfant en santé étaient limitées, qu'elle pourrait avoir un hydrocéphale. Je lui ai dit que l'enfant risquait de naître avec une tare parce que, dans le passé, il y avait eu dans ma famille deux fous, un suicidé et même un prêtre et un ministre ! Elle n'a rien voulu entendre. Elle a dit : Dieu a voulu que je tombe enceinte, je n'ai pas le droit de décider à sa place qu'il a pris une mauvaise décision, surtout qu'à mon âge, il y a des chances que je ne retombe jamais plus enceinte de ma vie...

— Elle est bonne, celle-là ! Comme si Dieu avait quelque chose à voir avec les manigances de cette sorcière désespérée !

— Tu as raison, tu as mille fois raison ! Mais qu'est-ce que tu voulais que je fasse ? Que je la pousse en bas d'un escalier pour lui faire passer cet enfant et sa stupide envie de moi ?

Ils se turent comme s'ils examinaient l'un et l'autre la situation, leurs progrès, leurs faiblesses. Puis mademoiselle Marple dit :

— Pourquoi tu ne m'as pas dit la vérité? J'aurais compris, on aurait pu essayer de trouver une solution ensemble.

— Je ne voulais pas te faire souffrir en t'apprenant la vérité, que je trouvais plus horrible que le mensonge que je t'avais fait. Je ne voulais pas te le dire parce que je savais que si tu décidais de rester avec moi malgré tout, je te garderais, et je ne voulais pas t'imposer cette vie-là, cette bizarre vie-là, d'être avec moi et de savoir qu'une autre femme attendait un enfant de moi... Et puis il y avait ma famille, enfin... surtout mon père...

— Ah pour ça, je m'en doute...

— Oui, mon père était bouleversé lorsque je lui ai dit que je ne voulais pas épouser cette femme, même si elle était enceinte de moi. Il m'a objecté que je devais prendre mes responsabilités, et que les Rainier, enfin tu connais la chanson, tu connais mon père et son sens de la dynastie... Comme je ne me laissais pas fléchir, il a sorti l'artillerie lourde, il a menacé de me congédier, de me déshériter.

— Et là, tu as cédé.

— Sur le coup, seulement sur le coup, parce que j'étais bouleversé, parce que je ne pouvais pas penser clairement. Mais maintenant, je peux, et c'est pour ça que je t'ai appelée et c'est pour ça que je tenais absolument à te voir. Si tu me dis que tu me reprends, si tu me dis que tu veux recommencer, j'annule tout. Tu n'as même pas besoin de me dire que tu m'aimes, je vais comprendre, tu as juste à me dire : « Je veux revenir avec toi. »

La proposition la prit au dépourvu, c'est le moins qu'on puisse dire. Elle se taisait. Elle se disait qu'elle ne pouvait pas accepter, qu'elle ne pouvait pas priver un enfant de son père, un homme qui partirait avec une femme qui serait morte dans trois mois.

— Alors, qu'est-ce que tu dis ?

— Je dis non.

— Parce que je t'ai trompée ?

— Non, à cause de cet enfant, qui n'est responsable de rien et qui ne connaîtra jamais son père.

— Je ferai comme des millions de pères, je le verrai un week-end sur deux. Et puis nous aussi on pourra avoir des enfants, ça lui fera une famille.

— Il est trop tard.

— Trop tard ? Mais il n'est jamais trop tard quand on s'aime et qu'on a la vie devant soi, non ?

La vie devant soi...

Elle prit son courage à deux mains et dit à l'homme qu'elle aimait encore :

— Il est trop tard. J'ai... j'ai quelqu'un d'autre dans ma vie. Il est différent de toi, il est différent de moi aussi, très différent même, je crois qu'il n'a jamais lu un livre de sa vie, enfin il en a lu deux, il faut être juste, mais tout le monde est différent de tout le monde, alors si on s'arrêtait à ce détail, il n'y aurait jamais de couple. Nous ne nous voyons pas souvent parce qu'il voyage beaucoup pour son travail...

— Il est représentant ?

— Non, investisseur immobilier.

— Ah...

— Enfin, au début je me plaignais un peu, mais dans le fond, c'est peut-être mieux pour que le couple dure, qu'on ne soit pas toujours l'un sur l'autre. En tout cas, la seule chose que je sais avec certitude, c'est qu'il est fou de moi et qu'il l'a prouvé, parce que nous vivons ensemble depuis le premier jour : il m'a tout de suite donné les clés de sa maison, comme ça, sans même me connaître, comme s'il était sûr dès le premier instant que nous passerions le reste de notre vie ensemble...

— Il habite où ?

— À Westmount.

— Ah...

— Enfin, je ne suis pas pour te raconter toute ma nouvelle vie, je... je suis vraiment désolée, je... Mais on ne sait jamais, peut-être que dans une autre vie, si nous nous retrouvons, et si nous nous reconnaissons, même si j'ai les cheveux blonds et que tu es un petit obèse brun de cinq pieds six pouces, alors peut-être que ça va marcher...

Il se leva, le cœur brisé, jeta un billet de vingt dollars sur la table et partit tout de suite.

Quand elle fut sûre qu'il ne reviendrait pas, sûre qu'il ne pourrait pas la voir de la vitrine, la jeune libraire se mit à pleurer.

La pensée de rentrer tout de suite à la maison la déprimait.

Elle prit son cellulaire et donna quelques coups de fil.

Elle avait besoin de chaleur humaine.

De voir quelqu'un.

N'importe qui.

Pour oublier Charles.

Qui allait se marier.

46

À peine quelques minutes après le départ de Charles, mademoiselle Marple reçut un appel sur son cellulaire. Encore lui! pensa-t-elle.

Elle répondit avec une contrariété évidente dans la voix. Mais c'était Simon.

— Oh, Simon, je suis tellement contente de te parler...

— Moi aussi... je suis vraiment désolé de ne pas t'avoir rappelée avant. C'est la folie furieuse ici, à New York. Pleins de pépins imprévus. Je te raconterai à mon retour. Mais toi, dis-moi, ça va?

Pour toute réponse, mademoiselle Marple se mit à pleurer.

— Mais qu'est-ce qu'il y a, ma petite chérie?

— Je... j'ai le cancer.

— Le cancer? Mais voyons, c'est impossible à ton âge...

— Le docteur Molson m'a donné les résultats de mes tests, hier...

— Mais il doit y avoir une erreur...

— Non, c'est un cancer de l'intestin, c'est pour ça que j'avais si mal au ventre…

— Ah, je vois. Mais aujourd'hui ça se guérit. Tout se guérit. Je vais te trouver le meilleur spécialiste, j'ai plein d'amis dans le domaine.

— Je… non, c'est inutile, il est trop tard, je suis condamnée.

Et la jeune libraire se remit à pleurer de plus belle.

— Je ne le crois pas, je refuse de le croire. On va se battre. Tu vas guérir. Je suis sûr qu'il y a un traitement, quelque part dans le monde. La médecine est trop avancée. Tu es jeune, tu as de l'énergie, j'ai de l'argent. On va tout faire pour que tu guérisses. On va aller à Paris, à Londres, au Japon s'il le faut, mais on va trouver un médecin qui peut te guérir.

Ces paroles rassérénèrent mademoiselle Marple. Elle cessa de pleurer.

— Est-ce que tu l'as annoncé à ta mère ?

— Non, je n'ai pas eu le courage, elle va mourir de chagrin quand elle va l'apprendre.

— Tu as bien fait…

— Je l'ai seulement dit à Roxanne et à Gigi…

— Écoute, je devais rentrer seulement demain soir, mais vu les circonstances, je vais tout faire pour me trouver un vol.

— Oh, ce serait vraiment chouette de te voir…

— Oui.

— Et n'oublie pas le plus important : tu vas guérir.

— Tu crois ?

— Je ne le crois pas : j'en suis sûr.

— Oh…

— Je t'aime.

— Moi aussi.

— Bon, je te laisse si je veux avoir une chance de trouver un avion.

Il raccrocha.

Il resta un instant songeur.

Pour quelqu'un qui l'aurait vu au bar de l'hôtel Plaza, où il était descendu, il aurait été difficile de savoir si son visage exprimait la joie ou la haine.

Mais Simon savait une chose, lui.

Il lui fallait maintenant passer à l'étape deux de son plan.

Mademoiselle Marple était cuite !

Oui, elle était cuite, la petite intrigante, la croqueuse d'hommes...

Qui guettait son père comme un oiseau de proie.

Qui se collait à lui, surtout depuis qu'il avait fait sa crise cardiaque, pour mettre la main sur ses millions...

Des millions qui leur appartenaient, à ses sœurs et à lui, et qui ne devaient pas sortir du giron familial, parce que cet argent, c'était l'argent des Bormes, l'argent que son père, parti de rien, avait patiemment amassé... Il ne fallait pas que cette petite profiteuse puisse un jour y toucher...

Pourtant, pendant quelques secondes, il parut s'attendrir.

Il pensa à elle, se rappela des souvenirs, leur première nuit, leurs conversations…

Mademoiselle Marple...

L'ex-infirmière...

La vaillante petite libraire qui faisait des pieds et des mains pour se faire publier !

Elle était brillante.

Et drôle.

Et douce.

Et pas juste entre les cuisses.

Mais aussi entre les deux oreilles...

Oui, cette femme avait une douceur, une bonté qu'il n'avait vue chez aucune autre femme avant.

S'il avait lu Oscar Wilde, il aurait su qu'on tue toujours ceux qu'on aime.

Mais il ne lisait pas.

47

Comme il vivait plutôt mal de son métier de comédien, l'homme à la Gitane habitait un tout petit appartement qu'il avait tenté d'agrandir du mieux qu'il pouvait en mettant un peu partout des miroirs.

Il y avait de nombreux posters des acteurs qu'il admirait, le jeune Marlon Brando, Dustin Hoffman, Robert Redford...

Il y avait aussi des photos de lui, dans les rares rôles qu'il était parvenu à dénicher...

À l'un de ces portemanteaux qu'on voit au théâtre ou dans des vestiaires de restaurant, étaient suspendus, outre ses vêtements personnels, ses quelques déguisements, dont celui de curé, bien entendu.

Dans un immense aquarium, il élevait les insectes qui lui permettaient de manger à l'œil.

Il y avait des coquerelles...

Et des mouches, des mouches luisantes, poilues et grasses, qui se régalaient en ce moment d'un morceau de viande grouillant d'asticots.

Sur son bureau, dans un désordre indescriptible, des pièces de théâtre pour lesquelles il avait auditionné en vain, des bouteilles de bière vides, des restes de pizza dans une assiette qui avait aussi servi pour les toasts du matin, trois ou quatre matins, une soucoupe qui tenait lieu de cendrier et qui débordait de mégots de Gitane.

Et un ordinateur.

Un ordinateur contre lequel était posée la photo de David Bormes et de sa rousse infirmière, celle que Simon avait trouvée dans *Madame Bovary*, peu après la mort de sa mère !

Lorsque le téléphone sonna, ce soir-là, à vingt et une heures trente-trois, l'homme à la Gitane portait une sortie de bain en coton noir, avec sur la poche gauche des armoiries dorées qui représentaient une tête de lion. Il s'était versé un verre de vin bon marché – le seul qu'il pouvait se permettre malgré son raffinement ! – et, surtout, il avait absorbé depuis une demi-heure la magique petite pilule bleue des amants qui pour une raison ou une autre – âge ou stress – devait donner un coup de pouce à la nature.

Pour tirer un coup.

Lui qui n'avait même pas quarante ans, était en pleine forme, musclé et tout et tout, alors pourquoi du Viagra ?

Pour éblouir sa maîtresse par des prouesses que même un homme de son âge n'aurait pu accomplir ?

Non.

Simplement, c'était, à son club vidéo, le soir des promotions pour les films pornos.

Trois pour le prix d'un !

Et le Viagra lui permettait de se masturber plus longtemps, parfois même jusqu'au sang !

Un avantage à ajouter dans leur pub, avait-il pensé lorsqu'il avait découvert cet usage pervers – c'est le cas de le dire – de la petite pilule bleue !

Le film avait déjà débuté, et l'on entendait les râles aussi bruyants que feints d'une femme qu'assaillaient en stéréophonie deux amants silencieux, et l'homme à la Gitane, le sourire aux lèvres, l'œil allumé, avait dénoué le cordon de sa sortie de bain et laissait lentement sa main apprécier les vertus assurées de la pharmacopée moderne.

Aussi ne fut-il pas vraiment enchanté lorsqu'il entendit le téléphone sonner. En fait, il ressentit plutôt la vibration de son cellulaire sur sa cuisse droite, puisqu'il avait glissé l'appareil dans une poche de sa sortie de bain. Il baissa le volume de son téléviseur; personne n'aime faire la publicité de ses habitudes de cinéphile pornographe.

Il n'eut pas l'air particulièrement heureux d'avoir répondu lorsque son client l'informa que c'était LE soir.

Il dit « oui, pas de problème », même si ça le faisait chier.

Mais comment refuser ?

Le client l'avait toujours payé rubis sur l'ongle...

Et puis, dix mille dollars comptants (ce que le client offrait pour le contrat), il ne pouvait pas cracher sur pareille somme.

C'était plus que ce qu'il gagnait en un an au théâtre... les bonnes années !

Il lui fallait dire oui.

Même si c'était pour tuer quelqu'un.

Mais en raccrochant, il sourit.

Il venait de penser à un petit extra qui lui permettrait de joindre l'utile à l'agréable.

Et de ne pas avoir pris en pure perte la petite pilule bleue qui lui avait coûté huit dollars !

48

Ce même soir, à vingt-deux heures vingt-sept, mademoiselle Marple, qui venait de passer dans la chambre à coucher pour se mettre au lit, entendit un craquement en provenance de la cuisine.

— Simon? appela-t-elle en pensant qu'il avait peut-être réussi à trouver un vol à la dernière minute, et comme il empruntait parfois la porte arrière lorsqu'il rentrait les poubelles vides...

Mais elle pensa alors que ce n'était pas la journée des ordures, et qu'elle n'avait pas vu les poubelles au chemin le matin...

Elle appela de nouveau, en haussant la voix :

— Simon?

— Oui, c'est moi...

— Ah! tu m'as fait peur, dit-elle avec soulagement.

Et elle se hâta vers la cuisine, mais trouva curieux que Simon n'eût pas déjà allumé. Elle tendit la main vers le commutateur; la lumière s'alluma juste avant qu'elle n'y touche!

Alors elle aperçut, derrière elle, un homme qui n'était pas Simon mais qu'elle reconnut sans peine même si elle ne l'avait jamais vu habillé ainsi : c'était l'homme à la Gitane, avec un complet et un chapeau sombres.

Il aurait vraiment été sapé comme un homme d'affaires si, outre ses gants noirs, il n'avait porté ces affreux couvre-chaussures de papier vert qu'on force les patients à mettre, l'hiver, dans certaines salles d'attente de dentistes ou de médecins.

Mademoiselle Marple poussa un cri et demanda, affolée :

— Où est Simon ?

— Il est mort, dit l'homme à la Gitane en imitant la voix de Simon avec beaucoup de talent.

Panique de mademoiselle Marple, qui se rendait compte qu'elle avait été flouée. Que Simon n'était pas là, qu'il n'était probablement pas revenu de voyage.

Et que cet homme était un fou.

Un maniaque sexuel.

Il l'avait suivie pendant des semaines, il l'avait épiée, avait étudié ses habitudes, celles de Simon, pour savoir où elle vivait et, surtout, quand elle était seule, et maintenant il passait aux actes.

Elle voulut s'enfuir de la cuisine, mais il s'interposa, sentit sa poitrine contre lui, et son érection, déjà exaltée par le Viagra, s'affermit encore, devint presque douloureuse. Et la pensée le traversa de violer tout de suite mademoiselle Marple, là, sur le plancher de la cuisine.

Avant de la tuer.

Mais non, il ne pouvait pas !

Ce serait trop bête, il risquait de tout bousiller, de laisser des traces...

Et des traces, il ne fallait justement pas en laisser.

C'était pour ça qu'il était arrivé en taxi et était descendu à un kilomètre au moins de chez Simon, et qu'il avait fait le reste du trajet à pied.

Idem pour les gants et les ridicules couvre-chaussures qu'il avait enfilés après avoir minutieusement essuyé ses chaussures, juste avant d'entrer par la porte de la cuisine, en utilisant la clé que Simon avait cachée sous le paillasson.

Une nécessité, pour ne pas laisser de traces.

Il ne fallait pas que le meurtre ait l'air d'un meurtre.

Il fallait qu'il ait l'air d'un suicide.

Les dix mille dollars ne lui seraient versés que s'il réussissait...

Alors, il n'avait pas les moyens d'échouer.

Il fallait exécuter le plan exactement comme son client le lui avait demandé.

Pour être bien certain qu'elle lui obéirait docilement, l'homme à la Gitane tira alors de sa poche un revolver muni d'un long silencieux.

La libraire ne put retenir un nouveau cri. Ça n'eut pas l'air de plaire au tueur.

— Un autre cri, et tu es morte !

Il y avait sur le comptoir de la cuisine, comme sur le comptoir de presque toutes les cuisines, un bloc-notes et quelques stylos bon marché, dans un petit support de plastique. Le tueur les repéra, les prit, les plaça sur la table, ordonna à la jeune femme de s'y asseoir. Et il lui dicta la lettre qui suit.

— Je sais que je vais faire de la peine à ceux que j'aime...

Elle comprit tout de suite qu'il lui faisait écrire une lettre d'adieu, de manière à camoufler son meurtre en suicide...

Elle pensa aussitôt à une astuce pour que l'on sache, ou au moins que l'on soupçonne, qu'elle avait été assassinée. «Ce sera moins douloureux pour maman, pour Simon, pour Gigi et... tous ceux que j'aime, justement!» pensa-t-elle. Peut-être. Parce qu'elle serait morte de toute manière. Mais tout est dans la manière, non?

Aussi écrivit-elle : «j'aiment» au lieu de «j'aime»!

Elle était romancière, cette faute grossière paraîtrait suspecte. Assurément, on penserait qu'elle l'avait commise à dessein, pour laisser un indice, un message.

Le tueur n'y vit que du feu ou n'y prêta pas vraiment attention, même s'il était penché au-dessus de son épaule.

Peut-être songeait-il à la suite de la lettre, qu'il avait mémorisée comme le texte d'un rôle. Le rôle le plus payant de sa vie de comédien raté. Il poursuivait sa dictée, visiblement agitée, d'autant qu'il ne pouvait tromper sa nervosité à l'aide d'une cigarette : l'odeur de la Gitane l'aurait trahi immédiatement, car personne ne fumait chez son client.

— Mais lorsque j'ai appris que j'avais le cancer, et que je n'en avais plus que pour quelques mois à vivre, j'ai décidé d'en finir. Je vous demande pardon.

Le tueur conclut d'une voix tranchante :

— Signe maintenant.

Et elle signa.

Sans même se donner la peine de jeter un regard à la lettre, il prit la jeune femme par le bras, la fit se lever.

— Maintenant, nous allons faire une petite balade en voiture.

Soudain, elle pensa : «Comment peut-il savoir que j'ai le cancer? Qui a bien pu le lui dire?»

Mais elle n'avait pas le temps de raisonner.

L'homme la poussait devant lui, l'obligeait à prendre son sac, lui demandait ses clés, sortait avec elle de la maison, lui ordonnait de s'asseoir au volant, s'installait dans le siège du passager, lui rendait ses clés, lui intimait de démarrer, la guidait vers leur destination finale, sans cesser de pointer vers elle son arme, ne manquant pas de lui rappeler que la moindre fantaisie de sa part, le moindre écart, le moindre appel à l'aide, le moindre geste à l'endroit d'un autre automobiliste serait automatiquement puni de mort.

Elle était terrorisée.

Chacun sait qu'un jour viendra sa dernière heure, que la comptabilité céleste est implacable, mais lorsque vous savez l'heure de votre dernière heure, et lorsque vous savez qu'elle ne surviendra même pas dans une heure mais dans dix ou quinze petites minutes, alors vous devenez paralysé.

Ou vous commencez à penser.

Très vite.

C'est ce que fit mademoiselle Marple.

Qui entendait battre son cœur dans ses oreilles.

Parler.

Il fallait parler avec le tueur.

Parlementer.

Peut-être réussirait-elle à le faire fléchir, à l'attendrir.

À lui faire entendre raison.

À le faire changer d'idée.

Qu'avait-elle à perdre, du reste?

— Pourquoi vous faites ça? Pourquoi moi?

— Vous êtes mon genre.

Guère rassurant!

Elle s'en doutait, qu'elle était son genre!

Depuis qu'ils étaient dans la Coccinelle, il n'avait pas cessé de lui regarder les seins et les jambes, et quand, au moment où elle s'était assise au volant, sa jupe avait remonté et qu'elle avait tout naturellement voulu la redescendre, il avait dit : « Pas touche, tu es très bien comme ça ! »

Et elle avait bien vu la protubérance dans sa braguette.

Elle savait qu'il était en érection.

Et que, dans quelques minutes à peine, il lui demanderait de se ranger au bord d'un chemin désert, ou dans un parc, ou un boisé, et qu'il la déshabillerait.

La violerait.

Puis la tuerait.

Pour qu'elle ne puisse pas le dénoncer.

Pour qu'il n'y ait plus de témoin.

Il posa alors une main gantée sur sa cuisse droite et la surprit en lui disant :

— Tourne ici, à droite...

Il ne la dirigeait pas vers un parc ou vers un boisé, mais vers le Vieux-Port !

Il lui fit bientôt prendre l'entrée du quai Jacques-Cartier.

Quelques secondes plus tard, après l'avoir fait passer sur un pont de bois pas très large réservé aux piétons, il lui ordonnait d'immobiliser la Coccinelle au bout du quai.

Mais aussi de laisser le moteur tourner, pour pouvoir continuer à écouter la musique, dont il monta commodément le volume.

Deux précautions valent mieux qu'une pour étouffer les cris d'une victime !

Le tueur avait bien fait son travail de repérage.

Parce que la robuste rambarde d'acier qui protégeait habituellement les promeneurs d'une chute de plus de trente mètres dans les eaux profondes du fleuve était en réparation.

Depuis le printemps en fait, parce que, pendant l'hiver, le ciment qui la soutenait avait cédé.

Maintenant, il n'y avait plus qu'un ruban jaune et quelques planches de bois pour prévenir les accidents.

Et une affiche qui disait, un peu ironiquement dans les circonstances : DANGER.

Alors, l'homme à la Gitane étonna mademoiselle Marple en rangeant son revolver dans la poche droite de sa veste.

Elle souffla un peu. Peut-être après tout ne la tuerait-il pas.

Mais non, qu'elle était bête !

Dans ce cas, il n'aurait pas pris la précaution de lui faire écrire la lettre d'adieu !

Mais son soulagement et son espoir furent de courte durée, car le tueur tira alors de la pochette de sa veste une garcette de cuir noir qu'il posa sur le tableau de bord.

Et comme si ça ne suffisait pas, il prit dans une autre poche un préservatif qu'il lui tendit, l'œil fou, un demi-sourire aux lèvres : c'était elle qui aurait la corvée de le lui mettre pour qu'il puisse la violer sans laisser en elle de traces de son sperme !

Une fois soulagé, il l'assommerait avec la garcette.

Et il pousserait la Coccinelle jaune dans les eaux du fleuve !

49

À vingt-deux heures cinquante-quatre, Simon était toujours assis au bar de l'hôtel Plaza, devant un cinquième – ou un sixième – scotch.

Il tentait de ne pas penser.

De ne pas penser à ce qui était en train de se passer.

Mademoiselle Marple qui se faisait assassiner.

Il était si absorbé qu'il ne voyait même pas, assise au coin le plus rapproché du bar, assez près pour qu'il pût respirer son parfum excessif, la pro aux cheveux platine qui tentait d'attirer son attention.

Comme si elle était une simple cliente.

Mais qui lui réclamerait les cinq cents dollars de son tarif habituel si elle parvenait à se fairer inviter dans sa chambre.

Depuis une bonne vingtaine de minutes, elle lui faisait des œillades, lui souriait. Mais il l'ignorait. Était-ce parce qu'il n'aimait pas les femmes ? Non, elle avait l'œil pour repérer les gais. Lui, il avait justement l'air d'un homme à femmes. Mais peut-être était-il marié. Pourtant, il ne portait pas d'alliance. Mais il pouvait l'avoir enlevée. Comme plusieurs hommes mariés en voyage. Alors, pourquoi ne pas se payer un peu de bon temps en sa compagnie ? Ça ne l'engageait à rien. Elle ne lui ferait jamais d'ennuis avec sa femme. Elle voulait juste cinq cents dollars, ou plus, bien sûr, si c'était pour la nuit au complet.

Dommage qu'il ne mordît pas.

Enfin pas encore.

Parce qu'il avait une bonne gueule.

Et il avait l'air riche.

On dit que l'argent n'a pas d'odeur.

Mais elle, l'argent, elle pouvait le sentir.

Même à un kilomètre à la ronde.

S'arrachant à ses pensées, Simon parut la remarquer, la trouva un peu vulgaire mais aguichante tout de même. Pas très subtile avec son maquillage appuyé et son décolleté, mais enfin... Il lui sourit, un peu tristement.

Son cellulaire sonna.

La personne qui l'appelait était sans doute la dernière personne sur la terre dont il attendait un appel.

Après mademoiselle Marple, bien sûr.

C'était son père.

Qui lui dit :

— Tu m'excuseras de t'appeler aussi tard, il est presque onze heures. Tu ne dormais pas au moins ?

— Non, non, pas de problème...

— Je désirais te demander ton avis.

— Depuis ma crise cardiaque, et depuis que ta mère est morte, j'ai beaucoup réfléchi. Et je me demandais si je ne devrais pas vous donner tout de suite votre héritage. Enfin, pas au complet, je vais me garder quelques millions pour mes dépenses quotidiennes, mais je pensais vous donner chacun environ trente millions...

— Trente millions... ne put s'empêcher de répéter Simon, étonné.

Et la pro, qui avait entendu le chiffre, se rengorgeait, se disait qu'elle avait l'œil, le pigeon était plein aux as !

— Avec toi, poursuivait son père, je n'ai pas de problèmes, parce que l'argent, tu sais ce que c'est, tu sais que c'est facile à dépenser et difficile à amasser. Et je sais que tu ne flamberas pas tout ce que je vais te donner. Mais ce sont tes sœurs. Fanny est encore jeune, ce serait peut-être le pire service à lui rendre, enfin, c'est une fille intelligente, bien sûr, mais à vingt ans, est-ce qu'on comprend la valeur de l'argent ?

— Non, en effet, se contenta de dire Simon.

— Et puis il y a le cas de Sarah, reprit David Bormes, elle a trente ans, elle a une tête sur les épaules, mais c'est son mari, ce raté qui n'a jamais vraiment gagné d'argent et qui, je le sais, va tout faire pour mettre la main sur les millions que je vais donner à ta sœur. Dans un an, avec son génie financier, il lui aura tout fait perdre... Comme tu vois, ce n'est pas simple. Et dire que, quand j'étais jeune, je pensais qu'une fois riche je n'aurais plus de problème d'argent... fit-il comme pour lui-même.

— Il faut croire que ça nous suit toute notre vie. Comme les impôts.

— Ouais...

Un silence, et David Bormes reprit :

— Je ne peux quand même pas vous donner des montants différents, ça va causer un drame. Et c'est justement pour éviter des drames que je veux vous donner tout de suite votre héritage.

Et il ajouta en manière de plaisanterie :

— Et puis comme ça, je ne me sentirai pas pressé de mourir juste pour faire des heureux autour de moi.

— Papa, voyons, c'est que tu restes le plus longtemps possible avec nous qui nous rend heureux, pas que tu nous donnes des millions.

— Dans ce cas, je ne vous les donne pas.

— C'est...

— Une blague ! Écoute, il est tard, je suis fatigué, et toi aussi probablement ; si tu as une idée de génie, une solution miracle, pendant la nuit, sois gentil et appelle-moi.

Le conseil de génie, Simon ne put s'occuper à le chercher lorsqu'il eut raccroché, car il était bouleversé.

Il se rendait compte qu'il venait de commettre la pire erreur de sa vie.

Son père n'avait jamais eu l'intention d'avantager mademoiselle Marple ou, en tout cas, pas de manière significative, parce que ses millions, c'était à ses enfants qu'il voulait les laisser. Et tout de suite !

Alors, il n'avait plus une minute à perdre, il lui fallait absolument joindre le tueur.

Pour lui dire de tout annuler.

Il quitta aussitôt le bar, sur lequel il laissa un billet de cent dollars, sans voir le large sourire que la pro lui faisait, encore plus allumée de l'avoir entendu parler de millions.

50

À vingt-deux heures cinquante-sept, les larmes aux yeux, mademoiselle Marple, obéissant à l'homme à la Gitane, déchirait l'enveloppe de plastique du préservatif qui, le nota-t-elle au passage, malgré son affolement, était un Ramsès grand format, exactement comme ceux dont elle avait trouvé une boîte pleine dans son sac, quelques jours plus tôt.

Pendant ce temps, l'homme à la Gitane, suractivé par le Viagra dont l'effet était maintenant insupportable, surtout pour un homme comme lui, surtout à côté d'une femme aussi somptueuse que mademoiselle Marple, descendait la fermeture éclair de son pantalon mal pressé et en extrayait un sexe dont la vue acheva de dégoûter la libraire.

C'était un sexe mince et long, et presque aussi recourbé que la lame d'une faucille.

Mais à ce moment, comme en une petite diversion fort bienvenue, le cellulaire de l'homme à la Gitane sonna.

Il maugréa. Qui pouvait l'appeler non seulement si tard, mais à un aussi mauvais moment?

Il eut une hésitation vite chassée : mais non, pas question de répondre.

Il était sur le point de se faire enfiler un préservatif par des mains d'autant plus excitantes qu'elles étaient tremblotantes.

Et dont il enfilerait aussitôt après la propriétaire.

Puis, il jouirait de la pousser dans les eaux sombres du fleuve.

Puis il jouirait d'empocher ses dix mille dollars !

Beau programme, en somme !

— Tu ne réponds pas ? osa demander mademoiselle Marple.

— Ma secrétaire va répondre à ma place, plaisanta-t-il.

Lorsque la sonnerie cessa, l'homme à la Gitane hocha la tête en direction du préservatif.

En sanglots, mademoiselle Marple le déroula.

Mais ce fut au tour de son cellulaire à elle de sonner.

C'était Simon qui, ayant échoué à joindre le tueur, l'appelait pour lui dire de ne pas rester seule, d'aller chez sa mère, chez une amie, n'importe où mais surtout de ne pas coucher à la maison ce soir-là !

Qu'est-ce que je fais ? Je réponds ? demanda mademoiselle Marple qui cherchait tous les moyens pour gagner du temps.

Au cas où quelque chose arriverait. Au cas où elle aurait une inspiration.

Où le violeur changerait d'idée, visité par un élan soudain de bons sens ou de pitié.

Mais avec l'organe qu'il exhibait, il ne semblait pas en état de recevoir quelque illumination que ce fût !

— Pas d'appel personnel au travail! Tu ne connais pas le règlement ou quoi? ironisa sèchement l'homme à la Gitane.

La sonnerie cessa.

Mais, comme par miracle, mademoiselle Marple avait eu une idée.

Elle regarda la garcette de cuir sur le tableau de bord, comme si elle voulait mesurer la distance qui la séparait de sa main.

Elle regarda le préservatif.

Elle regarda le sexe dressé du violeur.

Et elle dit, du ton le plus assuré possible :

— Tu as fait une erreur. Une grosse erreur.

— J'aurais dû répondre au téléphone?

— Non, tu n'aurais pas dû imiter la voix de celui qui t'a engagé pour me tuer.

Il ne répondit pas tout de suite, et il y eut un éclair d'étonnement admiratif dans ses yeux. Elle n'était pas sotte.

— Et après? se contenta-t-il de dire sans chercher à nier.

— Quand ils vont voir son nom sur la lettre, ils vont comprendre que c'est un meurtre. Et Simon ne voudra jamais te payer.

— Mais tu n'as pas écrit son nom!

— Oui, j'ai signé Simon au lieu de signer Louise.

Il avait l'air ahuri.

Et suprêmement contrarié aussi.

Il n'avait pas pris la peine de vérifier ce qu'elle avait écrit.

Alors, comment savoir si elle bluffait?

Parce que si elle disait vrai, si elle avait été assez fine mouche pour tout deviner, si elle avait eu assez de sang-froid pour signer Simon, tout était foutu.

Envolés les dix mille dollars!

Que faire?

Courir le risque de la tuer quand même. Mais si le client refusait de payer?

Il n'eut pas le temps d'arrêter sa décision, parce qu'alors tout se passa très vite.

Trop vite pour lui.

Mademoiselle Marple, profitant du désarroi du tueur, s'empara de la garcette avec sa main libre et eut le temps de lui en donner un coup sur la tête, qui l'ébranla.

Puis elle appuya de toutes ses forces sur l'accélérateur, et pendant que le tueur mettait les mains sur le tableau de bord pour se protéger, et regardait droit devant lui, elle soufflait dans le préservatif.

Qui, avec un peu de chance, lui servirait de bonbonne d'oxygène de fortune lorsque la Coccinelle s'enfoncerait dans les eaux profondes du fleuve.

51

L e lendemain, Simon sauta dans le premier avion pour Montréal, puis roula comme un malade de l'aéroport jusque chez lui.

Qui sait, peut-être Louise serait-elle encore là.

Saine et sauve.

Même s'il avait préféré ne pas laisser de message la prévenant du danger qui la guettait.

Pour ne pas se compromettre.

Si elle n'avait pas répondu à son cellulaire, c'était peut-être simplement qu'elle dormait.

Ou qu'elle avait éteint son cellulaire après lui avoir parlé, la veille.

Ça lui arrivait parfois lorsqu'elle voulait avoir la paix pour écrire.

Et puis, l'homme à la Gitane avait peut-être pris peur à la dernière minute, changé d'idée...

Malgré les dix mille dollars...

Lorsqu'il arriva chez lui, pas de Coccinelle devant la porte !

Ça commençait mal !

Mais au fond ça ne voulait rien dire...

C'était peut-être bon signe.

Peut-être mademoiselle Marple était-elle déjà partie travailler. Il était neuf heures trente, alors c'était bien possible...

Il rentra enfin, ne nota rien de particulier.

Il n'y avait pas de traces de lutte...

Il se frappa le front.

Mais comme il était bête, il ne fallait PAS qu'il y eût de traces de lutte.

La clé...

La clé qu'il avait laissée sous le paillasson pour permettre au tueur d'entrer.

Il passa à la cuisine, où la lumière était restée allumée, et ne remarqua pas tout de suite la lettre de suicide sur la table.

Il était trop pressé de récupérer la clé.

Il souleva le côté droit du paillasson.

Pas de clé !

Le côté gauche.

Pas de clé !

Dans un élan de rage, d'incompréhension, il souleva le tapis au complet.

Pas de clé !

Il jeta le tapis dans le jardin, en jurant.

Il était arrivé trop tard !

Le tueur était passé.

Pendant quelques instants, il se sentit comme avait dû se sentir la jeune romancière quand elle n'avait pas pu retrouver le fichier de son roman dans son ordinateur.

Puisque Simon était parvenu à l'effacer !

Juste avant de faire disparaître la disquette du coffre à gants de la Coccinelle.

Il était atterré lorsqu'il rentra dans la cuisine, et son visage se décomposa tout à fait quand il vit la lettre de suicide sur la table.

Il s'approcha, fit le geste de la prendre, se ravisa.

Il y laisserait ses empreintes. Puis, tout de suite, il se dit que la chose naturelle à faire, la chose normale, pour un homme qui n'était pas impliqué dans le suicide de sa maîtresse, c'était de prendre sans méfiance la lettre, de la lire, parce que justement, s'il n'y avait pas ses empreintes sur le papier, la police se méfierait, sentirait qu'il y avait anguille sous roche...

Il la prit, la lut, puis la reposa sur la table, s'y assit et cacha son visage dans ses mains.

52

Il appela la police et expliqua la situation, mais comme il n'y avait pas de cadavre, personne ne lui rendit visite. Malgré la lettre de suicide et l'absence de la jeune femme. C'était peut-être une simple fugue de sa maîtresse.

Quelques minutes plus tard toutefois, en promenant son chien quai Jacques-Cartier, un homme remarqua que la faible structure de bois qui remplaçait provisoirement la rambarde de fer avait été détruite. Et surtout, il y avait, dans le sable rouge, des traces de pneus qui conduisaient directement au fleuve.

Il crut bon de signaler la chose à l'administration portuaire.

Qui la signala à la police.

Deux heures plus tard, guidée par des plongeurs, une équipe repêchait la Coccinelle jaune, les deux vitres avant ouvertes, et vide.

On y retrouva le sac à main de mademoiselle Marple.

Grâce à la plaque d'immatriculation, la police n'eut guère de difficulté à remonter jusqu'à Simon Bormes.

Qui du reste avait appelé quelques heures plus tôt pour rapporter la disparition de la jeune femme.

Comme ils avaient déjà eu affaire à mademoiselle Marple, ce furent tout naturellement l'inspecteur Robbe-Grillet et son assistant Dimitri qui vinrent trouver Simon.

Pour lui annoncer la mauvaise nouvelle, en personne.

Simplement pour voir sa réaction.

Il leur parut sincèrement atterré.

Ce n'est pas qu'il était bon comédien : il était véritablement accablé !

Comme il n'avait pas eu de nouvelles de mademoiselle Marple, les policiers en conclurent qu'elle était probablement morte et que les plongeurs retrouveraient tôt ou tard son cadavre.

Il leur montra la lettre de suicide.

Ce fut Dimitri qui, ganté de plastique, la prit et la lut à voix haute.

— Hum, le cancer, chienne de maladie, décréta son patron.

— En effet... fit Dimitri.

Et il plaça la lettre dans une grande enveloppe de plastique qu'il tira de sa poche.

— Vous vous connaissiez depuis longtemps ? demanda Robbe-Grillet.

— Quelques semaines.

— Quelle était votre relation avec elle ?

— C'était une amie.

— Une amie ?

— Je veux dire mon amie. Enfin, c'était récent, mais elle est venue habiter ici dès que nous sommes devenus intimes.

— Le coup de foudre ? demanda Dimitri.

— Si on veut...

De retour dans leur véhicule, garé juste devant la somptueuse résidence de Simon, Dimitri dit à son patron, qui tenait le volant :

— Je pense qu'il ment.

— Pourquoi dis-tu ça ?

— Parce qu'il y a quelque chose qui cloche.

Il ressortit le sac plastifié dans lequel il avait mis la lettre, lui demanda de relire. Sceptique, un brin ennuyé, Robbe-Grillet lut la première phrase à voix haute, comme pour mieux montrer à son assistant à quel point sa requête l'ennuyait.

— « Je sais que je vais faire de la peine à ceux que j'aiment... Mais lorsque j'ai appris... »

— Stop !

— Stop ?

— Oui, parce que c'est ici l'erreur, dit le jeune policier en montrant le passage sur la lettre : « ceux que j'aiment ».

— Ceux que j'aiment ? Je ne vois pas l'erreur.

— L'erreur, c'est que ça ne s'écrit pas comme ça. En tout cas, une romancière n'écrirait pas : j'aiment avec « ent ». Elle voulait laisser un indice, un message.

— Mais non ! protesta Robbe-Grillet, qui n'était certes pas aussi littéraire que son homonyme, elle a fait son accord correctement. Ceux que j'aiment. Elle aime plusieurs personnes, donc c'est au pluriel.

— Mais non ! Elle aurait beau aimer mille personnes, c'est juste elle qui aimerait.

— Ça, c'est ce que ma femme dit, c'est juste les femmes qui aiment !

Dimitri renonça d'abord. Il ne voulait pas se mettre à dos son patron, homme irréprochable s'il en était, sauf, de toute évidence, au chapitre de l'orthographe, ce qui était bien excusable pour un homme qui avait appris sur le tas.

Il faudrait recourir à une tierce personne.

Un linguiste.

Ou quelqu'un qui avait une septième année.

Dimitri revint pourtant à la charge.

— Tu sais ce que je crois?

— Non.

— Elle ne s'est pas suicidée. Quelqu'un l'a tuée et a voulu déguiser son meurtre en suicide. Et cette personne, c'est probablement Simon Bormes. Sinon, on n'aurait pas retrouvé ça dans la voiture.

Et il lui montra un autre sac plastifié, placé entre eux sur la banquette.

Il contenait la garcette de cuir noir de l'homme à la Gitane!

— Est-ce que tu en connais beaucoup, des romancières qui se promènent avec ça dans leur voiture?

— Et si c'était ce maniaque de Drury qui avait eu envie d'éliminer un témoin gênant avant son procès?

Touché!

Dimitri était ébranlé, et son patron se félicitait que ses années d'expérience lui permettent de voir clair dans une affaire plus rapidement que son jeune assistant.

Qui était brillant, certes, mais encore... jeune!

— Oui, je... je l'avais complètement oublié, celui-là...

— Lui, au moins, a un motif. Tandis que Simon Bormes, pourquoi aurait-il voulu tuer cette femme? S'il était marié avec elle, s'ils avaient des enfants, mais là... Non, soit elle s'est suicidée par découragement, parce qu'elle était condamnée, soit c'est ce malade de Drury, à qui on va aller poser des questions, pour vérifier son alibi. Mais ce n'est pas Simon Bormes. Et c'est une bonne chose pour nous.

— Pourquoi dis-tu ça?

— Tu ne connais pas la famille Bormes?

— Euh... non.

— Son père est l'un des hommes les plus riches du Québec. Si on l'ennuie, on est mieux d'être sûrs de notre coup, sinon, c'est nous qui allons avoir des ennuis.

Dimitri ne disait plus rien, il se mordait les lèvres, car il n'avait pas pensé à la chose la plus évidente : la seule personne qui avait un véritable motif de tuer mademoiselle Marple, c'était cette ordure de Drury.

53

Le lendemain, samedi, devait être pour Charles Rainier le plus beau jour de sa vie.

Supposément.

Parce que, dans les faits, il vivait un enfer.

C'était un cas aigu de ce que les Américains appellent *cold feet*, les pieds froids, l'hésitation de dernière minute au pied de l'autel...

Mais la manière de reculer lorsque vous êtes rendu à l'église, que la cérémonie aura lieu dans une demi-heure, devant trois cents invités triés sur le volet, tout ce que la Belle Province compte de gens importants et riches?...

Entre autres, bien entendu, le premier ministre lui-même, puisqu'il était l'heureux père de la mariée.

Dans une petite salle où il attendait, élégant comme un véritable prince dans son smoking blanc, Charles Rainier avait l'air vraiment torturé.

C'est que la veille, à la télé, et le matin dans tous les journaux, il avait appris la terrible nouvelle au sujet de Loulou, sa Loulou...

Bien sûr, on n'avait pas retrouvé le corps, mais comme par ailleurs la libraire n'avait pas donné signe de vie, n'avait pas téléphoné à Simon Bormes, son conjoint du moment, tout portait à croire qu'elle était morte noyée au fond du fleuve...

Par égard pour la famille, à la demande expresse de Simon, la police n'avait pas parlé aux médias de la lettre de suicide ni de la garcette trouvée sur le plancher de la voiture. On avait retenu la thèse de l'accident, même s'il était un peu curieux de mourir dans un accident d'automobile au bout d'un quai qui n'avait jamais été ouvert aux automobilistes...

Mais c'était le soir, il faisait noir…

Charles Rainier avait sa petite idée.

Une petite idée qui était triste.

Il n'avait pas cru à la thèse de l'accident, cousue de fil blanc, à son avis.

Il était certain que sa Loulou s'était suicidée.

Par désespoir.

Parce qu'elle avait appris qu'il se mariait.

Et que c'était sans espoir puisque sa future femme était enceinte.

Sur le coup, il avait cru ce qu'elle lui avait dit, à L'Express.

Qu'elle aimait un autre homme.

Mais maintenant, il savait.

Elle l'aimait encore.

Et c'est pour ça qu'elle s'était jetée dans le fleuve.

Toute la matinée, il avait joué le jeu, il avait souri, serré des mains, fait des plaisanteries même.

La seule personne qui n'était pas dupe de sa petite comédie, peut-être, c'était son témoin, son secrétaire particulier et ami, Carlo Santarelli, un jeune homme de vingt-cinq ans, toujours souriant, avec des yeux brillants derrière de petites lunettes rondes.

— Tu penses encore à elle ? osa-t-il demander.

— Seulement quand je ne dors pas.

En fait, il pensait à elle plus fort que jamais.

Elle qui s'était tuée par amour pour lui.

Alors que lui allait en épouser une autre.

Lâchement.

Dans ses yeux rendus encore plus beaux, rendus encore plus bleus par la nostalgie, on aurait pu voir, si on l'avait connu un peu, défiler ses souvenirs les plus chers...

Il se revoyait à Venise, dans la chambre bleue, au Gabrielli, l'hôtel de ses premières nuits, de ses premières folies avec Loulou.

C'était le matin, il y avait la lumière de Venise dans leur vie, sur le lit, où, endormie, les joues encore roses des ébats de la nuit, sa petite fiancée dormait, sérénissime comme un ange. Et lui qui s'était levé plus tôt et avait marché à pas de loup (il n'y avait que trois pas à faire vu la petitesse de la chambre !) jusqu'au fauteuil bleu près de la fenêtre, il pouvait admirer Venise s'éveillant à ses pieds, la lagune, avec ses vaporettos, ses gondoles, puis plus loin, sur la pointe de la Douane, la boule dorée de la basilique Santa Maria della Salute...

Comme mademoiselle Marple était belle, avec ses cheveux répandus sur l'immense oreiller en plume d'oie, avec son cou orné d'un beau collier d'or avec lequel elle avait insisté pour dormir, avec ses épaules, avec ses seins...

Comment les choses avaient-elles pu en arriver là ?

Pourquoi n'était-ce pas avec elle qu'il se mariait ?

Comment le destin avait-il pu lui jouer un si mauvais tour?

Mais oui, bien sûr, il avait été piégé, il aurait dû, pendant qu'il en était encore temps, repousser cette femme qui le chevauchait.

Avant qu'elle ne tombe enceinte de ses œuvres...

Mais il était soûl, à moitié endormi.

Et la manière pour un homme de repousser une femme qui le chevauche, même si elle ne lui plaît que médiocrement, même si elle ne lui plaît pas du tout?

Comme disent bien des femmes, les hommes pensent avec leur pénis.

Ou ne pensent pas.

Ce qui revient au même. Du moins dans le cas présent.

Il fixa nostalgiquement la bague en or, une simple alliance, que sa petite fiancée lui avait achetée pendant ce premier voyage. Il toucha l'anneau, comme il aurait frotté une lampe d'Aladin dans l'espoir de quelque miracle de dernière minute.

Qui devrait se produire bien vite sinon...

Il regarda sa montre, fronça les sourcils :

— Carlo, irais-tu voir dans la salle des femmes à quelle heure au juste commence cette cérémonie?

Cette cérémonie...

Comme si c'était le mariage d'un autre...

— Pas de problème, patron.

— Hé, Carlo, le jour de mon mariage, tu pourrais peut-être me servir autre chose que du patron, non? «Charles», ça ne te tente pas aujourd'hui?

— Pas de problème, patron...

Charles leva en direction de Carlo une main menaçante, en apparence, parce qu'il savait que ce dernier se moquait de lui. Et lorsque son secrétaire fut parti, il regarda une dernière fois son alliance d'or, et se résolut enfin à la retirer et à la mettre dans sa poche gauche, celle du cœur, l'autre, celle des convenances et de l'argent, étant réservée à l'alliance dont il ornerait sous peu le doigt maigrelet de sa future femme.

54

Dans la « salle des femmes », Suzanne Boudrias, la future mariée, avait avec son témoin, Lyne Snyder, de trois ans sa cadette, une conversation pour le moins étonnante.

Les deux femmes se tenaient debout devant un miroir dans lequel la future mariée ne cessait de s'examiner pour s'assurer qu'aucun détail de sa toilette ne clochait.

À trente-huit ans, on ne lui avait jamais connu de petit ami sérieux, rien qui ait duré plus que quelques semaines, comme si tous les hommes – et il y en avait eu peu – se lassaient rapidement d'elle. Ce qui était plutôt inquiétant pour un père.

Surtout premier ministre de son état.

Pourtant, elle avait fait des efforts, tout son possible en vérité, pour sortir de ce célibat qui devenait de plus en plus gênant avec le temps, et d'autant plus irritant que toutes ses amies, même plus jeunes, étaient mariées – ou l'avaient été ! – et avaient des enfants...

Maigrichonne, assez grande, les yeux bruns, sévères, les cheveux noirs plantés trop bas, elle s'était fait refaire le nez, trop aquilin.

Mais la nature s'était pour ainsi dire vengée de cet affront.

C'est que, même si ses traits étaient disgracieux, ils avaient quand même une sorte de grâce dans leur laideur.

Que la chirurgie était venue rompre déplorablement!

Un bref silence, et Lyne profita de ce que la mère de la mariée était partie quelques secondes vérifier un détail avec le curé pour demander :

— Charles ne se doute absolument de rien, tu en es sûre?

— Bien entendu qu'il ne se doute de rien, qu'est-ce que tu penses! fit d'une voix un peu désagréable Suzanne Boudrias. De toute manière, ce n'est jamais évident les premiers mois.

— Moi, quand je suis tombée enceinte de Flo, j'avais les seins gros comme des melons dès le deuxième mois. Remarque, ils étaient déjà gros comme des pamplemousses avant...

— Toi, ce n'est pas pareil, tu regardes un mille-feuille et tu engraisses de deux kilos!

— Mais à un moment donné, au quatrième ou au cinquième mois, il va bien finir par se rendre compte que tu n'es pas enceinte.

— Non, parce que je vais l'être... Et elle ajouta, comme pour elle-même : en tout cas, s'il se décide à coucher de nouveau avec moi...

— Vous n'avez pas recouché ensemble depuis la première fois?

— Non... avoua avec embarras la mariée, qui regrettait visiblement de s'être échappée. Charles travaille beaucoup, il voyage, et avec les préparatifs du mariage, on n'avait pas la tête à ça...

— Moi, si j'étais toi, je...

— Tu quoi? demanda sèchement Suzanne Boudrias, avec une impatience évidente dans la voix.

— Eh bien, ça m'inquiéterait. Les hommes, une fois qu'ils nous ont eues, des fois, il n'y a pas de deuxième fois.

— Mais non, voyons, c'est ridicule ce que tu dis! protesta l'autre avec d'autant plus d'irritation qu'elle sentait que son amie avait peut-être raison, parce que c'était curieux, non? et en tout cas peu flatteur que Charles n'eût jamais eu envie de remettre ça, même pas une seule petite fois, comme s'il n'avait pas du tout aimé leur première fois...

Elle reprit contenance et dit :

— De toute manière, une fois qu'on va être mariés, ça va être différent...

— Je te le souhaite parce que moi, en tout cas, avant que je rencontre Sergio (c'était son mari), ça m'est arrivé sept fois d'affilée qu'il y a eu juste une fois et ensuite, ni vu ni connu, *don't call me I'll call you.*

— Eh bien toi, c'est toi, et moi, c'est moi. Et moi, si j'étais toi, je ne me vanterais pas d'une pareille statistique, surtout pas devant ton mari, parce qu'il va croire tout de suite qu'il est le seul poisson que tu as pu attraper. De toute manière, une fois marié, il va bien finir par coucher avec moi, Charles, le devoir conjugal, ça a été inventé pour quelque chose, non?

— C'est vrai...

— Et puis, reprit la future mariée avec un petit sourire en coin, j'ai un plan.

— Un plan?

— Oui, chaque fois qu'on va coucher ensemble, je veux dire pas seulement dormir mais baiser, eh bien tout de suite après, je vais me précipiter à la salle de bains, je vais m'enfermer à double tour et je vais m'allonger sur le plancher pendant quinze minutes, les jambes au mur. Tu saisis?

— Oui, je... c'est... c'est fort... ça devrait marcher...

— C'est sûr que ça va marcher, c'est comme ça que Josette a attrapé Sach!

— La maladie de Sachs?

— Mais non, idiote, pas la maladie de Sachs! Sacha, son mari que tout le monde appelle Sach par abréviation! Tu étais où les cinq dernières années?

— Excuse-moi, je ne sais pas où j'avais la tête, ça doit être la cérémonie qui m'énerve...

Un silence entre les deux femmes, et Lyne Snyder ajouta doucement, et même si c'était vraiment à contretemps après tout ce que la mariée venait de débiter :

— Je te souhaite juste que ce ne soit pas un cas de panique paternelle.

— Un cas de panique paternelle? C'est quoi, cette histoire-là?

— Ben, c'est arrivé à une de mes amies au bureau quand elle a annoncé à son mari qu'elle était enceinte. Il ne l'a plus jamais touchée. Il n'était plus capable, je veux dire vraiment plus capable, ça ne levait pas, de la vraie guenille entre les jambes. Elle a tout essayé, des *blows jobs* pendant une demi-heure dans la douche, des soutiens-gorge en dentelle noire avec des trous, et même des films de lesbiennes comme il lui en demandait depuis toujours, ben, finalement, malgré tout son cinéma, rien, zéro majuscule, le mari, impuissant du jour au lendemain. Elle était plus une femme pour lui, juste la maman de son futur enfant.

Au même moment, le témoin de Charles et la mère de la mariée entraient ensemble, tout sourire, dans la salle des femmes, et Suzanne Boudrias, qui était sur sa lancée, hurla :

— Mais voyons, comment est-ce que ça pourrait arriver à Charles qu'il n'ait plus envie de moi ? JE NE SUIS PAS ENCEINTE !

55

Le lundi suivant, comme le corps de mademoiselle Marple n'avait pas été retrouvé – ni celui de l'homme à la Gitane, au grand soulagement de Simon! –, ce dernier fit publier un court texte dans la page des décès des journaux pour annoncer qu'une petite cérémonie commémorative aurait lieu le lendemain, au cimetière Notre-Dame-des-Neiges, et que tous les amis et parents de Louise Marple étaient conviés.

Cette cérémonie fut la cause de deux étonnements pour Simon.

Il y avait des absents...

Que Gigi ou Roxanne et son petit ami Paul ne fussent pas là, Simon ne pouvait pas s'en formaliser, car il ne les connaissait pour ainsi dire pas.

Mais que sa mère fût absente, et à un moindre degré son patron, Roger, c'était curieux, non?

Second sujet d'étonnement : les étrangers...

Si les membres de la famille et les amis proches de la libraire semblaient s'être donné le mot pour ne pas venir au cimetière, en revanche, une centaine de ses clients de la librairie vinrent lui rendre un dernier hommage.

Comme s'ils s'étaient eux aussi donné le mot, plusieurs avaient apporté un livre à la cérémonie.

Venaient en tête de liste *Le Livre de ma mère*, d'Albert Cohen, *Les Mots*, de Sartre, et *L'amour dure trois ans*, bien sûr...

Mais aussi *La Cérémonie des anges*, de Marie Laberge, quatre ou cinq *Harry Potter*, apportés par des adolescents, dont celui, fauché, qu'elle avait aidé...

Et *Entretiens* de Julien Gracq, apporté par le voleur inconsolable et pardonnable : c'était un voleur de livres ! Et *Le Lys dans la vallée*, de Balzac, aussi pur que mademoiselle Marple, et *Madame Bovary*, de Flaubert, qui d'une manière était à l'origine de ce drame...

Mais également *Les Météores*, de Michel Tournier, *Les Belles-Sœurs*, de Michel Tremblay, et *Le Malentendu*, d'Albert Camus...

Et tour à tour, les visiteurs se recueillaient devant la pierre tombale, puis y déposaient, au lieu d'une rose – mais il y avait aussi des « rosiphiles » –, leur livre.

Leur livre préféré.

Que leur avait fait découvrir leur petite libraire préférée.

Qui avait apporté tant de lumière, tant de joie dans leur vie.

Et Simon qui, au fond, avait toujours trouvé qu'elle n'était rien parce qu'elle ne gagnait pas beaucoup d'argent, s'étonnait de cette incroyable popularité.

Sa maîtresse n'était vraiment pas une personne ordinaire.

Même si elle faisait un métier à ses yeux ordinaire : libraire...

Lui, à son enterrement, combien d'étrangers viendraient lui rendre hommage ?

Combien d'amis, même ?

Il pouvait sans doute les compter sur les doigts d'une main.

Il est vrai qu'en affaires, pensée consolante, peut-être, on comptait plus de profits – ou de pertes ! – que d'amis !

Dans un petit mouvement de dépit, il se demanda ce qu'il ferait avec cette ridicule bibliothèque mortuaire.

— Les gens sont bizarres, quand même, chuchota-t-il à l'attention du docteur Vic Molson, qui se trouvait juste à côté de lui...

— En effet... acquiesça le médecin.

Le prêtre, lui aussi, était là, le même qui avait prononcé l'oraison funèbre de la mère de Simon...

Il y avait aussi ses sœurs.

L'aînée, Sarah, paraissait peu émue, seulement un peu contrariée d'avoir été soumise à cette obligation. Elle était venue sans son conjoint, qui trouvait ridicule toute cette cérémonie donnée pour une simple petite amie – d'ailleurs récente – de son beau-frère, ce dernier du reste collectionnant les femmes comme d'autre les timbres-poste.

Fanny, la plus jeune, avait l'œil humide.

Comme elle n'avait jamais rencontré mademoiselle Marple, c'était surtout parce que le fait de se retrouver dans ce cimetière lui rappelait la mort récente de sa mère.

Simon avait invité son père.

Qui avait supposément reporté son départ pour Paris.

Mais il brillait par son absence.

Simon pensa que c'était prévisible.

Vers dix heures trente, le prêtre se tourna en direction de Simon, ouvrit les mains et demanda :

— Est-ce qu'on peut commencer ?

— Oui, répondit Simon.

Et il se tourna alors vers le docteur Molson pour lui dire, à mi-voix, avec un sourire de satisfaction sur les lèvres :

— Tu vois, doc, tu n'avais pas à t'inquiéter. Personne ne saura jamais que mademoiselle Marple n'a jamais eu le cancer.

Il était sûr de son fait. Il avait profité du fait que la jeune femme était déjà harcelée par ce détraqué de Drury pour brouiller les pistes et mettre plus commodément à exécution son plan machiavélique.

C'était une aubaine inespérée en somme. Et la quasi-assurance d'une immunité parfaite.

Car le premier réflexe de la libraire Marple, et éventuellement des policiers, serait toujours de soupçonner Drury.

— J'espère que tu dis vrai, commenta le docteur Molson, sans regarder Simon, comme pour lui faire comprendre qu'il trouvait le moment plutôt mal choisi pour avoir ce genre de conversation, du reste assez compromettante pour lui, car ce qu'il avait fait était criminel...

Simon se tourna vers le médecin pour échanger avec lui un sourire de victoire.

Mais il vit alors que le visage du médecin s'était transformé en une grimace de stupeur.

Simon se demanda immédiatement ce qui se passait et tourna les yeux dans la même direction que le docteur Molson.

La limousine paternelle s'était immobilisée comme la fois précédente non loin du lieu de la cérémonie, et, vêtue de son uniforme d'infirmière, avec des lunettes fumées, la jeune femme rousse en était descendue et escortait David Bormes !

« Mais... c'est impossible, se dit Simon, ahuri, Louise est censée être morte, noyée au fond du fleuve ! Que fait-elle là, au bras de mon père ? »

Comment avait-elle pu échapper aux mains du tueur ?

Et comment se faisait-il qu'elle ne se fût pas manifestée avant ?

Elle avait sans doute été tout raconter à la police, qui lui avait suggéré de rester cachée !

Et c'était pour cette raison – bien sûr ! – que ni sa mère ni son patron n'étaient à la cérémonie !

Parce qu'eux aussi savaient, bien entendu !

Blanc comme un drap, Simon pensa qu'il était perdu : la stupide petite libraire avait réussi à le déjouer, elle avait joué avec lui comme avec un stradivarius !

— Nous... nous sommes perdus, laissa tomber entre ses dents le docteur Molson et Simon n'eut pas le courage ni la stupidité de le contredire.

Des clients de la librairie avaient également aperçu la femme rousse au bras de David Bormes et écarquillaient les yeux, croyant à une apparition, mieux encore à un miracle.

Un miracle qui répondait à leurs plus ardentes, à leurs plus folles prières : mademoiselle Marple, « leur » libraire, était revenue sur terre pour illuminer à nouveau leurs jours, pour éclairer leurs choix littéraires !

Alléluia !

Certains, estomaqués, échappaient le livre qu'ils n'avaient pas encore déposé au pied de la pierre tombale, d'autres se signaient, non sans effroi, d'autres encore s'avançaient vers la jeune femme, mais pas assez pour la rejoindre, même s'ils brûlaient d'envie de la toucher, de la remercier d'être revenue, de... n'être pas morte!

Lorsque David Bormes arriva enfin près de son fils, ce dernier était plus confus que jamais.

Mais au moment où, sans doute par politesse, la femme rousse retira ses lunettes fumées, Simon réalisa que ce n'était pas... mademoiselle Marple!

C'était une femme qui lui ressemblait énormément, mais elle n'avait pas la même expression, pas la même joie dans le regard, et aussi elle était un peu plus grasse que mademoiselle Marple, qui avait fort maigri les derniers temps...

Mais alors, si ce n'était pas mademoiselle Marple, qui était-ce?

— Euh… Simon, dit son père d'une voix un peu rauque, je te présente Catherine, la sœur de Louise – sa sœur jumelle, crut-il bon d'ajouter, même si c'était évident...

Catherine Marple qui, brouillée depuis des années avec sa mère, vivait en Europe, à Paris en fait, où David Bormes avait fait sa connaissance.

Simon serra non sans émotion la main que la ravissante jeune femme lui tendait, car même s'il savait que ce n'était pas mademoiselle Marple, il avait l'impression de lui serrer la main.

Les larmes lui montèrent aux yeux, et il dut tourner la tête.

Il venait de comprendre de quel horrible malentendu il avait été victime.

Par cupidité, et aussi par un obscur désir de venger l'honneur de sa mère, il avait fait exécuter la mauvaise femme.

56

Si la mère de la libraire était absente à la cérémonie, c'est que deux jours avant, le dimanche matin vers neuf heures, Charles Rainier avait reçu le coup de téléphone le plus surprenant de sa vie.

Au début, il avait cru que c'était une plaisanterie.

Une plaisanterie du plus mauvais goût.

Parce que, au bout du fil, c'était la voix de Louise Marple qu'il entendait!

Pas la mère, la fille!

— C'est moi... s'était-elle contentée de dire.

— Mais tu n'es pas...

Il avait vu les journaux, comme tout le monde.

— Non...

— Où es-tu?

— Chez Gigi...

— Mais qu'est-ce qui t'est arrivé? Je ne...

— Simon, mon nouvel ami, a essayé de me faire tuer...

— Hein... mais pourquoi?

— Je ne sais pas. Je sais juste qu'il a tenté de me tuer. J'en suis certaine.

— Tu as des preuves?

— Non, parce que l'homme à la Gitane a disparu...

— L'homme à la Gitane?

— Oui, le type qui me suivait, qui m'a forcée à écrire la lettre de suicide, qui a voulu me pousser dans le fleuve avec la Coccinelle...

Un silence.

Charles n'en revenait pas.

— Et toi, reprit Loulou, j'ai vu dans les journaux, ce matin, que tu as changé d'idée à la dernière minute...

— Oui, je... j'ai appris à la dernière minute que Suzanne n'était pas enceinte.

— Elle a fait une fausse couche?

— Non, elle n'a jamais été enceinte. Elle m'avait menti pour me piéger.

— La vache...

Silence de nouveau.

— Je n'en reviens pas. Tu es vivante. Et moi je suis libre. Alors ça me donne des idées.

— Des idées?

— Oui, des idées. Pour nous deux. Pourquoi est-ce qu'on ne se marie pas?

— Hum, mon pauvre petit loup, je ne suis pas sûre que ce soit une bonne idée... je... il y a une chose que je ne t'ai pas dite : j'ai un cancer, un cancer des ovaires. Je n'en ai plus que pour quelques mois à vivre. Est-ce que ça change quelque chose à tes plans?

— Si ça change quelque chose? Oui! On part aujourd'hui même se marier à Las Vegas.

— Oh, mon loup ! Tu es fou !

— Alors, tu dis oui ?

— Laisse-moi réfléchir un peu.

Il était fou.

Fou d'elle.

Il l'emmenait à Las Vegas !

Comme ça.

Même après la mauvaise, la terrible nouvelle de son cancer.

Comme il l'avait emmenée à Venise le jour même de leur rencontre.

Il ajouta :

— Mais il y a une chose que je dois t'annoncer, moi aussi.

— Quoi donc ?

— Mon père m'a foutu à la porte. Est-ce que ça te dérange d'épouser un chômeur ?

Ça ne la dérangeait pas.

D'autant que c'était un chômeur qui se soignait.

Qui avait de la classe.

À preuve, il acheta des billets d'avion et réserva des chambres au chic hôtel The Venitian pour les proches de sa petite fiancée.

À la cérémonie qui eut lieu, dans une minuscule chapelle de Las Vegas, le jour même où l'on commémorait, à Montréal, le décès de la libraire, tout le monde avait des raisons différentes de pleurer.

Madame Marple, accompagnée de Roger Dunhill, ignorait toujours que sa fille était condamnée et, comme toute mère au mariage de sa fille, pleurait de joie.

Gigi aussi pleurait, qui n'avait pas perdu espoir pour sa Loulou et continuait de prier ardemment le bon frère André.

D'autant plus ardemment que, trois jours plus tôt, il avait obtenu de lui une faveur exceptionnelle : Claude Bach, son amant, était sorti miraculeusement de son coma, parfaitement lucide, comme avant son suicide raté. Une surprise l'attendait : sa femme l'avait quitté pour un autre joueur d'une autre équipe, et lui laissait leurs deux enfants ! Qui d'ailleurs accompagnaient le nouveau couple à la cérémonie, deux petits garçons de cinq et sept ans vraiment adorables dans leur smoking noir.

La situation n'était pas idéale, mais avec le temps leur papa leur expliquerait que leur maman avait un autre homme dans sa vie... et lui aussi !

Roxanne et Paul pleuraient aussi.

Parce que tous deux trouvaient insupportable la cruauté de la vie : Loulou était condamnée alors qu'eux vivaient les moments les plus heureux de leur existence, avec cet enfant qui paraîtrait...

Il y avait aussi Julie Cranberry.

Qui avait hésité à accepter l'invitation de la libraire.

Et qui finalement était venue.

Seule.

Elle était la seule à ne pas pleurer.

Ce qui ne veut pas dire qu'elle n'était pas triste.

C'est qu'elle n'avait pas, comme le recommandait sagement madame Marple à sa fille, gardé une grande bouteille de larmes en réserve dans son cœur : elle avait pleuré toutes les larmes de son corps à la mort de son fiancé.

Enfin, il y avait Carlo Santarelli, le témoin de Charles – cette fois-ci pour de bon ! – sans les précieuses oreilles duquel personne ne se serait trouvé là...

Tout le monde ignorait que le diagnostic du docteur Molson était faux, et que la ravissante mademoiselle Marple n'avait pas le cancer, et par conséquent ne mourrait pas, en tout cas pas de ça...

Aussi, au moment où le ministre leur demanda de promettre de s'aimer jusqu'à ce que la mort les sépare, les pleurs redoublèrent dans la petite chapelle, ce qui n'empêcha pas les mariés de s'embrasser.

Comme dans les films américains...

57

Le mariage réussissait à mademoiselle Marple.

Sa santé se rétablissait étonnamment.

Elle mangeait mieux, n'avait plus de maux d'estomac, prenait par conséquent du poids.

Ses joues étaient redevenues roses le matin.

Il faut dire que Charles, son mari, tentait chaque nuit de rattraper le temps perdu et de faire le meilleur usage possible du temps qui leur restait.

À la vérité, la jeune mariée se sentait si bien, si énergique, si peu malade, en somme, qu'à la fin, pour en avoir le cœur net, elle décida... d'aller à l'hôpital !

Passer de nouveaux examens.

Elle n'avait plus aucune trace de cancer !

Ébloui par cette guérison miraculeuse, Gilbert remercia saint André en faisant sept neuvaines avec son amant.

Il a depuis converti plusieurs de ses amis dans le Village et à la librairie : ils ont continué de prendre mignon, mais ils prient aussi le bon frère André.

Pendant les premières semaines de son mariage, mademoiselle Marple n'essaya pas seulement de profiter des derniers jours de bonheur qui lui restaient.

Animée d'un sentiment d'urgence, elle écrivit avec frénésie.

En trois exaltantes semaines, elle pondit un petit roman qui racontait – pourquoi ne pas faire, comme tous les Houellebecq de ce monde, de l'autofiction ? – l'histoire peu banale qu'elle venait de vivre.

Le livre, qui se lisait aussi vite qu'il s'était écrit, connut un succès immédiat.

Comme quoi, la pire chose qui nous arrive est parfois la meilleure chose qui pouvait nous arriver !

Si l'on était philosophe, on le saurait au moment même où une tuile nous tombe sur la tête, et l'on sourirait.

Comme la Joconde.

Mais comme on ne l'est pas, il faut un peu plus de temps.

Du temps qui nous rend enfin philosophe.

Et alors, on sourit tout le temps.

Comme Voltaire écrivant *Candide ou la destinée.*

Le petit roman de mademoiselle Marple connut du succès parce que le jour même où elle en porta le manuscrit chez l'éditeur, un scandale éclata. Et le scandale éclata parce que la veille, le cadavre de l'homme à la Gitane avait enfin été retrouvé.

Sur lui, il y avait encore son portefeuille.

Et son cellulaire.

Les deux derniers numéros qui y étaient inscrits étaient ceux de... Simon Bormes !

Embêtant !

À l'appartement du comédien raté, on découvrit la photo de David Bormes et de sa rousse infirmière.

Le lendemain, Simon Bormes était arrêté.

Le fut également le docteur Vic Molson, qui avait prescrit à la jeune femme des pilules d'arsenic ! Pour la rendre malade et rendre plus convaincant son faux diagnostic de cancer !

Les deux hommes furent condamnés pour tentative de meurtre.

Afin de tromper l'ennui de sa cellule solitaire, Simon Bormes se mit à penser à temps plein à la femme rousse.

Et il demanda qu'on lui apporte les douze tomes de *La Comédie humaine* du grand Balzac.

Comme quoi, tous les chemins mènent à la littérature !

Montréal, 24 février 2006

Pour contacter Marc Fisher :
fisher_globe@hotmail.com